Poursuivie par le *Cyborg* de Sky

Passion Xiveri tome 9

Elizabeth Stephens

Quelques mots sur la traductrice

Julia est la traductrice de Taken to Evernor et la fondatrice de FIT Found In Translation.

Née en région parisienne, elle est amoureuse des livres et des belles histoires depuis son plus jeune âge.

Passionnée par les voyages, Julia lit aussi bien en français qu'en anglais et se plaît à noircir des carnets dans lesquels elle conte ses évasions.

En 2019, lors d'un séjour sur le continent américain, elle se met à traduire quelques nouvelles et elle décide d'entrer en contact avec des autrices talentueuses.

De retour en France, elle propose ses services à Elizabeth Stephens et se lance dans de nouvelles aventures !

Pour toute demande de traduction, veuillez contacter FIT Translation à l'adresse blackwomanreading2@gmail.com.

Table des matières

Glossaire

Centare *(cent-are-ray)*
Centare signifie « non » en langage meero, la langue des Niahhorrus. C'est la langue communément utilisée pour le commerce dans les différents quadrants.

Eck *(eck)*
Juron eshmiri employé couramment.

Egamas *(egg-ahm-a)*
Guerriers ressemblant à des géants, reconnaissables à leur peau vert olive et à leur immense et unique œil.

Eshmiris *(esh-mi-ree)*
Pirates de l'espace (plus grand peuple de pirates après les pirates de Kor) connus pour leurs corps trapus, leur langue semblable à des éclats de rire et leurs fosses de combat situées sur l'astéroïde Evernor.

Evernor *(evv-err-norr)*
Astéroïde contrôlé par les Eshmiris. Les principales activités sur l'astéroïde sont le commerce, les jeux d'argent et les tournois de gladiateurs.

Hiannru *(hi-ann-rou)*
Pointes en forme de lances qui dépassent de la colonne vertébrale du mâle Niahhorru.

Hypha *(high-fa)*
Deuxième espèce endémique comptant le plus de membres de Lemora. Les hyphas présentent une peau

orange, de grands yeux noirs et quatre nageoires sur les côtés du visage.

Kor *(kohr)*
Ville de commerce et d'échanges gouvernée par les Niahhorus, considérés comme des pirates de l'espace. Leur chef n'est autre que Rhorkanterannu, un pirate redoutable. Cette ville est située dans la zone grise entre les quadrants 4 et 5.

Krakaw *(craah-cow)*
« Non » en langage eshmiri.

Lemorans *(Lehm-oh-ran)*
Espèce principale (la mieux représentée) de Lemora. Elle est connue pour sa morphologie rocheuse et ses cornes massives gris foncé.

Lune *(lu-ne)*
Unité de mesure correspondant approximativement à une nuit et demi.

Mok bir *(mock brr)*
Jeu de table joué avec des bâtons dans lequel les joueurs tentent de se lancer des bâtons les uns aux autres et de bloquer les bâtons qui sont projetés ; les paris sont courants, la tricherie aussi.

Mok biz *(mock bzz)*
Version plus populaire du mok bir, qui se joue avec des jetons plutôt qu'avec des bâtons.

Ontte (*aunt-tay*)
Ontte signifie « oui » en langage meero, la langue des Niahhorrus. C'est la langue communément utilisée pour le commerce dans les différents quadrants.

Oosas (*Ooh-sah*)
Espèce du Quadrant 8 gouvernée par Reoran. Les Oosas se caractérisent par leurs grandes silhouettes semblables à des blocs de gélatine bleue qui s'illuminent de l'intérieur lorsqu'ils parlent ou expriment des émotions. Ils sont extrêmement difficiles à tuer.

Pirates Niahhorrus (*Ni-ya-hou-rou*)
Espèce sans planète ; ils gèrent le comptoir commercial de Kor, patrouillent et contrôlent la majeure partie de la Zone Grise. Ils sont connus pour leurs prouesses technologiques. Ils se caractérisent par une peau grise recouverte en grande partie d'un exosquelette épais composé de plaques blindées, de pointes de hiannru qui dépassent de l'arrière de leur tête et de leurs épines, et de visières argentées rétractables qui recouvrent leurs yeux extrêmement sensibles.

Rekkarus (*rek-ka-rou*)
Espèce endémique de Lemora. Les Rekkarus ont un petit corps, deux bras et deux jambes, avec de grandes ailes semblables à celles des chauve-souris, qui leur permettent de voler.

Rotation (*ro-ta-tion*)
Unité de mesure correspondant approximativement à trois ans et demi.

Shrov *(shrohv)*
Juron en langage meero.

Sky *(skay)*
Planète itinérante conçue de toutes pièces, connue pour ses prouesses technologiques ainsi que les tueurs redoutables et infâmes qui s'y trouvent. Les assassins de Sky comptent parmi les êtres les plus craints de tous les quadrants connus.

Solaire *(so-lè-re)*
Unité de mesure correspondant approximativement à un jour et demi.

Span *(spa-ne)*
Unité de mesure correspondant approximativement à une heure.

Tokens *(to-kens)*
Les tokens sont des crédits, il représentent la monnaie échangée entre les Quadrants. Les crédits sont transportés dans divers dispositifs appelés jetons. Le plus souvent, les jetons sont faits de yamar et ont la forme de boîtes noires. Toutefois, des modèles plus sophistiqués ressemblent à des disques et sont faits de yeeyar.

Yamar *(Yeam-are)*
Le yamar est un précurseur du yeeyar. C'est une source d'énergie statique non biologique, et un outil de communication et de traduction des pilleurs Eshmiris.

Yeeshee *(yin-chi)*
« Oui », en langage eshmiri.

Yeeyar *(yeeh-yare)*
Le Yeeyar est une source d'énergie révolutionnaire utilisée par les pirates Niahhorrus de Kor. C'est un organisme biologique qui peut être fusionné avec d'autres métaux statiques et du verre pour créer des vaisseaux spatiaux, des disques de paiement et des jetons de communication Niahhorrus.

À mes frères et sœurs hybrides,

Vous êtes peut-être à la dérive, mais vous n'êtes pas perdus. Vous êtes désœuvrés dans l'entre-deux, mais vous n'êtes pas seuls. Sachez qu'ici, il y a une corne d'hibi froide qui vous attend et une place libre pour vous à notre table en werro, entre Miari et Ashmara.

Vous aurez toujours votre place parmi nous.

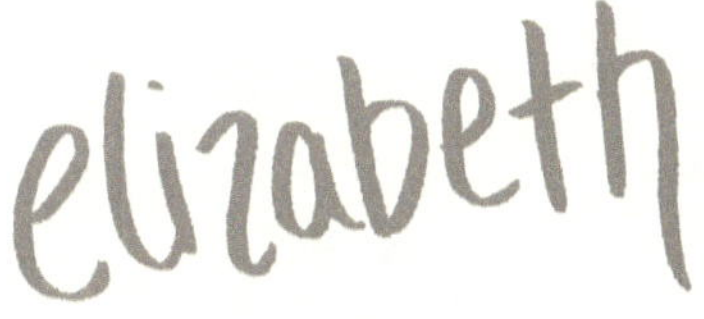

Cinq rotations plus tôt…

1

Rook

– Rook, tu dois lancer ta pierre.

Je fronce les sourcils assez fort pour me faire mal aux joues.

– Si je la lance, tu vas gagner.

Mon regard balaie le plateau de jeu devant nous. En fait, ce n'est pas vraiment un plateau de jeu, c'est un espace qui se prête bien au jeu que nous avons inventé. Azza est rudement doué pour inventer des jeux. Et moi, j'aime jouer à tous les jeux.

Il rit. Ses yeux plongent dans les miens et je me sens toute chaude. Je ne sais pas pourquoi. Je suis jalouse de ses yeux, il le sait. Tous les Lemorans de notre vaisseau ont des yeux comme les siens. Blancs avec des couleurs au milieu. Les yeux des Lemorans sont multicolores, les siens sont seulement marron foncé avec un point noir au milieu. Mais ses yeux sont tout de même plus jolis que les miens. Je les trouve même plus beaux que les yeux des Lemorans.

Mes yeux sont blancs, sauf quand ils s'emplissent de

couleurs. La couleur se déplace sur leur surface comme de la fumée ! C'est effrayant. Je n'aime pas les regarder quand je tombe sur mon reflet. Et je n'aime pas quand ils sont colorés parce qu'Azza se moque de moi quand c'est le cas. Il sait exactement ce que je ressens, même quand je n'en suis pas pleinement consciente. Il comprend mes couleurs mieux que moi parce qu'il les voit souvent dans mes yeux. Je me demande ce qu'il voit maintenant et je ferme les yeux pour essayer de l'empêcher de déchiffrer ce qui m'habite.

– Ne fais pas ça. Ce n'est pas juste !

Je tape du poing sur mon genou et Azza s'avance. Il ébouriffe mes cheveux blancs.

Nos cheveux sont de la même couleur. J'aime bien ça. Il y a beaucoup d'êtres différents sur la navette Golia 2, mais personne n'a des cheveux comme les nôtres. Nos chevelures sont d'un blanc éclatant. Un blanc immaculé. Les miens sont frisés et s'arrêtent à mes épaules. Les siens sont raides et lui tombent jusqu'aux genoux. Il ne les coupe pas et j'aime beaucoup ça. C'est joli. Comme ses yeux. Ses yeux sont magnifiques. Ce sont les plus beaux yeux que j'ai jamais vus.

– Joue, Rook.

Il sourit et je ris en voyant l'écart entre ses dents. Il a perdu sa première dent de lait la semaine dernière. Il a l'air marrant comme ça.

Les crêtes du côté brun de son visage se colorent soudain et je pousse un cri.

– Oh, tu…

J'aimerais savoir ce que signifient ses couleurs, mais je ne le sais pas. Il ne présente pas de couleurs aussi souvent que moi. Pour l'instant, tout ce que je vois sur son front brun au-dessus de ses yeux, ce sont des couleurs, surtout du jaune vif, mais je ne peux pas... je n'arrive pas à me souvenir de la signification de cette couleur. C'est nul. Je n'arrive jamais à me souvenir...

Il passe sa main droite rouge sur le côté gauche brun de son visage pour que je ne puisse pas voir les couleurs. Sans ses couleurs, la moitié de son visage est aussi brune que le mien. Je n'ai pas les parties rouges. Il y a d'autres êtres rouges dans la navette, mais nous sommes les seuls à avoir la peau brune, en partie ou totalement. Personne ne sait de quelle espèce nous sommes, et ce n'est pas grave : nous sommes faits de la même pâte et nous sommes là l'un pour l'autre. En outre, tout le monde sur le vaisseau est gentil avec nous.

Je jette un coup d'œil sur le plateau et j'aperçois les pierres que je dois éviter pour récupérer ses jetons. Seulement, je ne vois pas comment je pourrais les éviter, ce ne sera possible que s'il rate complètement son prochain tour. Il a gagné, et nous le savons tous les deux; mais je lance quand même ma pierre sur le sol en cristal de Kintarr. Il brille en rose et réagit au coup, lorsque ma pierre verte rebondit dessus. Je ramasse les deux pierres que j'arrive à atteindre et je fronce les sourcils lorsqu'il soulève sa pierre, puis... la laisse tomber.

Il la lance sur le sol, mais la laisse s'égarer sur le côté. Quand il l'a décidé, il peut faire rebondir une pierre d'un bout à l'autre du plateau, alors je sais qu'il a fait exprès de me laisser gagner.

– Hé ! Tu triches !

– Tricher ? Mais c'est toi qui as gagné.

Il rit. Son visage mi-rouge, mi-marron se fend en deux.

Mon visage est tout brun, mais je sens qu'il se fend d'un sourire également.

– Tu m'as laissé gagner !

– Centare, j'ai perdu, c'est tout.

– Centare !

Il lève les yeux au ciel et se renverse sur ses fesses. Mineria passe devant la porte ouverte et nous jette un regard mécontent.

– Vous n'êtes pas censés aller en classe avec les autres petits en ce moment ?

Elle secoue la tête, ses grands yeux noirs nous regardent de côté. Cette femelle niahhorru est très jolie, surtout avec tous ses bras. J'aimerais bien avoir quatre bras, moi aussi.

J'ai chaud et je serre les pierres d'Azza dans ma main. Je me tourne vers lui avant de répondre.

– On… euh…

Il sourit et n'en dit pas plus.

Mineria souffle.

– Vous devez…

Avant qu'elle ne puisse terminer, les sirènes retentissent. Elle ouvre grand les yeux et ses bras inférieurs font un geste vers nous.

– Venez !

Azza m'attrape la main au moment où j'attrape la sienne. J'oublie notre jeu jusqu'à ce que je marche sur la pierre qu'il a lancée. J'ai mal au pied car je ne porte pas de chaussures. Il me demande si ça va, alors que nous sortons dans le couloir. C'est le chaos. Tout le monde est sorti de sa cabine. Les couleurs de mes yeux sont si vives qu'elles se reflètent sur l'épaule brune d'Azza. En ce moment, elles produisent un halo rose.

– J'ai peur, Azza.

Il acquiesce et le fait qu'il soit d'accord avec moi me rassure. Azza est toujours courageux. S'il a peur, c'est qu'il n'y a pas de honte à avoir peur.

– N'ayez pas peur les enfants. Tout ira bien, dit Mineria.

Elle tient chacune de nos mains dans la sienne et nous avançons tous dans le couloir jusqu'à ce que, tout à coup, le vaisseau tout entier se mette à tanguer.

Mon cri meurt, étranglé dans ma bouche, et j'atterris sur le sol, entre les bras de Mineria et les jambes d'Azza. C'est alors que je vois le mâle. Enfin… je crois que c'est un mâle. Il a des tentacules en guise de jambes, deux grands bras comme ceux des Voraxians et des ailes semblables à celles des Rekkarus, sauf qu'elles sont en métal et n'arborent pas la pellicule grise et soyeuse que les Rekkarus de notre vaisseau ont habituellement. Il est tout de noir vêtu et porte des pièces métalliques sur les jambes et le ventre. Il fait… quelque chose d'étrange. Il tient quelque chose dans sa main. Quelque chose que je n'ai jamais vu auparavant. C'est pointu, pailleté et plutôt joli.

– Rook, il faut…

– Cachez-vous, les enfants ! hurle Mineria.

Elle se lève et tend les bras. Le mâle inconnu abat la chose scintillante sur ses mains… et il les tranche. Deux d'entre elles touchent le sol, rejointes par la tête de la jeune femelle lorsqu'il la coupe.

Des détonations retentissent derrière et devant nous. Le vaisseau tremble à nouveau. Les mains d'Azza sont sur les miennes et je pleure quand le mâle se retourne pour attaquer quelqu'un d'autre. Je crois que c'est sur Fallow qu'il a jeté son dévolu. Elle essaie de le combattre, mais il l'attaque aussi avec son arme. Je pense qu'il… Je ne comprends pas ce qu'il fait. Je ne veux pas comprendre, alors je bloque. Je me concentre sur la main brune d'Azza sur ma main brune, je ne pense qu'à nos deux paumes d'une couleur plus claire, striées de lignes. Personne d'autre n'a des mains comme les nôtres. Non pas que nous en parlions souvent. C'est la première fois que je me demande pourquoi.

Azza respire fort et ses longs cheveux blancs s'agitent dans la brise. Des corps tombent dans le couloir devant nous, deux autres créatures vêtues des mêmes vêtements noirs les poursuivent. Nous nous retournons, mais nous ne pouvons pas revenir en arrière. Il y en a d'autres dans le couloir d'où nous venons.

Je regarde Azza. Ses yeux sont déjà sur moi. Une porte s'ouvre derrière nous et je vois les autres enfants, aussi jeunes que nous, rassemblés là pour l'école, se faire attraper par trois autres créatures en noir. Elles ont toutes une peau partiellement argentée. Elles tiennent des fouets et elles les utilisent pour fouetter les enfants. L'une d'entre elles lève les yeux, mais je ne sais pas si elle me voit, car Azza me tire soudain vers le couloir de gauche.

Il y a trop de corps ici, il y a trop de bruit.

– Cache-toi ici !

Azza ouvre un panneau dans le mur rose et me pousse à l'intérieur. Je n'aime pas le rose. Cela me rappelle la couleur de la peur. J'ai peur de ce qui va se produire. J'ai d'autant plus peur que c'est juste assez grand pour une personne. Je panique quand il remet le panneau en place. Il ne l'enfonce pas jusqu'au bout et je peux encore voir à l'extérieur quand il se faufile dans un panneau du mur opposé au mien.

En le voyant entrer dans le mur, je me sens mieux. Je respire et je ne pleure pas. Je suis fière de ne pas pleurer. Il est en sécurité. Azza est en sécurité. Tout va bien se passer.

Nous avons changé de foyers bien des fois, nous nous sommes retrouvés sur bien des planètes différentes, mais d'une manière ou d'une autre, nous avons toujours réussi à rester ensemble. Azza y a veillé. Parfois, j'ai l'impression qu'il a un million de rotations de plus que moi. C'est comme s'il était déjà adulte.

Puis je me souviens qu'il vient de perdre une dent. J'ai ri de lui quand c'est arrivé et il était gêné. Alors je me rappelle que ce n'est qu'un enfant. Il est à peine plus grand que moi. Nous sommes plus jeunes que les autres orphelins de ce vaisseau, ce vaisseau qui est un refuge lemoran pour ceux qui n'ont rien. Je ne sais pas ce que cela signifie, mais je sais que nous avons toujours été plus petits que les autres. Je n'ai jamais aimé ça, mais en ce moment, j'aimerais que nous soyons encore plus petits. Si c'était le cas, Azza pourrait se glisser à côté de moi, dans le même trou dans le mur. J'aimerais qu'il soit à côté de moi.

J'ai un mauvais goût sur la langue et cela me dérange. Je m'essuie la bouche avec le revers de mon poignet et je serre la pierre dans ma main. Je me souviens de sa couleur. Elle est verte. Le vert, c'est la couleur du bonheur. J'aime le vert. Azza aussi devient parfois vert au niveau de sa joue brune, et j'aime ça. Il ne devient jamais vert sur sa face rouge, mais il peut porter toutes les couleurs sur sa face brune. Sa face brune est de la même couleur que mon visage, sauf quand la lumière s'éteint. Je n'ai pas de lumière dans mes joues. J'ai des lumières dans les yeux, mais à part ça, on est pareils et tant qu'on sera ensemble, tout ira bien...

C'est calme. Vraiment silencieux.

Azza ne sort pas, alors je ne sors pas... Puis je les entends. J'entends leurs pas. Leurs pas produisent un son *étrange*. Ce qui est certain, c'est que ceux qui marchent sont grands et lourds. J'entends aussi des battements d'ailes. Je sursaute – c'est celui qui *a tué* Mineria. Je ne le veux pas, mais je ne peux pas m'en empêcher : je laisse la pierre tomber de mon poing. Elle frappe le sol et résonne fort. Oh nob. Nob, nob, nob. Je veux attraper la pierre parce qu'elle me rassure, mais je ne peux pas bouger. Je ne peux pas détourner mon regard de la créature qui a tué Mineria dans le couloir. Elle m'a entendue. Elle se retourne, elle va me tuer.

Je sais qu'elle va me trouver. Je ne bouge pas. Je ne peux pas. Je suis paralysée, aussi immobile que les corps dans le couloir. La chose avec les ailes est couverte de sang. C'est effrayant. Je suis terrifiée. Je n'ai jamais eu aussi peur. Le mâle se rapproche, il regarde le mur. Il va vers le panneau où je me cache. Est-ce qu'il peut me voir ? Je crois que oui. Il tend un long bras qui n'a pas l'air d'aller avec le reste de son corps et...

Tout à coup, le mur où se cachait Azza s'ouvre. Il en sort comme une... comme une explosion, et frappe la chose dans son aile, mais celle-ci ne se déchire pas, même quand Azza l'atteint avec sa main rouge, dont les ongles sont très pointus. Il se retourne et attrape Azza. Je me mets à genoux et j'appuie mes mains sur le panneau parce qu'il va l'emmener et que je vais être enlevée aussi. Je ne veux pas être loin de lui. Nous devons toujours être ensemble. C'est notre promesse. Toujours.

– Non, Rook !

Ses jambes s'envolent alors que le mâle en noir l'attrape par la taille et l'entraîne dans le couloir sur d'étranges jambes mi-métalliques, mi-tentaculaires.

– Reste là où tu es !

Ma main est sur le panneau devant moi, je ne sors

pas.

Ma main est sur le panneau devant moi, je reste là où je suis.

Je veux partir. J'ai trop peur pour rester seule ici, mais Azza m'a dit de ne pas bouger et je fais confiance à Azza. Je lui ferai toujours confiance.

Le vaisseau devient bruyant, puis silencieux, et les voix finissent par s'éteindre. Je ne bouge toujours pas. Je ne fais rien. J'attends qu'Azza revienne. J'espère qu'il reviendra vite parce que j'ai soif. Et j'ai faim. J'espère qu'Azza va bien et que le type en noir lui donnera quelque chose à manger. J'espère qu'ils l'ont emmené avec les autres enfants. Peut-être qu'ils ne sont pas méchants et qu'ils reviendront me chercher. J'espère qu'Azza reviendra, et qu'il me retrouvera.

Mais personne ne vient. Personne ne vient pendant un solaire. Peut-être plus. Je fais pipi dans mon pantalon. C'est embarrassant... mais Azza m'a dit de rester et je veux qu'il me retrouve quand il reviendra.

L'obscurité.

Le froid. Un autre solaire passe. Je m'endors.

L'obscurité.

J'ai froid…

J'ouvre les yeux en entendant le panneau devant moi se plier puis se détacher complètement du mur.

– Azza ?

Ma voix chevrote. J'ai mal à la gorge. Mon pantalon est raide et j'ai honte. J'espère qu'il ne sent pas la mauvaise odeur que je dégage. Je ne suis plus un bébé. Je suis une enfant et comme lui, je sais agir comme une grande, je sais être forte et courageuse. *Mais je n'étais pas assez courageuse pour aller l'aider quand ils l'ont emmené...* La panique me saisit et je sais que la créature qui me regarde peut le voir dans mes yeux quand je lève la tête vers elle. Ce n'est pas Azza. Ce n'est pas le mâle en noir non plus.

– Tu n'es pas Azza, je murmure.

Je me mets à quatre pattes et recule dans le coin. Je n'ai nulle part où aller. Je suis une petite fille, mais ce trou dans le mur n'est pas bien grand.

Je cligne des yeux face à la lumière de la boule incandescente qui flotte derrière lui. Je dois beaucoup cligner des yeux pour le voir clairement. Je ne le reconnais pas et cela me fait peur. Je peux voir les lumières roses de mes yeux scintiller dans l'obscurité qui nous sépare.

C'est la première fois que je vois une créature telle que celle-ci, pourtant j'en ai vu beaucoup avec Azza lorsque nous étions sur Kor. Celle-ci est nouvelle. Ce mâle n'est pas très grand, mais il est très musclé. Il a un blaster à la ceinture et un autre plus gros à la bandoulière. Sa tête est petite et ses yeux sont très grands. Sa bouche est effrayante parce qu'il a des dents pointues et il me sourit. Je suis persuadée qu'il va me manger alors je commence à pleurer.

– Tu n'es pas Azza...

Il se met à rire et cela me fait pleurer encore plus. Un autre, qui lui ressemble comme deux gouttes d'eau, s'approche de lui et ses oreilles s'agitent. Puis deux autres se joignent à eux. Ils vont me manger, c'est sûr...

Ils rient tous quand celui qui est devant tend la main. Je grimace, mais il ne me touche pas. Il sourit et rit encore. Je ne comprends pas pourquoi.

– Azza ? je demande.

– Azza ? répète-t-il.

Il secoue la tête et fait un geste vers ses amis.

– Eshmiris.

– Ashmari ?

J'essaie de répéter le mot qu'il a prononcé, mais ma langue ne fonctionne pas bien. Je n'arrive pas à respirer correctement. Je suis fatiguée et je me sens mal. J'ai envie d'aller me coucher. Mais je n'ai jamais dormi dans une chambre sans Azza.

Ils gloussent encore et l'un d'eux dit :

– Ashamari ?

Il me montre du doigt. Je ne comprends pas.

– Ashmari ?

Peut-être que je le dis mal. J'essaie à nouveau, mais ils se contentent de glousser. Ce ne sont peut-être pas des rires… ce sont peut-être des *mots*. Je me demande s'ils se parlent en riant. L'une des créatures fait un signe de tête à l'autre. Quel drôle de langage.

Finalement, il déclare en me montrant du doigt :

– Ashmara.

Je montre ma poitrine.

– Moi ? Ashmara ?

Je suis confuse.

Il acquiesce. Ils acquiescent tous. Ils rient tous et s'esclaffent.

– Ashmara ! s'écrient-ils.

Celui qui est devant pointe sa poitrine.

– Tintin.

Il tend la main plus bas, juste devant mon nez.

Je jette un coup d'œil dans le hall autour de lui. Il n'y a plus de créatures en noir. Il n'y a que des corps. L'odeur est insoutenable… je ferme les yeux. Je me concentre sur la main de Tintin. Elle est brune, mais pas comme la mienne. *Seule la main d'Azza était brune comme la mienne. Et ils l'ont pris. Parce que je les ai laissé faire.*

La main de Tintin est d'un brun plus clair et elle est un peu poilue. Il y a de longs poils bruns dorés tout le long du dos de sa main et des jointures. Il a quatre doigts à la main droite et un nombre différent à la main gauche. Ses doigts sont plus grands que les miens et très gros. Ils ont l'air ridicules. Il n'a pas l'air de remarquer que je sens le pipi. Il sourit. Ses dents ne sont pas si effrayantes, après tout.

– Rook, je dis en montrant ma poitrine.

Je prends sa main et j'essaie lentement de me lever, mais je n'y arrive pas.

Mes genoux me font mal et je commence à pleurer, mais Tintin et ses amis se rassemblent autour de moi et s'accrochent à mes bras. Ils me tapotent la tête et les épaules en me soutenant entre eux.

– Ashmara, dit Tintin.

Je renifle profondément et je regarde ses yeux noirs. Il n'a pas les parties blanches comme Azza ou les Lemorans, mais ses yeux... sont aussi gentils que les leurs.

– Ashmara, tu es en sécurité, dit-il en meero, la langue des pirates, mais il n'a pas l'air de bien la parler.

– Et Azza ? Il est en sécurité ? je lui demande.

Il se contente de me tapoter la tête et dit, en meero :

– Viens Ashmara, tu es en sécurité avec nous.

Temps présent…

2

Jerrock

– Plus.

L'architecte devant moi s'exprime non pas par des gestes ou des mots, mais par des sensations. Toutes produisent de la douleur. C'est bien, mais ce n'est pas suffisant pour me faire oublier mon échec.

Alors que la brûlure s'estompe de mes membres et que mes os infusés de stalyx se calment, je répète :

– Plus.

Ils répètent le processus.

– Encore.

L'architecte et moi continuons cette boucle atroce jusqu'à ce que la vision de l'œil biologique qui me reste commence à s'estomper. Cet œil est une nuisance. Je l'aurais bien fait enlever, mais c'est sa qualité organique qui m'a permis de me déguiser. Certains peuvent percevoir le déplacement de la matière à travers mon bouclier et ceux qui le peuvent regardent toujours d'abord les yeux. *Elle, elle regarde toujours mes yeux en premier. Peu importe l'habileté avec laquelle je protège mon apparence, elle me reconnaît toujours.*

– Encore.

Ma voix est éraillée, tendue; elle ressemble à un rugissement. L'architecte ne se préoccupe pas de mon changement de ton, cependant; il l'interprète probablement comme de la douleur. Et il commet une erreur. Ce n'est pas de la douleur. La douleur est sans importance. C'est de la rage. La rage est une émotion dangereuse. La rage pousse à commettre des erreurs. Heureusement, les architectes ignorent tout des erreurs que j'ai pu commettre.

Des impulsions ioniques parcourent mon corps, provoquent le grippage des muscles sinueux et l'éparpillement de mes pensées aussi rapidement que le yeeyar qui les contient. L'architecte s'envole vers la porte. Sa main, si on peut l'appeler ainsi, disparaît dans le mur noir du yeeyar et enregistre quelque chose dans les commandes du yeeyar que je ne peux pas sentir car une vague chargée d'énergie me traverse. Je ne vois plus rien.

L'architecte me relâche et je m'affaisse en avant contre ma cage thoracique. La porte devant l'architecte s'ouvre. Ils disparaissent tous sans bruit. Les seuls sons audibles sont ceux produits par ma respiration et par le vent qui s'écrase contre l'extérieur de la tour. Il souffle avec la même régularité que les vagues qui s'abattent contre les rochers.

Je me concentre sur le son jusqu'à ce que la douleur s'estompe suffisamment pour que je puisse bouger les bras. Je me sers de mon bras renforcé de stalyx et de yeeyar pour redresser ma poitrine. Je me lève, irrité par la rapidité avec laquelle les sensations de douleur s'estompent. La douleur est la seule chose qui me permette de m'ancrer dans le réel. Sans elle, je suis instable.

Les architectes ont créé un assassin aux capacités infiniment terribles. Ils ne connaissent même pas eux-mêmes certaines de ces capacités. J'ai réussi à leur cacher mes pensées même si nous échangeons par télépathie. *Hésiter, échouer, trahir...* Voilà ce dont je suis aussi capable. Les architectes n'en savent rien. Ils ne doivent pas l'apprendre. S'ils l'apprenaient, je serais désactivé.

Je devrais me désactiver. Je l'aurais déjà fait si je n'avais pas toujours un contrat en cours. J'ai terminé tous les autres et j'ai refusé d'en accepter d'autres. Il ne m'en reste qu'un. Je ne me désactiverais pas avant que celui-ci ne soit terminé. Je refuse de la laisser vivre. Elle ne *peut pas* rester en vie. Elle est trop puissante. Il y a quelque chose en elle que je ne comprends pas. Elle est mon plus grand échec, mon seul échec, alors que... Je. N'échoue. Pas. Je suis l'assassin le plus redouté de Sky. Je suis leur plus grande création, je suis un défi des Architectes lancé à la Mort elle-même et pourtant...

Elle vit.

J'ai tué un assassin pour elle. Arrivé à la porte, j'hésite. Je ne la franchis pas. Je pense à celle que j'affronte, je pense à cette adversaire pathétique qui est devenue ma plus grande ennemie. Mon ennemie jurée. La seule ennemie que j'ai jamais eue, car tous ceux qui m'ont défié ont été décimés. Son destin est tout tracé, mais... je ne suis pas certain d'être capable de la tuer. Je me suis donc créé une assurance. Une assurance qui l'empêchera d'échapper à son destin. Si elle a raison de moi et parvient à me présenter à la Mort avant que je puisse l'éliminer, tous les assassins le sauront. Toutes les forces de Sky seront alors à ses trousses.

Je respire profondément avant d'ordonner à la porte

de s'ouvrir.

Un vent violent s'abat sur mon corps. Il est possible qu'il ait fait tomber un être inférieur de la plate-forme. Je reste debout, mes cheveux blancs s'agitent autour de mon visage. J'observe les autres tours de Sky, qui s'élèvent dans le ciel violet pâle. Les tours noires ressemblent à des falaises de scréa déchiquetées qui contrastent avec la lumière du soleil. Mon œil biologique souffre de toute cette luminosité.

Tandis que j'admire le paysage, des rafales de vent orange s'élèvent à travers le ciel violet et s'enroulent autour des pointes des plus hautes tours. Je ne suis pas sur l'une de ces tours. Elles sont réservées aux expériences. J'ai été une expérience autrefois.

Mais maintenant, je suis parfait.

Presque parfait.

Mon vaisseau est posé sur le bord de la plate-forme. Il n'y a pas de garde-fou, il n'y a que le yeeyar noir qui se déplace sous mes pieds. Tout en bas, beaucoup plus bas, se trouvent les bidonvilles de Sky, où les misérables natifs de cette planète se battent pour les quelques ressources qui leur restent.

Je ne les vois pas d'ici, mais mon ouïe est excellente. Je distingue les cris des êtres inférieurs qui succombent à la douleur. Ces créatures tentent parfois de se rebeller mais elles ne font pas le poids face aux architectes et à leurs assassins. Je ne comprends pas leur volonté de défier la Mort. La Mort est souveraine. Il y a ceux qui la servent, comme moi, et ceux qui plient le genou devant elle. Il n'y a pas d'autres possibilités.

Mais elle. Elle ne plie le genou devant rien ni personne. Non, c'est faux… Elle vénère le muuir. Quand je pense que je n'arrive même pas à l'attraper alors qu'elle est accro à cette substance infâme qui altère l'esprit.

Penser au muuir m'échauffe, me met en colère. Non. Je ne sais pas. Je ne comprends pas ce qui m'arrive. Son addiction au muuir devrait me réjouir. C'est la seule chose qui la ralentit. Elle est obligée de faire de nombreux arrêts dans les ports de la zone grise pour se procurer cette drogue illicite. Je me demande lequel d'entre eux elle a choisi maintenant.

À bord de mon vaisseau, j'allume le localisateur. Mes doigts se déplacent habilement sur le panneau yeeyar devant moi, même si les doigts de ma main rouge – un reste de la biologie Drakesh – sont raides. Je les plie et je regarde l'écran tourner et se tordre. Le gris du yeeyar se mêle au rouge, au jaune et au bleu.

N'importe qui d'autre verrait le yeeyar se déplacer de façon aléatoire, en s'élevant et en s'abaissant du panneau de contrôle. Mais avec mon œil de yeeyar, je vois tout : je vois l'ensemble des quadrants et, au milieu, une balise allumée qui ne devrait pas l'être.

Mes bras s'agitent et je m'agrippe aux bords de la table. Quelque chose ne va pas. Ses boucliers sont baissés. Les Eshmiris sont connus pour leurs boucliers de protection. Elle ne serait pas aussi négligente. Elle peut être négligente sous l'influence du muuir, mais les membres de son équipage ne laisseraient pas les boucliers baissés. Ce sont des Eshmiris, ils cherchent à se protéger. C'est la seule Eshmiri à être aussi négligente.

Pourquoi sa balise de détresse est-elle allumée et pourquoi ses boucliers sont-ils éteints ?

Je me rapproche pour déterminer où elle se trouve exactement et mes orteils se recroquevillent dans mes bottes. Elle est sur la planète de plaisir Tiringdam. Mon vaisseau se sépare de la plate-forme en suivant des directives que je n'ai pas données consciemment. Mon subconscient est actif et il ne devrait pas l'être. Il ne devrait même pas exister. Et pourtant...

Le vaisseau décolle malgré tout et je ne fais rien pour l'en empêcher.

3

Jerrock

Sa voix stridente et traînante ne me dérange pas. Elle ne me dérange pas du tout.

– Et quand le bateau s'en va... au port de Pianzaaaaa... tous les pécheurs crient....

– Attrapez le hibi ! Cachez vos jetons ! À Tiringdam tout est bon, les bars à bières et les jambes dénudées sont toujours ouverts !

Les cris et les chants de la foule ne me dérangent pas. Cela ne me dérange pas du tout.

La cheville de la femelle Eshmiri Ashmara se trouve dans ma main rouge. Je l'ai attrapée. Je devrais la tenir avec ma main stalyx, mais je ne le fais pas. Je devrais... mais je n'en fais rien.

Elle est chaude – je dirais même brûlante – contre ma paume rugueuse. Sa peau n'est pas particulièrement douce. Les poils de ses jambes piquent ma main. Elle n'est pas nécessairement douce mais elle est lisse. Elle est tendre. Facile à percer. Je me souviens de la facilité avec laquelle le tir de mon blaster avait transpercé sa main lorsqu'elle avait attrapé le muuir à bord du vaisseau Sky où je l'avais arrêtée. Le vaisseau dans lequel elle aurait dû rencontrer la Mort. Je n'ai pas fait mon devoir ce solaire-là et je lui ai laissé une chance. Pas cette fois.

Je n'ai pas eu de mal à la trouver sur la planète des plaisirs. Elle chantait à tue tête lorsque je me suis approché d'elle. Elle était allongée sur un divan flottant, elle buvait au milieu d'un groupe disparate d'espèces toutes aussi enivrées qu'elle. Elle est toujours en état d'ébriété. Elle a une tache de muuir derrière l'oreille et ses yeux sont d'un jaune-gris-brun brumeux, ce qui, dans les crêtes voraxianes, refléterait la maladie; sauf que ses yeux se remplissent de taches d'autres couleurs : principalement du bleu et du violet. Ils représentent respectivement le plaisir et la satisfaction.

Elle plane.

Mes doigts se crispent autour de sa cheville et elle lance son autre jambe en l'air en entamant un deuxième refrain de la même chanson. Elle la chante encore et encore, en changeant subtilement les mots à chaque fois, comme si elle était incapable de s'en souvenir. Son corps traîne sur le sol crasseux derrière nous, ses cheveux blancs se salissent en se frottant aux substances collantes qui s'y trouvent.

— ...sur une carte ne peut être trouvé, mais une fois que vous y serez, vous serez piégés et vous n'échapperez pas...

— Aux plaisirs du pianzaaaaaa... reprend le refrain, crié par les êtres qui bordent la passerelle.

L'eau s'agite sous les plateformes synthétiques en formant un labyrinthe sans fin de cascades si puissantes que l'eau se précipite sur les pierres près du centre de l'île avant de redescendre en trombe sur l'île extérieure.

Rien ne vit dans cette eau. Rien n'existe ici en dehors de l'eau et la plateforme sur laquelle nous marchons maintenant.

Personne ne se soucie de ma présence ici. Les clients se fichent tous qu'il y ait un assassin parmi eux. Même Ashmara, prisonnière de ma poigne, ne semble pas s'en préoccuper. Elle n'a jamais peur de moi quand elle est en ma présence. C'est comme si elle savait quelque chose que j'ignore. C'est comme si elle me faisait confiance. Peut-être est-elle amie avec la Mort.

Les pensées ravagent mon esprit et je me concentre sur le bruit de l'eau qui tombe en contrebas pour ne pas tuer tous ceux qui se trouvent sur cette plate-forme lorsque leur chant collectif reprend. Des Voraxians, un mâle et une femelle, tendent leurs verres vers Ashmara alors que je la traîne devant moi et qu'elle rit sauvagement, profondément. Dans ses yeux, danse une hilarité bleu-vert. Elle tend les doigts vers la femelle. Cette dernière donne son gobelet à Ashmara qui y boit – enfin, qui essaie. Elle finit par renverser la plus grande partie du liquide sur son visage, son cou et sa poitrine.

– Woohoo !

Elle jette sa tasse sur le côté. L'objet retombe sur les ailes d'un Rekkaru qui se retourne et lui lance un jeton de mok biz. Il se dirige droit sur son visage. Je tressaille, je regarde le jeton naviguer dans les airs au ralenti. Ma main. Ma main parfaite se comporte de manière imparfaite. Elle lance une petite fléchette sans que je l'y ai autorisée – non, alors même que je lui demande expressément de ne pas le faire. La fléchette entre en collision avec le jeton et le dissout en plein vol.

Ashmara ne semble pas s'en apercevoir. Elle rit et crie au Rekkaru :

– Tu peux pas faire mieux, heelee ? Viens que je te montre de quoi je suis capable.

Son terme affectueux fait sourire le Rekkaru.

– Tu as l'air d'avoir d'autres soucis à régler, pilleuse, répond le Rekkaru en me lançant un regard incertain.

Elle rit.

– Qu'est-ce que tu racontes ? C'est la fête !

Elle continue à rire tandis que je la traîne à travers le port de plaisance de Pianza, le long de la rampe menant aux salles de plaisir inférieures où l'on s'occupe principalement de créatures aquatiques. Le pont de bois branlant mène aux docks et va jusqu'au plus grand hangar où les vaisseaux restent stationnés sans ordre. Le chaos est la seule constante en dehors des quadrants connus. Le chaos, c'est ce à quoi je me suis habitué. Mais en ce moment, alors que je regarde autour de moi, je suis pris de court.

Mon vaisseau n'est pas là où je l'ai laissé. Avec mon œil de yeeyar, je cherche sa signature, et j'en trouve des traces là où je l'ai laissé, entre deux vaisseaux dorés du premier quadrant. Je me rends sur place, entraînant Ashmara avec moi. Je peux sentir la présence de plusieurs autres espèces, des Eshmiris pour la plupart. Je jette un coup d'œil par-dessus mon épaule à Ashmara, étendue sur le sol. Elle m'ignore totalement, elle plane.

Qu'a-t-elle fait ?

Je ne sais pas pourquoi, mais j'ai envie de le lui demander. Toutefois, elle n'a pas tous ses esprits et je n'ai pas l'intention de lui soutirer des informations. Je n'ai qu'un objectif : la désactiver. Quand nous serons seuls.

Je suis la piste olfactive laissée par les Eshmiris jusqu'au bord de la plate-forme. La fragile barrière de bois a été brisée. Je m'approche du bord et regarde les eaux qui brillent d'un blanc iridescent et d'un bleu tranchant. Là, éparpillées sur les rochers jaunes, gisent des traces de yeeyar. Seulement des traces. L'eau est trop forte et trop rapide pour que je puisse identifier d'autres morceaux plus importants de ce qui fut mon navire.

Je me retourne. L'odeur des Eshmiris va jusqu'au centre du hangar, puis à droite. Je continue à la suivre facilement – elle a été déposée en couche épaisse – jusqu'à ce que j'atteigne ce que je sais être le vaisseau d'Ashmara. L'engin putride est plus grand que la plupart de ceux qui sont entassés à ses côtés, mais il semble plus vieux de trente rotations que n'importe quel autre vaisseau ici. En métal rouillé, la chose émet de la vapeur à partir d'une valve d'échappement droite. Le fait qu'il possède de telles valves est déplorable. Il sent le pétrole. Un carburant ancien. Et en plus il fuit. Sa horde d'Eshmiris s'est-elle débarrassée de mon vaisseau avant de s'envoler vers les cieux ? Leur vaisseau s'est-il brisé avant qu'ils ne le fassent ? Ou est-ce ce qu'ils voudraient me faire croire ?

Je jette un coup d'œil à Ashmara. elle me regarde. Sous le cuir synthétique noir qui la recouvre, ma poitrine entière ondule – le stalyx et tout ce qui s'y trouve s'agite. Elle sourit. Ses dents sont blanches. La rangée inférieure de ses dents est tordue, les deux dents de droite se chevauchent légèrement.

Elle porte des haillons Eshmiris et, à cause de la façon dont je l'ai traînée, ils se sont soulevés pour dévoiler son ventre. Sa peau est d'un brun foncé dont la teinte rappelle celle des Rekkarus ou des Lemorans. Cette couleur réveille quelque chose dans mon subconscient, mais je ne peux pas y accéder et c'est ce qui la rend dangereuse. J'ai corrompu le yeeyar pour qu'il puisse cacher des informations aux architectes, mais j'ai l'impression qu'il y a quelque chose en moi, encore plus profond que ce yeeyar corrompu, qui se protège même de moi.

– Je te tuerai ce solaire, lui dis-je.

Le son de ma voix est étrange. Je n'ai parlé à personne sous cette forme depuis des rotations. Avec les architectes, je ne communique que par le yeeyar qui nous lie. Sinon, mes boucliers de déplacement de matière me permettent de parler dans d'autres tons, plus proches des créatures dont je porte les traits pour les tromper. Le son de ma voix maintenant est... Non. Pour être honnête, il ne me dérange pas. Pas plus que sa réponse.

– Tu as aimé ma chanson ?

Elle cligne lentement des yeux et tente de se redresser sur ses coudes. Je la tire en avant et elle s'effondre en arrière comme une poupée de chiffon. Elle vit à peine. Comment une personne aussi proche de la Mort a-t-elle pu être si difficile à tuer ?

La rampe de son vaisseau est fermée, mais je me dirige vers le bloc de métal qui protège le panneau de contrôle et le dégage rapidement. Je tends mon poignet de stalyx vers les câbles noirs et cuivrés et une série d'aiguilles se détachent de mon bras. Je les plante au centre du boîtier de commande et je laisse le yeeyar agir. Il me faut moins d'un battement de cœur pour pénétrer dans son vaisseau. Un battement de son rythme cardiaque, pas du mien. Son cœur bat si lentement. Serait-ce un effet des drogues ? N'a-t-elle vraiment pas peur de moi ou de la mort ?

La monstruosité métallique qu'elle nomme « vaisseau » s'ouvre en produisant un vacarme insoutenable. Mes lèvres se crispent et je fronce les sourcils. De la vapeur s'échappe de l'obscurité. Elle sent la sueur et la nourriture avariée. Je monte à bord en entraînant Ashmara derrière moi. Je laisse la porte ouverte et jette un coup d'œil autour de moi. L'odeur des Eshmiris est prégnante mais il n'y a aucun Eshmiri en vue.

J'écarte des objets bizarres, des boîtes métalliques, des bacs remplis d'équipements et d'armes mis au rebut qui semblent ne pas avoir fonctionné depuis des lustres, et je me dirige vers la salle de contrôle. Elle se trouve à l'avant du vaisseau, devant une grande baie vitrée au style désuet. La plupart des vaisseaux modernes s'inspirent des vaisseaux Niahhorrus ou Lemorans : les commandes sont situées au centre de la salle de contrôle et les fenêtres se trouvent soit partout, soit nulle part.

Il ne s'agit pas d'un navire moderne. Six sièges occupent la salle de contrôle. Il y avait un semblant d'organisation, autrefois – je peux le voir aux marques brûlées et carbonisées sur le sol à l'endroit où les sièges de contrôle étaient placés, mais ils ont été déplacés. Aujourd'hui, ils sont dispersés dans ce qui semble être un ordre aléatoire, quatre tournés vers l'avant, un tourné vers la droite, un autre tourné vers la gauche. L'un d'eux est incliné. Un siège n'a plus d'accoudoir gauche.

Je me place au centre et je lève la jambe d'Ashmara. Elle ne prend pas la peine de bouger, mais reste allongée là. Ses dents blanches qui brillent vers moi et ses yeux blancs tourbillonnant d'une émotion indécise me distraient un peu. Dans la symphonie de couleurs qui illuminent ses yeux, j'aperçois un éclair, une couleur qui, je le sais, évoque la douleur chez les Voraxians. Souffre-t-elle ? Pourquoi ? Je ne l'ai même pas encore touchée...

J'ouvre la bouche. Elle entrouvre les lèvres.

– Azza, murmure-t-elle.

Mon esprit s'embrase de confusion, mon subconscient monte comme la marée avant de s'effondrer avec violence. Quel est ce mot ? Pourquoi m'appelle-t-elle ainsi ? Qu'est-ce qu'elle vient de dire ?

– Azza ! crie-t-elle à nouveau.

Cette fois-ci, elle prononce le mot comme s'il s'agissait d'un coup de poing, alors qu'auparavant, elle l'avait prononcé comme une caresse. Il y avait plus de douleur la première fois.

Un loquet s'ouvre dans le sol et un pilleur Eshmiri passe la tête par là et me pique dans ma jambe biologique à travers mon cuir. Il vient de me poignarder avec une aiguille, c'est peut-être la seule raison pour laquelle l'outil pénètre, car les cuirs de mes habits sont doublés avec du fer ionyx'ix. Je pointe mon bras de stalyx vers la créature mais Ashmara, agissant avec une rapidité dont je ne l'aurais pas crue capable vu son état d'ébriété, fait rouler son corps sur le sien au moment où je tire. Je la touche sur le côté. Pas dans la colonne vertébrale, pas là où je visais. Pas dans la colonne vertébrale...

Un autre panneau s'ouvre dans le mur devant moi et je tire dessus, mais il est vide. Plusieurs autres panneaux s'ouvrent. À chaque fois, il en sort un pilleur qui cherche à me distraire. Ces pilleurs ne sont peut-être pas aussi stupides que je le pensais. Leur plan fonctionne. Lorsqu'un panneau s'ouvre au-dessus de ma tête, je ne m'attends pas à ce qu'un Eshmiri en tombe sur moi et me plante une autre aiguille sur le côté du cou.

Ashmara roule sur le dos, sort ce qui semble être un sifflet rudimentaire de sous sa tunique et commence à y souffler de l'air fébrilement. Le son aigu n'a aucun effet sur mes oreilles, mais je pourrais presque sourire devant l'ingéniosité de cette technologie. Je l'ai déjà vue : elle est rudimentaire et il existe des moyens plus efficaces pour une créature de mon niveau de mettre hors d'état de nuire ou de tuer.

Ces créatures ne sont pas de mon niveau, cependant, le dispositif inséré dans mon cou est relié à l'autre inséré dans ma jambe. Lorsqu'elle siffle, des vibrations chargées d'énergie circulent entre eux et immobilisent la plupart des stalyx de mon corps. Je m'élance vers elle sur ma jambe Drakesh et, alors que mon angle de vision se rétrécit dans mon œil yeeyar, j'attrape sa gorge avec mon bras rouge.

Je la soulève du sol. L'effort fourni pour y parvenir est dur à maintenir maintenant que mes membres stalyx ont été affaiblis, mais je me bats contre l'agonie pulsée dans mon corps par les dispositifs à l'œuvre et je serre le cou maigre d'Ashmara jusqu'à ce que le son de son sifflet s'arrête. Mes muscles se relâchent.

– Azza, murmure Ashmara.

Elle tend la main et touche ma mâchoire. Ses doigts... Mes pensées... Je sens une deuxième piqûre sur le côté de mon cou et je vois l'excitation se refléter dans ses yeux. Maintenant je sais...

Je la laisse tomber. Elle atterrit accroupie, ses yeux ne quittent pas les miens.

Je sais...

Je me laisse tomber contre l'un des fauteuils de commandement, tandis que le yeeyar dans mon esprit se bat pour reprendre le contrôle de mon corps et que la houle de mon subconscient prend de l'ampleur.

Je ne quitte pas son regard, mais je la regarde se lever et je sais...

Alors que l'hybride Eshmiri ivre et droguée, s'approche de moi avec un regard inquiet... je sais que j'ai perdu.

4

Ashmara

– Ça a marché.

Tintin me regarde comme s'il n'y croyait pas.

– Ça a marché.

Gibli tape dans ses mains.

Hunhun bondit sur ses pieds.

– Ça a marché !

– Ça a marché ! je crie.

– Ça a marché ! Ça a marché ! Ça a marché !

Retro commence à sauter de haut en bas.

Luzu éclate de rire.

– Ça a marché.

Uuni nous regarde tous, bouche bée.

– Wow. Je n'arrive pas à y croire, déclare-t-il enfin.

Je n'en reviens pas non plus. Je donne un bon coup de pied à la jambe tendue de Jerrock, mais il ne réagit pas. Son pied tombe sur le côté et son menton s'enfonce dans sa poitrine. Des cheveux blancs s'étalent sur la moitié droite de son torse, recouverte de cuir. Je sais qu'en-dessous se trouvent les vestiges de son origine Drakesh.

Ils l'ont laissé garder une partie de sa peau, mais le reste... *les parties humaines...*

Tout mon corps se tend et se crispe à ce souvenir, à ce rêve, à ce cauchemar. Je gratte la tache de muuir sur ma nuque et titube un peu. J'aimerais en ajouter une autre en dessous, mais je sais que je n'en ai pas besoin. J'ai bu suffisamment pour calmer mes nerfs, cela m'a encore plus apaisée que le muuir ne l'aurait fait. Le muuir est de moins en moins efficace. J'ai commencé à utiliser sa forme cristalline, à prendre plusieurs patchs à la fois, ou à ajouter des produits plus durs au mélange afin de calmer les cauchemars, les rêves et les souvenirs. Mais tout cela en valait la peine. Le plan s'est mis en place. Il a fonctionné.

– Ça a marché, répète Uuni, en s'approchant de l'autre côté de Jerrock et en tapotant son bras de stalyx.

Les doigts d'argent scintillants se crispent et nous sortons tous simultanément nos blasters de nos tenues. Je me déplace si vite que je recule en titubant vers Tintin, qui me pousse vers l'avant, près de Luzu, qui me repousse. J'oscille entre les deux pendant un moment, ma vision est un peu difficile à maintenir à cause de la quantité ahurissante de hibi que j'ai bu, mais quand je reviens à moi, tout est immobile et stable.

– Ça a marché, dis-je en gloussant.

Je répète notre litanie commune juste pour le plaisir.

Les hochements de tête se multiplient. Quelques membres de mon équipage se mettent à glousser avec moi, puis nous rions tous aux éclats en nous déployant autour de Jerrock, puis en jouant des coudes près de ses jambes parce que personne ne veut attraper son bras stalyx ou sa tête.

Je finis par faire preuve de courage et je me charge de

le soulever par le bras de stalyx. Sa tête pend. Il pèse autant qu'un hevarr et nous gloussons tous à nouveau, ou plutôt, nous continuons à glousser pendant que nous le soulevons jusqu'à ce qu'il plane juste au-dessus du sol.

– Qu'est-ce qu'on fait maintenant ? demande Gibli en me regardant.

Qu'est-ce que j'en sais ? C'est moi qui ai commandité l'opération mais je ne connais pas la réponse à sa question. J'avais planifié tout ce qui vient de se passer, mais *je ne pensais pas que nous réussirions à l'attraper. Je pensais que nous serions tous morts : je croyais que nous aurions tué Jerrock et ils nous aurait laminés. Je ne m'imaginais pas qu'il y aurait eu des survivants. Visiblement, je ne suis pas devin, mais je pensais vraiment que nous serions tous morts à l'heure qu'il est.*

– On l'emmène à l'infirmerie ? propose Retro avec un haussement d'épaules.

La panique m'envahit, mais je me concentre sur le muuir qui coule dans mes os, et sur l'alcool qui amplifie son effet. Je souris comme si mon cœur n'était pas sur le point de sortir de ma poitrine. *Peut-être que j'ai pris trop de muuir...* Ma poigne est moite autour de son poignet métallique et lisse. Je hoche la tête une fois et je glousse pour faire bonne mesure.

– Emmenons-le à l'infirmerie.

Nous nous dandinons ensemble en transportant le corps lourd de Jerrock entre nous sept. Nous rions en trébuchant sur des débris et en nous cognant contre les murs. Toute cette expérience me fait penser à notre dernier exploit : nous avons réussi à démolir le vaisseau d'un seigneur de guerre du Quadrant 5 qui venait de s'emparer d'un vaisseau Eshmiri avec l'intention de réduire en esclavage tous ceux qui se trouvaient à bord.

Nous les avons libérés et certains d'entre eux ont même rejoint notre équipage.

Retro est l'un d'entre eux. C'est un bon Eshmiri. C'est un excellent pilleur. Il maîtrise l'art de lire les cartes. Je lui ai demandé de nous diriger vers un endroit sûr dans la profondeur de l'espace où nous ne serons pas interrompus. La dernière fois que j'ai vérifié, Hunhun et lui avaient déjà trouvé un bon endroit, près d'une planète sombre et abandonnée en dehors des quadrants et de la zone grise. C'est le lieu parfait pour passer trois solaires, au moins, à extraire Azza de Jerrock.

C'est le temps qu'il nous a fallu pour libérer Manila... Je me mordille la lèvre inférieure nerveusement. Nous avions une équipe spécialisée quand nous avons aidé Manila : un guérisseur walrey, un Voraxian qui maîtrise tout ce qui touche à Sky, et une femelle niahhorru appelée Yeftra, experte en yeeyar et cueilleuse de surcroît. Cette fois, il n'y a plus que nous. L'équipe que j'ai payée pour aider à extraire Manila nous a montré ce qu'il fallait faire, à ma famille Eshmiri et à moi. Ils nous ont formés à de multiples reprises. En théorie, nous *pouvons* le faire mais dans la pratique…

Nous ne le saurons pas tant que nous n'aurons pas fini et qu'il ne se sera pas réveillé après l'opération. J'espère seulement que ma réserve nous permettra d'aller aussi loin. Je ne parle pas de ma réserve d'ionine, bien sûr. La ionine est la substance nécessaire pour dissocier le yeeyar du sang, de la chair et des terminaisons nerveuses. C'est primordial pour déconnecter un être de l'emprise de Sky, et je n'en manque pas. J'en ai assez pour traiter les cyborgs de tout un vaisseau. Nous avons dû vendre notre dernier vaisseau pour l'obtenir. Krakaw, je ne m'en fais pas pour ça; je m'inquiète pour *mes* réserves personnelles.

Je pense au poids du muuir dans ma poche alors que nous atteignons les portes de l'infirmerie. Heureusement, j'en ai beaucoup sur moi : au moins assez pour nous permettre de tenir pendant les trois solaires nécessaires à la reprogrammation de Jerrock et quelques solaires de plus. J'en ai assez pour nous permettre de nous arrêter au port le plus proche une fois que tout cela sera terminé et qu'Azza sera de retour. *Que ferais-je si cela prend plus de temps que prévu ?*

Krakaw. J'en ai assez, j'en suis sûre. J'ai l'habitude de planquer assez de muuir pour me permettre de tenir toute une lune. Je secoue la tête, je refuse de laisser le muuir me faire paniquer. Cela fait longtemps que j'attends ce moment.

Nous le faisons glisser sur le lit de camp de l'infirmerie. Il n'y en a qu'un. Je sens des mains sur mon flanc alors que je me tiens au-dessus de Jerrock : Tintin et Gibli apposent un cautérisateur sur ma plaie. Je n'avais même pas remarqué que j'avais été touchée. Je n'ai rien senti. Je ne ressens aucune douleur aux extrémités. Je ne ressens que du bonheur.

Je m'inquiète un peu à l'idée de l'opérer alors que j'ai consommé assez de muuir et de hibi pour altérer mes perceptions de mon propre corps, mais j'applique tout de même un autre patch. Ça ira. D'ailleurs, sans le muuir, je tremblerais trop pour pouvoir opérer.

— Je n'arrive pas à croire que ça ait marché, souffle Gibli.

— Il nous a fait suer, je réponds en souriant. Maintenant, on va s'amuser.

Six solaires plus tard…

5

Ashmara

– Est-il réveillé ?

– J'en sais rien… Qu'est-ce que t'en penses toi ?

– Je ne suis pas sûr...

– Vous avez utilisé le pistolet à ionine correctement ?

– Oui ! On a regardé la vidéo des milliers de fois, on a fait exactement comme la dernière fois, mais peut-être que tu n'as pas bien...

– Je me suis entraînée des milliers de fois moi aussi… je siffle.

Je ne supporte pas leurs critiques. Nous sommes tous fatigués. Nous sommes tous épuisés. Nous sommes restés éveillés pendant six solaires et six lunes, à injecter soigneusement de l'ionine dans les veines yeeyar de Jerrock. Enfin… je suis restée éveillée pendant six solaires. Le reste de l'équipage a réussi à dormir par roulement. Moi, je n'ai pas besoin de dormir. Grâce au muuir, je n'ai pas besoin de dormir. Ce qui m'embête, c'est que ce n'était pas censé prendre autant de temps... Je vais bientôt devoir me rationner si je veux maintenir mon taux de muuir actuel, ce que j'ai bien l'intention de faire, mais je n'ai pas envie de me rationner.

Jerrock n'aime pas le muuir. J'ai l'impression qu'il ne l'aime pas, en tout cas. Il m'a tiré dans la main la dernière fois qu'il m'a vue en possession de muuir. J'étais furieuse. Mais ça, c'était Jerrock. Celui qui se trouve devant moi – juste là – c'est Azza. Azza a toujours été indulgent avec moi.

Je souris en pensant à Azza, j'applique un autre pansement et je secoue la tête. Mon esprit s'enflamme de nouvelles vagues d'euphorie et de concentration qui m'aident à éviter de loucher.

– Il avait plus de cette saleté en lui que Manila, c'est tout.

Tous les membres de mon équipage approuvent de la tête. Tintin frappe ses mains l'une contre l'autre. Elles sont tachées du yeeyar noir expulsé que Jerrock a vomi et transpiré – une autre partie difficile du processus par lequel Manila est passée, elle aussi. Mais pourquoi le sien s'est-il déroulé plus rapidement ?

– Yeeshee, ça doit être ça.

Gibli pose sa main sur mon épaule et la serre doucement. Je lui souris. Je sais qu'il est le seul, parmi tous les Eshmiris, à voir clair en moi.

– Tu devrais dormir, me dit-il.

Il a raison. Il a raison et je le sais; mais je ne suis pas en mesure de le faire. Je commence à secouer la tête quand Retro s'écrie :

– Regarde ! Il ouvre les yeux – enfin… il ouvre son œil.

– Enfin, j'expire précipitamment.

Je contourne le lit de camp en passant devant Luzu et Hunhun pour me retrouver à côté d'Uuni. Uuni a un blaster pointé sur le crâne de Jerrock. Je lui fais un clin d'œil.

— Pose ça, je murmure.

Je me penche sur le corps, bloquant la lumière orange au-dessus de lui pour le plonger dans l'ombre.

— Azza ?

Ma voix n'est qu'un souffle timide, apeuré. J'ai peur qu'il ait tout oublié.

J'ai peur qu'il n'ait rien oublié...

Son visage se tord, ses lèvres bordées de noir se relâchent, puis se pincent. Ses narines s'enflamment. Sa paupière rouge s'agite et se soulève pour révéler une flaque brune à l'intérieur d'une flaque blanche avec un point noir au milieu. Le point noir se dilate, s'agrandit puis se rétrécit au fur et à mesure qu'il se concentre sur mon visage.

Son œil de yeeyar est toujours actif, mais il n'y a plus de rouge. Il n'y a que du noir et du gris. Il n'est plus connecté à Sky. Le yeeyar dans son œil commence à se déplacer et je souris.

— Azza, tu m'entends ? Qu'est-ce que ça fait de ne plus être sous l'emprise mentale de Sky...

Il s'élance vers moi. Il se déplace rapidement et il brise les chaînes ioniques en fer autour de ses poignets qui l'ancraient au lit. Une explosion se déclenche, mais Jerrock abat sa main sur le cou d'Uuni avant de le mettre à terre. Manila a pris plus de temps à reprendre ses esprits à son réveil. Jerrock, lui, saute du lit et atterrit derrière moi dans l'embrasure de la salle de soins, les yeux alertes et sauvages, les muscles tendus, l'expression sinistre.

Je me précipite sur l'activateur qui pend à mon cou et le porte à mes lèvres. Je souffle, souffle, et souffle encore jusqu'à ce que Jerrock tombe au sol, à moitié affaibli par les deux pièges de yeeyar qu'on lui a enfoncés dans le cou et la cheville. Heureusement que Tintin nous a suggéré de les laisser en place quand j'ai voulu les enlever. J'ai soufflé de toutes mes forces et il devrait être à terre, mais sa main rouge s'agrippe toujours au sol. Ses griffes noires creusent de profonds sillons dans le métal tandis qu'il se traîne vers l'avant.

Son œil s'enflamme. Le yeeyar de son autre œil tourbillonne, l'encre noire clignote contre l'orbite grise et plate, avec une violence effrayante qui confine à la folie. Ses narines tremblent et de la salive s'échappe de ses lèvres.

– *Qu'est-ce que tu as fait* ? siffle-t-il en repoussant Retro et Hunhun qui se jettent sur lui.

– Je t'ai libéré, espèce d'ingrat...

Je recule à toute vitesse. L'adrénaline bat son plein dans mes veines, quand il atteint mon pied. Il saisit ma cheville et serre assez fort pour la briser. Il tremble. Je n'arrive pas à reprendre mon souffle.

– J'ai mis en place... un système de sécurité, une assurance...au cas où je ne pourrais pas te tuer... pour envoyer ton contrat à tous les... assassins de Sky... Ils vont venir te tuer, Rook... Qu'est-ce que tu as fait ? Tu es *folle* !

Il gémit une fois, longuement et bruyamment, comme s'il souffrait – juste avant que Gibli ne s'avance derrière lui avec un énorme tuyau et lui assène un coup sur la tête.

Son crâne métallique heurte le sol avec un bruit sourd. Mon cœur... eck... mon pauvre cœur manque succomber. Le muuir ralentit, mon pouls ne peut pas faire face. Et ce n'est pas parce qu'il vient de me dire que tous les tueurs sanguinaires de l'arsenal de Sky veulent maintenant ma tête, mais à cause de ce qu'il a dit d'autre.

C'est à cause du nom qu'il m'a donné.

Il m'a appelée Rook.

Nous sommes tous pantelants. En dehors du bruit de nos respirations, le silence règne dans l'infirmerie. Tintin est le premier à le rompre.

– Alors, ça a marché ? demande-t-il.

Ils me regardent tous, mais je ne sais pas quoi dire, alors je me contente d'un « Eck ». Puis je lui applique un autre pansement pour masquer mon excitation à l'idée qu'il se réveille. Parce que quand il se réveillera, il sera Azza et Azza sera calme et aimant. Azza me pardonnera tout.

Tout.

6
Jerrock

D'ordinaire, un coup de tuyau sur le crâne n'aurait que peu d'effet sur moi, mais, même si les pilleurs ont fait preuve d'une pointe de génie en m'opérant, le travail a été bâclé et comme ils ont déconnecté le yeeyar de mon système, j'ai du mal à récupérer. Mon corps et mon esprit luttent maintenant inlassablement contre les molécules de yeeyar qui s'attardent dans mes nerfs et dans mon sang. Ce yeeyar cherche désespérément à trouver la planète qui le commande et à y retourner.

Toutefois, il n'y a plus de planète. Il n'y a plus d'ordres. Les contrats qui existaient dans mon esprit ont été, non pas effacés, mais brûlés. Je peux encore voir leurs cendres, bien que leur contenu ait disparu. Et le pire, c'est que je n'ai plus d'ancre. Le lien qui m'unissait à la planète Sky s'est évaporé. Je ne sens plus les autres assassins en orbite autour de moi. Je ne sais plus où ils sont. Il n'y a plus qu'un vide là où il y avait autrefois la pulsation faible mais toujours présente de la clé de Sky dans mon bras de stalyx.

Je n'ai plus de vaisseau à commander, même si je ne doute pas que le yeeyar qui reste dans mon corps pourrait encore prendre les commandes d'un vaisseau. Je pourrais même probablement retrouver l'accès aux tours de Sky pour que les Architectes puissent annuler ce que ces immondes Eshmiris ont fait, mais ils ne le feraient pas; même si je les suppliais. Et je ne les supplierais pas. Je ne leur demanderais pas de faire ça. Je retournerais sur Sky dans un seul but, un but qui semble lointain dans ce morceau de métal flottant perdu *quelque part* dans les quadrants – ou plus probablement en dehors – piloté par le groupe de pilleurs le plus minable qu'il m'ait été donné de rencontrer. L'infâme pilleuse Ashmara est la plus minable d'entre eux.

Rook. Elle s'appelait Rook, autrefois.

Mon corps tremble. L'un des Eshmiri parle :

– Est-il réveillé ?

– Je crois.

C'est sa voix. Je sens un coup soudain contre le côté stalyx de mon front.

– Toc, toc. Il y a quelqu'un ?

Je ne peux contenir mon grognement. J'entends le son d'un blaster ionique qui se met en marche et je sens la pression du canon sur le côté biologique de ma tête. Mais... j'entends aussi quelque chose d'autre. Quelque chose que cette bande de mercenaires ne semble pas percevoir, aussi impitoyables soient-ils. Ils doivent bien être impitoyables, n'est-ce pas ? Parce que je me souviens... de *tout*.

Ma paupière biologique s'ouvre. Ma vision alimentée par le yeeyar, reprend vie – toujours intacte, toujours connectée à moi, mais plus au monde d'origine de Sky, ce monde rempli d'Architectes de la Mort. Je ne suis plus le bras droit de Sky.

Je ne suis que l'assassin défectueux qui se dresse en travers de sa route.

Je vois la pointe fine d'un outil de forage pénétrer dans le plafond entre l'infirmerie et le corps du vaisseau. L'assassin, car il ne peut s'agir que d'un assassin, se laissera tomber et fermera la porte. Ce faisant, il nous enfermera à l'intérieur, puis larguera l'ensemble de l'infirmerie dans l'espace afin que les autres assassins puissent tous nous récupérer et nous remorquer jusqu'à Sky. Là, les Architectes pourront faire de chacun d'entre nous ce qu'ils voudront. Les Eshmiris seront tués, je serai désactivé et Ashmara sera...

Je grogne. Je sais quel sort ils lui réservent.

Malgré la menace imminente, un halo de visages est suspendu au-dessus de moi – ils sont identiques dans leur homogénéité Eshmiri, à l'exception de l'un d'entre eux. Celle dont la seule présence est une lame qui scie mon crâne d'avant en arrière.

Qu'a-t-elle fait à mon crâne ? Elle l'a fendu en deux. *Qu'a-t-elle fait à mes os ?* Elle les a mis à nu. *Qu'a-t-elle fait à mon cœur ?* Elle l'a découpé à la hache.

Ma poitrine est enveloppée de lianes de yeeyar qui se contractent à la vue de ses yeux bleus qui me regardent. Elle ne remarque même pas que l'assassin a enlevé une partie du plafond et que le trou ainsi fait est assez large pour tomber à travers. Quelle imbécile.

Je me redresse en ignorant la sensation de vertige qui tente de me maintenir à l'horizontale, et j'attrape une mèche des boucles d'Ashmara. Elles sont d'un blanc éclatant. Elle pousse un cri de douleur quand je la tire vers moi. Je me jette sur un pied, puis sur l'autre en la laissant étalée sur le sol à l'endroit où je me trouvais.

Un Eshmiri armé d'un blaster à fronde tire et rate sa cible lorsque j'abaisse mon avant-bras en stalyx sur le canon de son arme. C'est un piètre blaster, mais ça fera l'affaire. Je lui prends l'arme et lui donne un coup de pied dans la poitrine pour écarter la créature de mon chemin. Il dérape sur le sol et heurte les pieds d'un lit de camp. C'est sûrement celui sur lequel je me suis réveillé, puisqu'il n'y en a qu'un seul et qu'il recouvre maintenant le sol en morceaux épars.

J'arrache la tige de métal de la main de l'Eshmiri qui s'approche de moi en poussant un cri de guerre futile qui se poursuit longtemps après que l'arme a volé hors de sa poigne à huit doigts. Je l'écarte, balaie la jambe d'un autre et frappe un troisième si fort qu'il s'écrase contre le mur à droite et l'ébranle sur son cadre. Je quitte l'infirmerie sous un concert de grognements mécontents et de gémissements de tous les Eshmiris. J'arrive à l'ouverture du plafond à temps pour intercepter l'assassin qui s'apprête à s'y jeter.

Je saute, m'accroche d'une main au bord de l'ouverture circulaire parfaitement taillée, tandis que l'autre manœuvre le blaster dans l'obscurité du vide sanitaire. L'assassin me prend l'arme et je le laisse faire – je n'avais pas l'intention de m'en servir, je n'aurais pas osé. Les vaisseaux modernes sont équipés de blocs de sécurité qui empêchent les brèches d'affecter l'intégrité de l'ensemble du vaisseau. Mais percer la coque extérieure de cette boîte de conserve décrépite nous enverrait tous à la mort.

L'assassin a le blaster Eshmiri dans une main et sa propre arme dans l'autre. Occupé comme il l'est, il lui faut un battement de cœur de trop pour se défendre contre moi. Je me hisse dans l'obscurité criminelle et j'attrape l'arrière de sa tête à deux mains. Il grogne en basculant vers l'avant, puis tombe dans l'ouverture après moi. Il s'écrase sur le sol à mes pieds et j'abaisse ma main de stalyx vers sa gorge, avec l'intention de la lui arracher.

Il bloque et pivote, puis cherche à me donner un coup de pied. Je saute par-dessus sa jambe avant d'atterrir durement sur son autre jambe. Elle se brise sous la semelle de mon pied, enrobée de fibre noire. Il ne crie pas, mais se redresse sur sa jambe valide. C'est douloureux. Je lui donne un coup de pied dans le genou. Il s'effondre sur le dos et je passe ma main rouge sur son visage en faisant couler le sang avec mes griffes.

Il siffle. Je plante deux doigts dans ses larges narines et les arrache. Il me montre ses dents. Blanches et brillantes, elles constituent un témoignage de son héritage Niahhorru. C'est l'un des rares éléments niahhorrus qui lui restent, étant donné qu'on lui a retiré deux bras et qu'on les a remplacés par des bobines de yeeyar. C'est un ancien modèle. Je ricane et enroule le yeeyar autour de mon bras en stalyx lorsqu'il s'élance vers moi. Je le tiens par la poitrine avec mon pied pendant que je lui arrache les deux bras de yeeyar.

Il ne crie pas. Pas même lorsque je passe la main dans l'orbite droite vide et que je trouve son cœur biologique sous des couches de chair et de sang, sous des organes qui ont été prélevés sur d'autres créatures plus fortes et qui n'ont rien à faire là. J'ai de la chance qu'ils aient trouvé mes organes satisfaisants, j'ai pu les garder. *Mais pas ma peau*.

J'enroule mes doigts autour de son cœur et je serre. Son bras s'élance à toute vitesse, Je bloque avec mon avant-bras sa dernière tentative pour me tuer. Avec ma main de stalyx, j'arrache son cœur.

Silence.

Je me lève lentement, en me déployant de toute ma hauteur. Ces créatures Eshmiris m'ont laissé dans mon uniforme d'assassin, le noir est moulé sur toute ma peau rouge. Mes améliorations en stalyx continuent de briller. Je fronce les sourcils en les regardant.

– Par toutes les putains de eck d'étoiles !

Sa voix est aussi rude qu'une vague et tout aussi puissante. Quand est-elle devenue si rude, si dure ?

Je lève la tête. Ses yeux sont immenses et blancs, sans aucune couleur; mais, à ma grande surprise : elle me sourit.

Je laisse tomber le cœur engorgé du Niahhorru et il atterrit sur le cadavre auquel il a appartenu avec une éclaboussure molle. Je ne bouge pas. J'essaie simplement de classer mes pensées et d'éliminer tout sentiment, comme j'ai été entraîné à le faire.

Pour la première fois dont je me souvienne, ça ne marche pas.

– C'était impressionnant, ajoute-t-elle.

Je croise son regard. J'ai l'impression de tomber dans un brouillard dont je ne peux m'échapper.

– Ce n'était que le début. D'autres assassins viendront.

– Excellent, dit-elle avec joie. Tintin, Gibli, sommes-nous plus près de Tiringdam ou d'Evernor ?

– Ni l'un ni l'autre. Nous sommes à la limite du quadrant huit, répond l'un des Eshmiris.

C'est celui qui m'a frappé avec le tuyau.

Il va le récupérer, puis il le brandit dans ma direction.

– Tu te bats bien, mon ami assassin.

Je ne suis pas son ami, mais je ne le lui dis pas. Je suis trop perturbé par le fait qu'il ne semble plus me craindre. Aucun d'entre eux ne semble me craindre. Des six

Eshmiris présents ici, aucun ne me regarde avec les yeux de ceux qui s'attendent à rencontrer la Mort. Au contraire, ils commencent à se déplacer autour de moi. Deux Eshmiris s'approchent avec un matériau malléable tendu entre eux. Ils le placent au niveau du trou dans le plafond. L'un d'eux se lève et commence calmement et jovialement à colmater le trou tandis que l'autre retourne aider deux autres Eshmiris à traîner le cadavre de l'assassin que j'ai tué vers ce qui semble être un vide-ordures.

Ashmara est la seule à se concentrer sur moi. Elle, par contre, elle ne m'a jamais craint. Pas une seule fois. Je recule d'un pas lorsqu'elle s'approche. Je n'aime pas du tout sa démarche chaloupée et l'expression étrange sur son visage. Les couleurs de ses yeux, en revanche, elle ne me les montre pas.

– Comment ça va, Azza ?

Elle donne un coup de poing dans mon bras en stalyx. Le coup est trop léger pour me faire mal, mais je réagis tout de même comme s'il s'agissait d'une agression.

J'attrape son poignet, le tourne dans son dos et la pousse contre le mur le plus proche. Durement.

– Wow. Tu as la pêche, on dirait, dit-elle en riant.

Je comprends maintenant mieux ce qu'elle dit, son eshmiri est moins traînant, moins hachuré.

La chaleur de son corps m'assaille... Ses formes me paralysent...

Je... ne peux pas... lutter…

C'est nouveau pour moi, et en même temps, ça ne l'est pas. Je l'ai vue des dizaines de fois – des centaines de fois – mais jamais de cette façon. Jamais avec les sens d'un mâle qui a la capacité de ressentir et de désirer. Les dents serrées, je déclare :

– Tu dois retourner dans les quadrants connus. Cherche refuge sur Evernor, si tu l'oses, mais je ne pense pas que tu tiendras longtemps là-bas non plus.

Je m'éloigne en la libérant. Mon poing biologique se crispe en l'absence de sa chaleur. Je tourne le dos à l'Eshmiri et me déplace dans le vaisseau en empruntant une échelle pour monter sur le pont supérieur, à la recherche de la salle de contrôle. Chaque pièce que je traverse est plus sale que la précédente. Les quartiers d'habitation sont en désordre. Il y a une petite pièce séparée qui dégage une odeur nauséabonde et dans laquelle je n'ose pas regarder. Je trouve enfin la salle de contrôle, je n'ai pas oublié l'endroit où elle se trouvait.

Je m'assois sur l'une des chaises droites et fonctionnelles. Je passe mes doigts sur les commandes, en manœuvrant le vaisseau jusqu'à ce que je puisse repérer celui sur lequel l'assassin de Sky est arrivé. Je nous rapproche de lui et, lorsque le portail d'entrée de ce vaisseau se trouve juste sous l'entrée du plus petit vaisseau de Sky, j'ordonne au yeeyar du vaisseau de l'assassin de nous amarrer ensemble.

Il n'y a aucune raison de créer des vaisseaux uniques pour chaque assassin. Contrairement à n'importe quelle autre créature, nous ne les considérons pas comme des possessions personnelles, et la défection n'est pas une option. En tout cas, elle n'était pas une option avant qu'*elle* ne change tout. C'est la *deuxième* fois dans l'Histoire de Sky que les assassins ont accès à leur ancien moi et elle est responsable de ces deux *libérations. Ils ne la laisseront jamais vivre.*

Elle est devenue la cible principale de Sky. Ce sera l'une des rares fois où les Architectes attribueront eux-mêmes un contrat. Un contrat qui s'ajoute au contrat que je détiens, qui couvre une douzaine de primes différentes, toutes petites mais dont la valeur cumulée n'est pas négligeable, *et c'est sans compter* le contrat que j'ai souscrit pour elle dans le cas où je mourrais. Elle est désormais la femme la plus recherchée du cosmos.

– Alors, on va où ?

Je sursaute et cligne des yeux. Ashmara se tient à gauche, près de mon épaule droite, un sourire nonchalant sur le visage. Elle penche la tête sur le côté et ricane comme le font les Eshmiris, bien que le son soit étrange car sa voix est plus grave. Un sac à dos en piteux état pend à son bras. Elle penche la tête. Son regard va de mon visage à son sac et vice-versa, puis elle passe ses doigts dans ses courtes boucles.

– Je t'ai fait peur ?

Elle sourit plus largement.

Je ne lui réponds pas. Ma gorge se noue. J'aimerais lui répondre, mais je me retiens de le faire. Au lieu de cela, je lui tourne le dos et je commence à monter les escaliers jusqu'à la porte principale. Elle est rouillée, mais la roue bouge encore. Je la tourne d'une main tandis que, derrière moi, j'entends Ashmara bavarder avec l'un de ses amis pilleurs.

– Yeeshee… Krakaw. Je ne suis pas encore sûre. Je te le dirai quand on y sera, Gibli.

Le pilleur n'a pas l'air convaincu. Sa voix aiguë se fait de plus en plus en forte, à mesure qu'il s'approche.

– Il est loin d'être aussi amusant que tu l'avais dit.

Elle lui a parlé de moi ? De nouvelles pousses fleurissent sur les lianes de yeeyar autour de mon cœur et ma main glisse de la roue. Ma main de yeeyar. Pas celle qui est plus faible.

– Quoi ? Il est super marrant ! Qu'est-ce que tu

racontes ? Il a arraché le cœur du type qui a fait un trou dans notre plafond… C'était cool, non ?

– Ouais, on peut dire ça…

– En plus nous avons beaucoup de choses à annoncer à tout le monde ! Nous avons trouvé la technique pour libérer les assassins de Sky. Vous devriez tous commencer à en parler. En fait, à bien y réfléchir, il faudrait d'abord la vendre à nos amis lemorans. Ensuite, on la donnera gratuitement à tout le monde.

Quoi ? A-t-elle perdu la tête ? Sa suggestion me fait hésiter. *Kra-krakaw*, mes pensées trébuchent soudain sur la langue eshmiri. Krakaw. Je ne me laisserai pas distraire par elle, aussi insensées que soient ses actions et ses paroles.

Je continue à faire tourner la roue jusqu'à ce que ce ne soit plus possible. Puis je pousse la porte. Une lumière blanche et une odeur douce, presque écœurante, descendent en spirale. Elles se heurtent à l'odeur du vaisseau crasseux d'Ashmara. Je ne devrais pas trouver l'odeur de la sueur et de l'alcool plus attirante que celle du yeeyar et des améliorations de Sky, mais…

– C'est une excellente idée. Tu penses qu'on pourrait obtenir quelques sacs de kintarr en échange de cette information ?

– Des sacs ? On pourrait en avoir des *tonnes* !

L'Eshmiri s'esclaffe.

– Je vais les contacter tout de suite. Amuse-toi bien pendant ton voyage avec Jerrock !

Mon pied glisse sur l'échelon quand j'entends mon nom. *Elle lui a parlé de moi.*

– Exige au moins une tonne ! Et parle de cette technique révolutionnaire à tout le monde. Commence par Herannathon. Ça va lui en mettre plein la vue.

Assure-toi que Deena aussi soit au courant. Tu sais à quel point elle aime parler. Elle s'assurera que tout le monde dans les quadrants connus est au courant en...

Je *sens* son poids faire trembler l'échelle tandis qu'elle grimpe à ma suite en vociférant des suggestions plus folles les unes que les autres au fur et à mesure qu'elle grimpe.

– Hey ! crie-t-elle alors que sa prise glisse.

Elle ne tombe pas cependant. Au lieu de cela, elle attrape la jambe de mon pantalon. Sa prise est solide, mais je ne me concentre pas sur sa force. Sait-elle que la paume de sa main tremble légèrement ? Quelle quantité de muuir prend-elle régulièrement ?

La colère me fait sursauter. Je donne un coup de pied plus fort pour déloger sa prise, mais elle s'agrippe encore plus fort avant de lâcher l'échelle et d'attraper ma cheville à deux mains. Je la secoue assez fort pour qu'elle ait l'impression que sa nuque va se briser. Pendant tout ce temps, son ami eshmiri éclate de rire comme un cinglé.

Je vais devoir mettre un terme à tout ça. Je saute. Elle crie en tombant avec moi et atterrit durement sur le côté, sur le sol métallique grinçant. Elle gémit de douleur, me maudit en se frottant la hanche et les épaules. Elle se hisse péniblement sur un siège. Pendant qu'elle se déplace, mon regard se pose sur son corps.

Elle est habillée comme elle l'a toujours été, comme une Eshmiri, parce que c'est ce qu'elle est. Elle porte une robe noire. Comme la plupart des Eshmiris, les haillons qui couvrent ses épaules et sa poitrine se terminent avant d'atteindre son ventre. Son pantalon de peau et de tissu en lambeaux ne commence qu'au niveau de ses hanches, une partie de son ventre est donc visible. Il y a un petit creux au centre de son estomac. C'est le cas de nombreuses espèces, mais je me concentre sur ce creux, sur les petits os de ses hanches dessinées, sur la taille qui s'affine à partir d'eux avant d'atteindre sa cage thoracique. Sa cage thoracique est étroite. Je pourrais sûrement l'entourer de mes deux mains. Son abdomen est sculpté, d'un brun scintillant. Je me dis qu'il faut détourner le regard de la chair exposée de son corps, mais mon regard... s'attarde.

Elle se met sur le dos et les couleurs clignotent dans ses yeux trop rapidement pour que je puisse les saisir. Elles sont bien les seules à pouvoir m'échapper.

– Tu ne viens pas, dis-je enfin fermement.

Ma voix est dure et creuse à la fois.

– Hmm, c'est drôle que tu dises ça, parce que j'arrive, dit-elle de sa position allongée sous moi.

Elle me fait un geste étrange : elle lève un pouce puis elle ferme un œil en clignant des yeux. Je connais des centaines de langues différentes, parlées ou non, mais pas celle-là. Cela m'agace de ne pas savoir ce que cela signifie.

– Il y a déjà des centaines d'assassins à tes trousses. Si tu annonces qu'il existe une technique pour les détruire...

– Pour les libérer.

– Des milliers d'assassins sont à ta poursuite.

Je la domine, mais elle ne semble pas intimidée.

Elle baisse les yeux et sourit.

– Tu crois que ça me fait peur ?

– Ça devrait te faire peur.

– Ce qui me fait peur, c'est ton odeur. On dirait que tu n'as pas pris de douche depuis une douzaine de solaires.

– J'ai pris une douche, dis-je bêtement.

Je ne comprends pas pourquoi j'éprouve le besoin de me défendre.

– Ce n'est pas ce que me dit mon nez.

L'Eshmiri qui se tient avec nous dans le couloir rit. Je vois qu'il y en a maintenant un autre derrière lui. Il rit aussi avant de passer l'un de ses sept doigts par-dessus son épaule et de dire :

– Un autre vaisseau arrive. On le fait exploser ?

– Vos tirs seront inefficaces, je déclare.

C'est vrai, mais je suis tout de même surpris quand Ashmara acquiesce.

– Ne tirez pas, dit-elle en prenant la main de son ami eshmiri.

Celui-ci s'appelle Gibli, je crois que c'est comme ça qu'elle l'a appelé. Elle le laisse l'aider à se lever.

– Laissons l'assassin venir à nous. Nous pouvons le tuer à bord avec nos déstabilisateurs yeeyar.

Elle hisse son sac plus haut sur son épaule et je refuse de trahir ma surprise. Des déstabilisateurs, a-t-elle dit. Et il y en a plus d'un. Ils en ont d'autres, en dehors de celui qu'ils ont utilisé sur moi.

Je veux savoir ce qu'est cette arme, comment elle fonctionne, pourquoi elle nécessite un outil ancien – *un sifflet* – pour être activée et pourquoi ils n'ont tout simplement pas pu utiliser leurs jetons yeeyar ou des boîtes yamar plus anciennes pour reproduire la fréquence nécessaire à l'activation de l'outil. Je n'avais jamais vu une telle arme auparavant. Elle est rudimentaire, mais remarquablement utile. Si les Architectes connaissent une telle arme, ils n'ont pas partagé son existence avec nous, les assassins. Ce qui veut dire qu'ils ne la connaissent pas : s'ils connaissaient cette arme, ils nous en auraient parlé. Ils auraient également traqué tous les sifflets des quadrants et les auraient tous éradiqués, ainsi que tous ceux qui en ont touché ou porté un. Leurs assassins ne doivent pas être maîtrisés aussi facilement. Pourtant...

Je l'ai été.

Je fronce légèrement les sourcils et, chose peu commune pour moi, je laisse à Ashmara le luxe de voir le mécontentement sur mon visage. Elle sourit vivement et me regarde à nouveau d'un œil.

– Tu n'es pas le seul à avoir plus d'un tour dans ton sac, hé hé.

Je ricane.

– Gardez votre arme, dis-je à ses frères pilleurs. Vous en aurez besoin.

– Tu veux qu'on les garde ?

Les. L'utilisation du pluriel me surprend encore plus.

– Si nous les gardons, nous n'aurons pas l'occasion de les utiliser.

Son rire et ceux des autres pilleurs m'irritent au plus haut point.

Je retourne à l'échelle.

– Je vais m'occuper de ce vaisseau. Ensuite, je traquerai les autres assassins qui vous chassent, ce qui vous laissera le temps d'arriver à Evernor. Utilisez-le à bon escient. Ne perdez pas votre temps à diffuser des informations depuis votre précieux vaisseau, cela rendrait ma tâche encore plus difficile.

– Tu te moques de nous maintenant ?

– Chaque moment que vous perdez et chaque décision que vous prenez qui m'empêche de retourner au plus vite sur Sky pour tuer les Architectes coûteront des vies. La mienne et les vôtres.

– Sky ? Est-ce qu'il vient de dire qu'il allait sur Sky ?

Les pilleurs Eshmiris expriment leur désaccord. Pour la plupart des gens, cela ressemble à un rire, mais je sais maintenant qu'il n'en est rien. Ces Eshmiris peuvent être rusés quand cela les arrange.

– Comment tu comptes te rendre à Sky, l'ami ?

– Je ne suis pas ton ami et je vais y aller avec ma clé de Sky...

Ma voix s'éteint. Je marque une pause dans mon ascension et je m'arrête au même endroit que précédemment.

La frustration m'envahit. Je me retourne et saute, avant d'atterrir sur la grille métallique avec un bruit sec. Je fonce sur Ashmara. Je la fais reculer jusqu'à ce qu'elle trébuche dans les bras de ses amis. Ils la soutiennent par le dos et les coudes. Une main eshmiri épaisse à trois doigts est posée sur la courbe de sa taille et cela me dérange. Cela ne devrait pas me déranger pourtant. Ces mâles ne se reproduisent pas avec des femelles, mais entre eux.

Elle lève ses mains crispées. Son sac à dos tombe le long de son bras, puis s'accroche à son coude. Je l'attrape, mais elle l'écarte. Son geste ne m'aurait pas empêché de le saisir si elle n'avait pas prononcé mon nom en même temps.

Krakaw, pas mon nom, *un* nom.

– Azza, tu crois vraiment que je vais la mettre dans mon sac à dos ? Sérieusement ? J'ai réussi à te tromper, à te piéger et à t'ouvrir comme une noix de coco et tu penses encore que je suis assez bête pour faire une chose pareille ? C'est mon sac de voyage. J'ai caché la clé de Sky sur notre vaisseau.

Je m'éloigne de l'escalier et me décale pour passer devant elle, bien décidé à dénicher la clé qu'elle m'a volée, mais elle se contente de faire claquer sa langue contre l'arrière de ses dents. Ça ne me plaît pas du tout.

– Tintin, combien de temps nous reste-t-il avant que le vaisseau de Sky ne nous atteigne ?

L'Eshmiri qui se tient un peu en retrait regarde sa boîte de yamar désuète. Il y parle, transmet la demande d'information, et répond :

– Pas longtemps.

Je n'en reviens pas ! Il répond avec la nonchalance dont les autres ont fait preuve en balançant un assassin mort dans la benne à ordures.

Ashmara fait preuve du même degré d'insouciance avec sa propre vie. J'ai envie de l'étrangler...

– Tu vas vraiment gaspiller le peu de temps qu'il te reste à essayer de retrouver ta clé manquante, ou tu vas aller tuer ton pote qui se rapproche ? Je ne pense pas que tu auras le temps de faire les deux.

– Ce n'est pas mon pote.

J'hésite un instant, plus longtemps que je ne le devrais – plus longtemps qu'elle ne peut se le permettre – avant d'ignorer la tentation qu'elle représente et de retourner à l'échelle. Ce n'est que parce que je lui tourne le dos que je laisse mon visage exprimer de la frustration.

Je suis à mi-chemin, de retour à l'endroit que j'ai abandonné deux fois, quand Ashmara m'interpelle.

– Tu abandonnes ta clé aussi facilement ?

– Je reviendrai la chercher. C'est aussi simple que cela.

– Tu peux revenir la chercher, mais tu ne la trouveras pas facilement. As-tu vu la taille de notre vaisseau ? En plus, c'est… euhh… C'est un peu le bazar. Tu finiras par la trouver au bout d'un moment, bien sûr, mais il te faudra des solaires et des solaires…

Sa menace sonne creux.

– Ou tu peux t'épargner la peine de chercher et je te dirai simplement où elle est, reprend-elle.

Je marque une pause en saisissant le métal chaud et rugueux avec suffisamment de force pour m'étonner que le barreau ne se brise pas sous ma poigne de stalyx. Quelle femelle infernale. Elle sait comment me parler. Elle me dit toujours ce que j'ai envie d'entendre parce que je la crois toujours, même si je ne le devrais pas. Et dire que je la considère comme une idiote… Et moi alors, qu'est-ce que je suis dans ce cas ?

– Tu me le donnerais ? je demande avec incertitude.

– Bien sûr.

Elle hausse les épaules comme si nous parlions d'une clé à molette et pas de l'artefact le plus rare du cosmos.

– Tu sais ce qu'elle vaut.

C'est une question, mais je l'énonce comme un fait indubitable.

– Bien sûr.

– Comment l'as-tu…

– Tu veux vraiment rester là à essayer de me comprendre ou tu es prêt à accepter mes conditions ? Je te donnerai la clé de Sky si tu me permets de t'accompagner.

– Juste cette fois.

Je négocie. Je n'ai jamais négocié auparavant.

– Ok.

Il y a de la malice dans son regard, toutefois, j'ai beau lire ses émotions les plus intimes, je ne sais pas ce qu'elle a derrière la tête. Je n'aime pas ses plans, je n'aime pas ses pièges. Ils sont si stupides que je tombe dedans.

Je sens monter un grognement dans ma poitrine. Ce n'est pas un son que j'émets souvent, mais chaque fois que ça se produit, c'était en sa présence. *La plus douce et la plus douloureuse des présences.* Mon esprit, confronté à un souvenir si lointain qu'il en est presque oublié, sursaute avant de revenir au présent. *Je n'ai pas le temps pour les souvenirs. Pas même celui-là.*

— Viens ! j'aboie. Mets-toi quelque part et ne bouge pas.

Je sens l'échelle vibrer sous moi tandis qu'elle me suit.

— Ok.

Ok. Je déteste ce mot.

— Je ne vais pas te protéger.

— Yeeshee, yeeshee.

— Et tu me donneras la clé lorsque je te déposerai sur ton vaisseau.

— Ok , dit-elle, avec encore plus d'insistance.

Ok.

— Tu tiendras ta promesse et tu n'essaieras pas de me berner.

— Yeeshee, bien sûr.

Son ton est totalement condescendant et n'a rien de crédible, mais je grimpe tout de même l'échelle jusqu'à la salle de contrôle du vaisseau de Sky.

Elle est plus grande que celle à laquelle je suis habitué. Elle comprend une deuxième chambre ainsi qu'une pièce détachée et une capsule de couchage. Il s'agit d'une cabine de couchage pour une personne. Un frisson me parcourt alors que le souvenir revient au premier plan de mes pensées.

Krakaw, nous ne dormirons pas ici, cela n'a pas d'importance. Notre mission est simple : nous devons éliminer le vaisseau de Sky en approche, retourner au bordel flottant des Eshmiris, récupérer ma clé et renvoyer Ashmara dans le dépotoir d'où elle vient. *Une décharge remplie de muuir.* Je fronce les sourcils. Si je l'emmène avec moi, elle ne me servira à rien, mais au moins, *elle ne pourra pas prendre de muuir.*

Dès qu'elle monte à bord derrière moi, elle fait des adieux surprenants à ses compagnons Eshmiris avant de refermer la porte de son vaisseau avec un grand bruit de ferraille.

– À bientôt ! On se retrouve à notre point de rendez-vous sur Evernor. Je vous aime !

Je vous aime.

Je vous aime.

Je vous aime.

Elle les aime.

Mes cils s'agitent au-dessus de mon œil biologique tandis que ma vue de yeeyar fait apparaître des milliers de définitions du terme « *amour* » dans des millions de langues. Le concept d'*amour* existe dans toutes les cultures du cosmos.

– Alors, Azza…

Elle glisse alors sa main le long de l'ouverture du vaisseau Sky jusqu'à ce qu'elle trouve l'ouverture manuelle de la porte. La porte se referme sans un bruit, le yeeyar est totalement silencieux même lorsqu'il contrôle des objets en mouvement.

La voix d'Ashmara me ramène au vaisseau spatial et je me réprimande mentalement : j'étais perdu dans mes pensées. Encore une fois.

– Alors, dit-elle en se levant.

Je réalise que je suis toujours en train de la regarder tandis qu'elle brosse les jambes de son pantalon. De la poussière et de la saleté en tombent et saupoudrent le sol blanc comme de l'amidon. Les semelles de ses bottes laissent également des traces de pas.

Elle jette son sac à dos contre le mur et celui-ci glisse

jusqu'à ce qu'il rencontre le sol. Quelque chose s'entrechoque dans son sac. Des bouteilles, à mon avis. En plus du muuir, j'ai vu plein de bouteilles de boissons fermentées joncher le sol de son vaisseau. Mon œil biologique s'agite. Y a-t-il une substance à laquelle cette femme n'est pas accro ?

– On n'est pas censés buter des gens là ?

Elle se dirige vers le tableau de commande hifelai qui domine l'espace, mais je la coupe dans son élan.

– Assieds-toi et ne me dérange pas. Ce vaisseau a été conçu pour être piloté par une seule personne.

Elle hausse les épaules, et ne s'énerve pas comme je m'y attendais. Très peu de choses semblent l'énerver. Je lutte contre une irrépressible envie d'essayer de l'irriter.

– Ok.

Elle me fait un drôle de sourire que je n'apprécie pas beaucoup, tandis que je me tourne vers les commandes et laisse mes doigts travailler.

Le panneau s'anime sous ma paume et, dès qu'il enregistre le yeeyar dans mon système, je le contrôle. Je lui en suis reconnaissant. Je... je n'étais pas certain qu'il le ferait. Ce qu'Ashmara m'a fait a coupé mon lien avec Sky, mais n'a pas détruit le yeeyar en moi. Je peux encore sentir le vaisseau autour de moi comme avant. Je le sens aussi facilement que ma propre peau. *Je le sens aussi facilement que je ressens sa présence.*

Je détourne mon visage de l'ombre trouble qu'elle dessine sur le sol blanc immaculé et j'essaie de ne penser à rien d'autre qu'aux tâches qui m'attendent. C'est ainsi que l'on m'a appris à agir. C'est ainsi que l'on m'a formé. C'est ce qu'on m'a forcé à faire. Des pensées errantes et troublantes continuent de briser ma concentration et de me transpercer. À chaque fois qu'elles m'assaillent, elles font couler du sang. *Beaucoup de sang.*

– Woah… Tu n'as jamais piloté un vaisseau avant ?

Elle glousse alors que le vaisseau prend son envol et s'éloigne de la boîte de conserve qu'elle nomme vaisseau assez rapidement pour nous faire vaciller tous les deux. Je ne réponds pas à ses railleries et continue d'ignorer qu'elle me regarde les bras croisés sur la poitrine. Je n'essaie surtout pas d'analyser son regard incolore et ce que ses expressions peuvent traduire.

Je me concentre sur l'hifelai qui se dresse devant moi comme des éclats noirs de verre et de sable formant des formes et des sphères dans les tons gris avec parfois une pointe de couleur. Plus sophistiqué qu'un holo-écran, mais mille fois plus difficile à interpréter, il me permet de déterminer où se trouvent les vaisseaux à portée de tir et à quelle vitesse ils se déplacent. Le vaisseau de Sky est facile à repérer grâce à sa vitesse, et celui d'Ashmara l'est encore plus car il est lent.

Je redirige notre vaisseau de douze degrés et je plonge. Je sens le regard d'Ashmara sur moi. Il est brutal, il me transperce comme aucune douleur infligée par les Architectes ne pourra jamais le faire.

Elle se racle la gorge. Sa voix est graveleuse.

– Tu te souviens de moi, n'est-ce pas ?

Le vaisseau plonge plus fort et Ashmara tend la main pour s'accrocher à quelque chose, mais il n'y a rien d'autre que le mur, alors elle s'y agrippe. Je me déplace vers la zone gauche du hifelai plat, apparemment statique, et j'ouvre l'arsenal du vaisseau. L'arsenal s'allume, les panneaux du tableau de commande brillent d'un noir plus sombre et plus brillant que les tons gris qui les entourent.

– Je pense que tu te souviens de moi, dit-elle.

Je ne réponds pas, je tambourine sur les touches. Du fer liquide ionique ionyx'ix jaillit des portails d'explosion. Je ne tarde pas à attaquer le vaisseau en approche. Il plane comme une tache de sable noircie par l'encre dans l'air devant moi. Il brille en rose dans l'hifelai tandis qu'il active ses boucliers et continue de se rapprocher à toute vitesse du point bleu difforme beaucoup plus grand. Il se déplace si rapidement que le vaisseau des pilleurs semble complètement inerte. Connaissant le penchant pour le danger des pilleurs, c'est probablement le cas. Le concept d'auto-préservation ne semble pas exister au sein de la communauté des pilleurs. Ses amis Eshmiris n'ont probablement pas encore commencé à décoller. *Peut-être qu'ils l'attendent. Peut-être qu'ils l'aiment aussi.*

Mon pouls ne s'accélère que d'un poil, mais c'est suffisant pour que je sente la tension commencer à se répandre dans tout mon corps. Je déteste ça, et pourtant, cette haine ne me décourage pas. Je ne laisserai pas l'assassin monter à bord de ce navire. Pour l'instant, je n'ai qu'un avantage : l'effet de surprise. Tous les vaisseaux de Sky sont construits de la même manière. Il va falloir lutter pour l'abattre.

Les explosions n'ont guère réussi à pénétrer les boucliers du vaisseau mais je n'ai pas cessé de tirer. Je ne cherche pas à pénétrer ses boucliers. Je veux faire en sorte que le vaisseau de Sky se détourne de celui d'Ashmara, et c'est ce qu'il fait. L'assassin à bord ne tente pas de communiquer. Il ne le peut pas. Nos vaisseaux ne sont pas conçus pour. À quoi cela servirait-il ? Quiconque voit un vaisseau de Sky arriver, quand ils arrivent à le voir, sait ce que veulent les assassins à son bord.

Ils veulent une vie en échange d'un contrat.

– Alors, puisque tu te souviens de moi, je...

Elle bégaie, sa voix est plus rauque qu'elle ne l'était auparavant.

– Azza, je... Eck.

Elle s'agenouille tandis que je fais monter brusquement le vaisseau, dans l'intention d'attirer le vaisseau de Sky plus loin dans la zone grise. Nous sommes trop détectables dans la zone du quadrant huit et je n'ai aucune envie d'être détenu dans une prison d'Oosas où les détenus sont gardés dans des cellules isolées situées si profondément sous la surface de l'océan que tous ceux qui tentent de s'évader de la prison sont immédiatement écrasés.

Elle commence à fouiller dans son sac, s'arrête plusieurs fois et secoue la tête avant de se redresser d'un coup.

– Ah ! La voilà.

Elle s'éloigne, commence à tripoter sa petite boîte de yamar, puis s'éclaircit la gorge.

– Azza, je suis Ashmara. Tu te souviens peut-être de moi sous le nom de Rook. D'ailleurs, tu peux m'appeler Rook.

Elle lit comme un robot, très guindée, à partir de la petite projection faite par son boîtier yamar. La projection holo clignote et je me demande, encore une fois, pourquoi elle et ses pilleurs n'utilisent pas les versions yeeyar infiniment plus sophistiquées disponibles. Ce sont des détails sans importance, mais je m'y accroche. Les détails qui la concernent ne m'échappent pas.

– Quand je cherche à remonter le fil de ma mémoire et à retrouver mes premiers souvenirs : c'est toi que je vois.

Mon vaisseau essuie des tirs. Je sens que la coque est

frappée par de petites impulsions, mais les boucliers sont pleinement opérationnels et ne craquent pas. Contrairement à moi, qui suis sur le point de craquer.

– Tu étais différent à l'époque. Ta peau était rouge, mais aussi brune, comme la mienne.

Sa voix devient plus forte et elle ouvre la bouche. Elle est sur le point d'en dire plus. *Je veux qu'elle se taise.* J'incline le vaisseau pour faire exploser le vaisseau adverse avec les canons à drohérion. Cette attaque est nécessaire. *Je dois agir ainsi pour la faire taire.*

Elle se heurte au mur, mais cela n'a pas l'effet escompté.

– Aïe ! Bon, où en étais-je ? Azza, toi et moi avions l'habitude de jouer ensemble à bord du vaisseau des réfugiés. Nous étions des réfugiés de Lemora. La femme qui s'occupait de nous m'a dit un jour que nous avions été achetés par les Architectes de Sky, mais que le vaisseau Drakesh chargé de négocier l'accord avait été intercepté. Nous étions des enfants. Ensuite, quand nous avons grandi, ils nous ont gardés ensemble. Nous avons grandi sur ce vaisseau. Je ne suis pas sûre que tu te souviennes de tout, ou si tu te souviens de moi, ou de ce que tu as fait...

Sa voix fait alors quelque chose de vraiment accablant. Elle se brise.

– Oups, dit-elle en riant et en essayant de tousser pour masquer son erreur.

Quelle erreur. Eck. Je n'en peux plus...

J'arrive devant elle avant qu'elle n'ait pu inspirer. Je pose ma paume sur sa bouche et la plaque dos contre le mur blanc, du même blanc que ses cheveux. Mon regard se perd dans ses boucles. Je refuse de regarder ses yeux et de me retrouver face à la bande de jaune qui y flamboie. Le jaune, c'est la couleur voraxiane de la honte. De quoi a-t-elle honte ? Ce n'est pas elle qui a été transformée en bête misérable, ce n'est pas elle qui a dû composer avec une vie qu'on ne lui a pas donnée mais accordée pour un temps limité, en échange de services.

Notre vaisseau bascule sur son axe. La secousse me surprend et m'exaspère. Elle me distrait trop. Je lui arrache la boîte de yamar des mains et me retourne vers les commandes pour voir quelque chose d'alarmant. Sachant que les explosions ne pénétreront pas nos boucliers, l'assassin nous a balancé une capsule de confinement. C'est audacieux et suicidaire car le vaisseau de Sky qui nous attaque n'a qu'une nacelle et pas de renfort. Je le sais parce qu'il s'agit d'un modèle plus petit que le vaisseau sur lequel Ashmara et moi nous trouvons actuellement. *C'est le même vaisseau que celui que j'ai piloté dans une autre vie.*

Le tube blanc aux lignes épurées se heurte sourdement à la paroi de mon vaisseau, mais j'active rapidement une baguette gravitationnelle pour le ramener à l'intérieur. Je me sers de la baguette pour placer la nacelle en position devant les blasters, avec l'intention de la renvoyer à l'envoyeur.

J'ouvre le portail du canon.

La capsule explose en déchirant le canon.

Je serre les dents tandis que le vaisseau s'éloigne en spirale de sa trajectoire de vol. Nous sortons de l'orbite de la constellation de l'Ooso, puis de l'Oosmo, avant d'être expulsés plus loin dans la Zone Grise. L'assassin continue de nous suivre. Il est malin.

– Oh wow… Bon, revenons à nos moutons, dit Ashmara, en récupérant sa boîte de yamar.

La prochaine fois, je vais faire exploser ce truc en

morceaux.

– Où en étais-je ?

Ashmara se frotte le dos et s'appuie sur le mur avec son bras, mais son regard ne s'éloigne jamais de sa projection holo vacillante après qu'elle l'ait rallumée.

– Yeeshee, yeeshee, j'y suis. Azza, je ne sais pas si tu te souviens de ce que tu as fait pour moi, mais moi, je m'en souviens. Le vaisseau lemoran sur lequel nous étions a été attaqué par Sky...

Mes mains volent sur les commandes et tentent de stabiliser le vaisseau, mais la valve d'échappement des canons est directement reliée à l'hifelai qui actionne les propulseurs. Le vaisseau n'est plus de niveau et, coup sur coup, nous sommes poussés de plus en plus vers l'orbite de la planète la plus proche, dont l'attraction gravitationnelle commence lentement à nous rattraper.

J'active les propulseurs, mais l'hifelai a déjà commencé à se raccourcir, des poussées de lumière et de couleur apparaissent et disparaissent dans de minuscules explosions de yeeyar mourant.

– Nous avons été attaqués par un vaisseau de Sky. Ils sont montés à bord et ont tué tout le monde, sauf nous. Parce que nous nous sommes cachés. C'était ton idée. Tu as toujours été si intelligent. Mais je...

Sa voix s'arrête. Elle s'éteint, et cet arrêt est comme une pointe de hiannru de pirate Niahhorru qui s'enfonce dans mon crâne et détourne mon attention de tout ce sur quoi elle *devrait* être concentrée. Je n'ai d'yeux que pour elle.

– Le placard dans lequel je me suis cachée était trop petit...

Nous descendons et elle lit toujours sa projection comme si elle faisait un sermon.

– Donc nous ne pouvions pas nous cacher ensemble...

Eck. Maudite soit-elle pour m'avoir distrait. *Putain de eck ! Rook !* Je sens que le vaisseau commence à s'éloigner en spirale, la prochaine explosion nous propulse dans l'orbite d'une petite planète verte. Je ne sais pas de quelle planète il s'agit, je ne sais pas si elle est hospitalière ou si nous survivrons à l'impact.

Rapidement, j'ouvre le panneau de mon bras stalyx et je télécharge toutes les informations utiles et précieuses dont nous aurons besoin à partir de la grande base de données du vaisseau avant qu'elles ne soient perdues. La planète n'a pas été nommée. Elle présente un extérieur rocheux et un noyau gazeux. C'est bien. C'est mieux qu'une planète gazeuse avec un noyau rocheux. Au moins de cette façon, nous avons une chance de survivre – même si la planète est habitée par des formes de vie supérieures, ce qui est le cas, et même si ces formes de vie sont classées comme violentes et dangereuses, ce qui est le cas.

Je ne permets pas à Ashmara de dire un mot de plus. Je l'attrape par la taille, je la jette par-dessus mon épaule et je cours vers l'arrière. Je la dépose dans l'une des nacelles du vaisseau et je suis bien conscient de ses doigts qui se crispent sur ma combinaison pendant que je le fais...

Elle essaie de m'entraîner avec elle, mais je recule encore plus fort. Ses ongles se brisent contre ma combinaison à cause de la violence avec laquelle elle me serre. Ses yeux sont rouges et meurtriers lorsqu'elle me fixe. Ils brûlent comme des flammes vives.

– Ne fais pas ça, ne m'abandonne pas, dit-elle. Pas encore !

Je baisse mon avant-bras et brise l'emprise qu'elle a

sur ma veste – en repoussant ses bras. Mes narines s'enflamment à la vue de la douleur qui traverse son expression. Je ne lui ai pas fait mal. Je l'ai légèrement repoussée, c'est tout.

Je jette la baguette de guérison dans le compartiment avec elle, je le ferme hermétiquement et j'expulse la nacelle dans l'espace. Elle atteindra la surface de la planète avant moi, je vais donc devoir faire de mon mieux pour la suivre.

Aux commandes, du yeeyar noir s'échappe du tableau de commande hifelai et s'écoule sur le sol blanc. Il s'attaque à tout. Les fils sous tension scintillent à leur extrémité d'étincelles mourantes. J'évite de les toucher. Je prends un moment pour évaluer les dégâts et les options qui s'offrent à moi. Je pourrais prendre une autre capsule – il y en a trois – mais je dois d'abord m'assurer qu'Ashmara a les meilleures chances de s'en sortir.

Le vaisseau est à nouveau touché et cette fois, je sens la gravité à l'intérieur de la nacelle centrale commencer à chuter. Ce vaisseau ne survivra pas à l'impact et moi non plus, pas si je reste ici. Pourtant, si je prends une autre des deux nacelles, qui serviront alors de nacelles d'évacuation, l'assassin va penser que...

Yeeshee. Une idée me vient et je libère les deux autres nacelles dans l'espace, puis je riposte avec les blasters faibles et inefficaces toujours montés à l'avant du vaisseau. Le vaisseau en approche évite facilement les projectiles, je ne sais même pas si je vise dans la bonne direction – sans le hifelai, je suis relativement perdu. Le vaisseau adverse riposte, et, alors que je sens le vaisseau commencer à se désintégrer autour de moi, je me dirige vers l'unique capsule de sommeil et je m'y enferme. C'est étrange...

Je me sens très mal à l'aise dans cette petite cellule blanche, même si elle m'est familière. Elle devrait m'être familière. J'ai déjà dormi dans des cellules comme celle-ci de très nombreuses fois. Des centaines de fois. Presque toute ma vie...

Avant cela, je dormais en étreignant Rook, nous n'étions que deux petits effrayés par l'obscurité.

Une explosion sur le côté de la cabine fait bondir mon cœur, tandis que je vois des morceaux du vaisseau se détacher et s'enflammer au moment où j'entre dans l'atmosphère. Ma seule chance de survie est que ce vaisseau atterrisse dans une étendue d'eau et que les propulseurs automatiques réagissent comme ils sont censés le faire, en libérant le reste de leurs réserves juste avant l'impact. Sinon, je n'aurai pas la chance d'entendre le reste du discours d'Ashmara.

J'expire.

C'est mieux ainsi.

Je ferme les yeux.

Je n'ai vraiment pas envie de l'entendre.

7

Ashmara

Eck. Je n'arrive pas à croire que je suis en train de revivre la même chose. J'ai attendu cinq rotations pour avoir ma chance de rédemption et j'ai échoué.

Assise à plat ventre à côté des débris de la capsule que Jerrock a astucieusement utilisée pour m'aider à m'échapper, je finis d'utiliser la baguette de guérison sur mon bras enflé avant de fouiller dans mon sac. Mes doigts se referment sur la pochette d'argent et je l'échange contre la baguette que j'ai en main. En la retirant, je tire sur les liens et déploie le caoutchouc sur mes genoux. Le muuir brille dans de petites fioles, classées par intensité. C'est la seule chose sur mon vaisseau – dans ma vie – qui ait jamais été organisée.

Mes doigts tripotent la poudre, les feuilles, les cristaux et les plaques, jusqu'à ce que j'atteigne les fioles qui brillent d'un liquide clair. On pourrait croire qu'il s'agit d'eau, tant il est clair, teinté de légers reflets roses et bleus lorsque la lumière l'atteint. Le muuir est magnifique sous sa forme liquide, mais la forme liquide du muiir est celle que j'apprécie *le moins*. En ce moment, cependant, j'ai envie de me faire mal. *Je le mérite.*

Je prends la première fiole et la porte à mon œil. Je dégage le mini-couvercle et garde l'œil ouvert en regardant aveuglément le ciel orange vif, terni de temps à autre par des éclats rouges aléatoires. Le rouge se déploie et virevolte, tel des plumes contre l'horizon, des danseurs élancés dans le vent. Je me demande ce que c'est.

– C'est peut-être le sang d'autres bâtards malchanceux qui ont atterri ici.

Je glousse tandis que le muuir s'écoule de la fiole et, dans un moment d'intensité brûlante, il brouille ma vision. Il faut attendre un moment pour que la sensation s'installe. Quand cela se produit, tout mon corps bourdonne agréablement. C'est agréable, mais ce n'est pas suffisant. Je regarde les quelques fioles restantes. Il n'en reste que quatre après celle-ci. Je devrais les consommer avec parcimonie. Une fois que j'aurais utilisé les fioles, qui sont plus puissantes que la poudre, les patchs, les feuilles et les cristaux, il ne me restera plus que le reste, et je devrai fouiller dans cette merde comme la plus vile des pilleuse de tombes.

Je n'aurai plus que ça à faire puisque je viens de perdre mon meilleur ami.

Encore une fois.

Je porte une deuxième fiole à mon autre œil et je la laisse me pulvériser. Eck ! La douleur remonte par les nerfs et se fraie un chemin dans la nuque avant d'atteindre la colonne vertébrale. Elle s'estompe à mi-chemin dans mon dos, mais ce n'est rien comparé à la souffrance dans mon ventre. Tout au fond de moi. Au *plus profond*. Krakaw, plus profond que ça encore.

Quand je ferme les yeux, j'imagine une petite Ashmara en train de creuser une tombe pour Rook, prête à l'allonger pour un dernier sommeil. Yeeshee, ça me remonte le moral. Je me demande si la quantité de muuir que j'ai suffira. Je renifle. Même si je n'applique que les patchs, la quantité de muuir que je possède pourrait tuer un Egama si elle était prise en une seule fois.

– Ça fera l'affaire.

J'acquiesce en regardant mon muuir. Je l'observe attentivement et je le remballe soigneusement en faisant sauter une ou deux feuilles dans ma bouche avant de les attraper.

Je souris. Le muuir m'a remonté le moral et m'a mis du baume au cœur. Par le passé, j'ai fait deux overdoses, et les autres pilleurs m'ont ramenée à la vie. Gibli était furieux contre moi la première fois. Il n'a jamais su pour la deuxième. Je ne lui en ai pas voulu, sa colère était légitime. J'étais aussi en colère contre moi-même. Si j'avais succombé à l'une de ces overdoses, je n'aurais jamais pu libérer Azza de l'emprise de Jerrock. Rook a peut-être tué Jerrock, mais Ashmara… Ashmara a tué Azza pour de bon.

J'expire brutalement et je me lève en vacillant.

– Maintenant, il ne me reste plus qu'à trouver *le corps*.

Ma voix se brise en prononçant le mot. J'ai mal mais je ne veux pas qu'il meure seul. Je veux qu'il sache, même dans la mort, qu'il a été aimé. Il a été aimé avant même que je sache ce qu'était l'amour.

Je regarde le ciel depuis que je suis sur cette planète sans trouver de réponses ou d'explications à ce rouge changeant. Je n'ai pas vu le vaisseau s'écraser. Je ne sais pas pourquoi, ni ce que cela signifie. Le vaisseau a-t-il été attrapé par Sky ? A-t-il atteint cette planète ? Azza a-t-il pu réparer ce qui était cassé et s'est-il envolé en me laissant ici ? Ça aurait été son droit si c'était le cas. Mais d'une certaine manière, je ne pense pas qu'il l'ait fait. *Il ne l'aurait pas fait. Quoi qu'il arrive, il prend toujours soin de moi. Même quand je ne le mérite pas. Et je ne le mérite jamais.*

La seule autre possibilité, c'est qu'il a lui aussi atterri pendant le temps qu'il a fallu à ma capsule pour atteindre la surface de cette planète. Peut-être qu'il me cherche. Yeeshee, peut-être que c'est le cas. Peut-être qu'il est déjà occupé à trouver un moyen de quitter cette planète.

Quoi qu'il en soit, j'espère qu'il m'a abandonnée, ou qu'il le fera. J'espère qu'il est là, dans les étoiles, en train de se redécouvrir et de goûter à tous les délices que toutes les planètes de plaisir ont à offrir. Cela ne m'empêchera pas de continuer à le chercher. Je le chercherai jusqu'à ce que je meure de faim, je le chercherai jusqu'à ce que j'embarque pour mon dernier voyage en muuir. Le muuir est mon ami. Il a été mon ami le plus proche, en son absence. Et avec lui, au moins, je ne mourrai pas seule.

Je fais un pas en hissant mon sac plus haut sur mes épaules. Je plane et j'ai l'impression que mes pieds s'enfoncent dans de la glu d'Oroshi. La mousse est violette sous mes orteils. De la lavande pâle et sèche comme un os est superposée à du sable jaune pâle. Quelques pas de plus et l'univers s'installe. Le plaisir irradie mes jambes et me fait sourire. Le soleil – d'où sort-il ? – brille très agréablement sur ma peau. Je me débarrasse de quelques couches de vêtements en marchant. J'avance jusqu'à ce que je trouve une rivière.

La rivière me pousse à sortir de la forêt clairsemée, ornée d'arbres à écorce blanche. Elle m'amène sur une vaste étendue de terre stérile. Il ne s'agit pas d'une plaine, car il n'y a pas d'herbe. Les plaines sont couvertes d'herbe, n'est-ce pas ? Je ne sais pas trop. Je ne sais pas comment l'appeler. Parsemée de rares arbres courts, dont les feuilles sont d'un bleu pâle et dont les branches et les troncs sont blancs comme des os, *semblable à un cimetière*, la plaine de mousse et de sable s'étend jusqu'à l'horizon, jusqu'à...

Est-ce la légère trace d'une colonne de fumée qui disparaît au-dessus de lointaines collines jaunes ?

Je souris et commence à marcher plus vite.

– Azza, j'arrive. Tu ne vas pas apprécier, mais tu dois vivre.

8

Ashmara

Cela fait trois solaires et trois lunes que j'ai commencé à marcher et je n'ai pas encore atteint les collines. Il ne s'est pas écoulé beaucoup de temps en fait. Comme la planète est petite, les solaires et les lunes passent à des intervalles suffisamment fréquents pour donner la nausée. Je ne me sens pas bien. Est-ce que je vais avoir mes règles dans deux respirations rien qu'en restant ici ? J'espère que non.

Je m'arrête pour boire à la rivière plusieurs fois, même si cela me ralentit et que je déteste ça. Je dois trouver Azza, quel que soit son état. Des pensées perfides ont commencé à s'insinuer dans mon esprit. Des pensées qui me disent qu'il est peut-être encore en vie, qu'il est même en bonne santé. *Peut-être*, je dis bien *peut-être*, que je ne l'ai pas tué. Ce ne serait pas la première fois qu'il échappe à la mort, malgré tous mes efforts pour l'achever.

Je tripote la sangle de mon sac. Mes doigts se crispent tandis que le muuir se mêle à mon système en essayant de me forcer à ralentir et à me calmer. *Calme-toi, Ashmara, détends-toi…* Je suis toujours calme… d'habitude. Mais pas en ce moment. En ce moment, mon cœur bat *fort* et je transpire comme un bloc de glace dans un désert aride. J'ai l'habitude de transpirer, mais pas comme ça. Cette fois-ci c'est différent, je suis nerveuse.

Le cinquième solaire est passé quand j'arrive enfin sous l'ombre de la montagne. Ce n'est pas une petite colline jaune, comme elle semblait l'être de si loin; de près, des falaises déchiquetées et vertigineuses, des lances et des tourelles de pierre s'étalent sous mes yeux. La montagne ne ressemble plus au havre de paix qu'elle semblait être au loin.

– C'est vraiment effrayant.

Il n'y a personne pour m'entendre ou me répondre. Des crevasses sablonneuses faites de pierres déchiquetées marquent le chemin à suivre. J'hésite. Je regarde les chemins de sable et de mousse qui se faufilent entre elles. Je n'ai pas beaucoup d'autres options. Il n'y a pas qu'une seule montagne ici, d'autres montagnes forment avec elle une chaîne qui s'arque magnifiquement et inutilement sur l'horizon. Je soupire. La tension dans mes épaules se relâche. Je cherche dans mon sac, j'attrape les dernières feuilles de muuir et je les jette dans ma bouche avant de commencer à les mâcher fébrilement. J'avance dans les crevasses.

Les crevasses s'élèvent très haut, comme des lames de pierre plates qui tranchent le ciel lunaire. Le ciel est sombre mais pas noir, il est constamment illuminé par des éclairs rouges. Je trouvais cela effrayant avant, mais maintenant je suis bien contente de disposer de ces éclairs de couleur, même si c'est un peu sinistre. Je n'ai pas de lampe de poche dans mon sac, seulement quelques torches eshmiris. Je n'ai pas grand-chose d'autre dans mon sac que du muuir et si je me perds dans l'obscurité, je ne retrouverai probablement pas mon chemin.

J'arrache des morceaux de mes vêtements, je les mouille avec de la salive et je les colle sur les rochers de temps en temps; surtout quand je suis obligée de changer de direction. J'espère qu'ils tiendront.

L'une de mes jambes de pantalon se déchire jusqu'au pli de ma cuisse lorsque les crevasses deviennent de plus en plus étroites et que je suis obligée de grimper. Frustrée, je l'arrache complètement et j'en fais des lambeaux, puis je fourre le reste dans mon sac. Je finis par atteindre la moitié de la montagne sans retomber sur mes balises. Je considère que c'est un succès car j'ai *l'impression* de tourner en rond.

J'ai aussi l'impression d'être observée.

Il n'y a pas de traces de pas dans le sable, mais le chemin que j'emprunte au-dessus, entre, et à travers des passages rocheux et accidentés, semble avoir été régulièrement piétiné. Ça donne la chair de poule.

– C'est peut-être juste le muuir qui m'observe.

Je glousse, pour détendre l'atmosphère, mais ici, ma voix ne résonne pas. Yeesheee, c'est vraiment flippant.

La lumière solaire revient, d'abord noisette, puis lavande, puis bleue. Les couleurs changeantes n'ont aucune incidence sur le rouge qui les traverse. Le rouge devient ma seule constante. Le muuir commence à s'estomper. Cela signifie que trois créneaux de repas se sont écoulés. Je n'ai rien mangé. C'est la faute de cette putain de eck de planète avec ses solaires et ses lunes bizarres ! Je n'arrive pas à garder la tête droite. Je commence à avoir le vertige. Est-ce que... Est-ce que c'est un morceau de pantalon ?

Ça fait un solaire, une lune et encore un autre solaire que je suis au sommet de cette montagne. J'ai réussi à monter relativement facilement, mais je n'arrive pas à descendre. Je devrais peut-être retourner sur mes pas.

Krakaw. Azza a besoin de moi.

Je vais de l'avant. Je passe à côté du même vêtement ou peut-être d'un autre. Avec le muuir qui agite mon cerveau, je ne peux pas faire la différence. Au deuxième passage, je ramasse les morceaux et les réarrange. Le muuir est maintenant complètement sorti de mon système et ma mâchoire inférieure tremble – ce sont les premiers signes de manque. J'attrape la poudre et me la frotte sous les aisselles : c'est la deuxième façon de prendre du muuir que j'aime le moins. Je continue à avancer. Je passe devant des bouts de tissu une troisième fois, puis une quatrième, et soudain, la montagne s'ouvre devant moi.

– C'est pas possible ! je crie en descendant dans le trou.

Chose incompréhensible : une grande grotte noire apparaît sous mes yeux. Elle n'était pas là avant et je suis *sûre* d'avoir déjà emprunté ce chemin. Il y fait noir comme dans un four, je ne peux pas voir à l'intérieur. Tout ce que je peux voir, c'est une pointe de lumière venant de l'autre bout. C'est donc un tunnel. Ce n'est pas non plus une formation naturelle. Une créature a créé ce tunnel. Des créatures. Des êtres, probablement sensibles et intelligents. Le trou est irrégulier sur les bords, mais le sol est lisse. C'est un passage fréquenté. Des créatures traversent la montagne par ce tunnel. Ça ne me rassure pas. Eck, c'est vraiment flippant.

– Non.

Je secoue la tête et recule.

– Il y a un autre moyen. Il doit y en avoir un.

Des frissons me parcourent le corps. Ces frissons n'ont rien à voir avec le muuir qui anesthésie tranquillement la brutalité de ma peur et la réalité de la situation. Le ciel passe paresseusement du bleu au rose. Le rouge s'enflamme brusquement, il devient fuchsia contre le rose. Je me demande quelle est la couleur de mes yeux en ce moment. Sont-ils roses comme le ciel ? Sont-ils brillants d'effroi ?

– Non.

Je recule d'un pas, puis d'un autre, puis d'un troisième, puis je me retourne et me heurte de plein fouet à un mur.

Mon menton en prend un coup et la peau s'en détache alors que je fuis au galop. Je retrouve alors mes marques et je secoue la tête.

– Par toutes les comètes ! je m'exclame. J'ai pris trop de muuir ?

Je suis coincée. Ce n'est pas possible. Je cligne des yeux et me frotte brutalement le visage. Rien n'a changé mais je suis entourée de rochers de tous les côtés. L'un des rochers est même recouvert d'un morceau de tissu, ce qui est impossible. Le rocher couvert de tissu est entouré d'autres rochers. Je n'aurais pas pu passer à travers. Je n'ai aucun moyen de marcher sur ces rochers escarpés. Le muuir peut me faire planer, mais il ne peut pas vraiment me faire voler.

– Krakaw, ce n'est pas... ce n'est pas possible.

Je fouille dans mon sac à la recherche d'un couteau et, lorsque je le trouve, je le brandis devant moi. C'est un objet terne avec un manche en bois usé, mais j'ai sûrement l'air intimidante avec. Je n'ai poignardé personne depuis longtemps. À l'exception des assassins de Sky. Ma main me pique encore au souvenir du coup de feu de Jerrock, qui m'a tiré dans la paume quand je me trouvais à bord de son vaisseau avec Nalia et Manila. La cicatrice est toujours là. J'ai refusé que Tintin l'efface entièrement.

Je plante mon couteau dans l'une des parois rocheuses, sans savoir vraiment à quoi je m'attends. C'est vraiment de la roche.

– Ok.

Je déglutis difficilement et je me frotte les yeux avec les mains.

Je tire la langue. La feuille de muuir humide dans ma joue me dérange. Je déteste la savoir là et j'en ai désespérément besoin. C'est tout ce que j'ai en ce moment, mais c'est peut-être aussi la raison pour laquelle je deviens complètement folle. Ces rochers n'étaient pas là il y a un instant. Les rochers *ne peuvent pas bouger*, n'est-ce pas ?

Les rochers ne bougent pas.

Les montagnes ne se réorganisent pas toutes seules.

Je ris à gorge déployée; non pas parce que c'est drôle, mais juste pour entendre un autre son que celui de mes pieds qui se déplacent nerveusement et celui produit par ma respiration laborieuse. Cette planète est silencieuse. Terriblement silencieuse. Il n'y a pas assez d'arbres pour que le vent y siffle. Il n'y a que la mousse qui se froisse, le sable qui frotte la surface et le vent qui émet un sifflement creux lorsqu'il passe dans les crevasses et autour des hautes tourelles de la montagne.

Il est surtout bruyant quand il passe dans le tunnel de la montagne.

Les rochers qui m'enferment sont trop hauts pour être

escaladés. Toutes leurs faces sont plates. Il y a des joints sur deux bords, mais ils sont trop minces pour y planter un couteau, et encore moins pour les franchir. Ils sont aussi trop éloignés les uns des autres pour que je puisse m'y appuyer et glisser. Non pas que j'aie la force de le faire.

Je fais demi-tour et je me retrouve face à l'embouchure du tunnel. Je fixe les profondeurs jusqu'à ce que je commence à imaginer des choses à l'intérieur. Des ombres qui se déplacent et qui ressemblent à des monstres. Des ombres qui se déplacent et qui ressemblent à des fleurs. Ce n'est pas rassurant. Ce n'est pas normal. Mais je n'ai pas le choix. Je dois avancer. Je ne peux pas revenir en arrière.

– Pour Azza, me dis-je à voix basse en respirant avec force.

J'avance dans l'obscurité en faisant un pas, puis un autre.

Je garde le regard fixé sur ma destination – la lumière au bout du tunnel. J'essaie de ne pas penser à l'aspect métaphorique de tout cela. J'essaie de ne pas penser que je marche vers ma mort. Je me concentre sur le visage d'Azza, tel qu'il m'est apparu dans mes souvenirs d'enfance. Je me concentre sur le visage de Jerrock, dont je suis tombée amoureuse pendant qu'il me pourchassait. Je me concentre sur le muuir qui me traverse et me donne l'impression que tout pourrait bien se passer – et j'ignore la partie du muuir qui me donne l'impression que tout pourrait mal finir si je ne prenais pas immédiatement une dose de plus.

J'en prendrai encore dès que je sortirai du tunnel. Ce sera ma récompense pour avoir réussi à aller aussi loin.

Cette pensée me fait avancer plus vite, encore plus

vite, toujours plus vite. J'y suis presque. La source de lumière est presque sur moi. Je vais atteindre la sortie. J'aperçois de l'autre côté de basses montagnes jaunes, puis ce qui ressemble à des collines boisées. J'y suis presque...

Je me prends tout à coup un mur en pleine face.

Et pas métaphoriquement.

Je fonce droit dans une surface plate. Mon nez la heurte de plein fouet et j'ai un goût de sang dans la bouche lorsque mon visage s'écrase contre le mur que je *croyais* être l'ouverture du tunnel. Je recule, sous le choc. Je vois maintenant le monde de l'autre côté du tunnel à travers une pellicule rouge. C'est mon sang.

– C'est mon sang, dis-je à haute voix, en tendant un doigt vers l'avant pour le toucher.

Mon doigt forme une trace claire à travers la tache rouge et je contemple le monde à travers elle. Je le fixe des yeux. Le monde de collines et de forêts de l'autre côté du tunnel est toujours là, mais... mais je ne peux pas l'atteindre...

Je tends à nouveau la main vers l'avant et appuie ma paume sur ce qui ressemble à de l'air libre, mais ce n'est pas ce dont il s'agit. C'est chaud, clair, épais et légèrement trouble lorsque la lumière l'atteint sous certains angles. C'est du verre.

– Tout s'explique, c'est du verre.

Je touche le verre avec mes deux mains, je cherche un moyen de sortir, je cherche des rebords et je n'en trouve aucun. Le verre se plie directement dans la roche, les rochers sont construits autour de lui de telle manière que je ne peux pas trouver les bords.

– Aïe !

Je m'entaille le doigt sur un éclat de roche et je ris

pour ne pas crier.

– Il doit y avoir une sortie quelque part dans ce tunnel.

Il doit y en avoir une.

– Il y avait du vent, donc il y a une issue.

Je l'entends encore, ce sifflement sinistre et glaçant, ce refrain obsédant.

– Peut-être qu'il y a une ramification quelque part...

Non pas que je veuille l'emprunter. Je frissonne. Je me gratte la nuque, je recrache le muuir parce qu'il ne fait plus effet, et je commence à me retourner.

Là, je hurle en voyant la créature devant moi.

Puis je ris et me passe une main sur la poitrine quand je comprends de qui, ou plutôt de quoi, il s'agit. C'est un petit, presque un bébé. Je peux le voir même si c'est une espèce que je ne connais pas. Il est vert pâle avec deux yeux et des narines jaunes peu profondes sculptées dans un visage reptilien. Son ventre est jaune-vert et le reste de son corps est recouvert d'écailles vertes plus foncées. Il marche sur deux courtes pattes arrière et lorsqu'il recule, parce que je lui fais peur, il se met à quatre pattes. Ses mains à plusieurs doigts sont munies de courtes griffes qui, compte tenu de leur taille, ne paraissent pas particulièrement menaçantes. Je fais un pas en avant.

– Hé, l'ami. Tu sais comment sortir d'ici ? Je m'appelle Ashmara, au fait.

Je lui souris tout en fouillant dans mon sac. Je cherche ma boîte de yamar qui me sert à traduire, mais je n'ai pas le temps de la sortir.

Le petit attaque et me frappe sauvagement. Il n'a pas armes, il fait la moitié de ma taille, alors que moi j'ai mon couteau et du muuir dans mon système qui fait monter l'adrénaline; mais ça n'a aucune importance. Rien de tout cela n'a d'importance. Il est plus rapide que l'éclair et il est assoiffé de sang.

Ses petites griffes mignonnes et délicates me frappent l'estomac et, alors que je recule, elles frappent à nouveau. Elles m'entaillent le cou, la joue et les deux jambes. J'essaie de lever les bras pour parer les coups, mais elles écorchent la peau de mes avant-bras pendant que la bête pousse des cris suffisamment forts pour me déstabiliser. Mon corps oscille. Le son est assourdissant, il a raison de moi. Je tombe au sol. Il saisit ma jambe et, alors qu'il commence à me remorquer, j'emploie toute l'énergie qu'il me reste à rester consciente. Krakaw, je n'utilise pas toute mon énergie dans ce but. J'en utilise une partie pour m'accrocher à mon sac, c'est encore plus important. Pas parce que j'ai une baguette de guérison à l'intérieur, mais parce que…

Ma tête heurte un rocher alors qu'il s'engage soudainement dans une ramification à mi-chemin du tunnel que je n'avais pas vue, ou qui n'était peut-être pas là. Le rocher a-t-il encore bougé ? Je lui pose la question à voix haute en gloussant, mais il ne me répond pas.

Il se contente de me traîner vers le bas, tout en bas. Le bruit de griffes s'amplifie. Il y a maintenant plusieurs griffes qui s'entrechoquent. Elles produisent un bruit sourd. Quand je cligne à nouveau des yeux, je vois des visages éclairés par le feu. Des visages reptiliens couverts de cicatrices et d'écailles ébréchées. Des visages bien plus grands que ceux du petit, posés sur des corps deux fois plus grands que celui de Jerrock. Leurs griffes à eux ont l'air tranchantes comme des rasoirs.

Ils se mettent à me ruer de coups tous ensemble. Je ne vois pas leurs visages, car je m'évanouis assez rapidement. Ils ont l'air de bien s'amuser; à tel point que l'un d'entre eux en tue un autre lorsqu'il se déplace pour prendre la place de l'autre dans la file d'attente pour me frapper autour du cercle. Ils se font plaisir quoi…

Ils ne me tuent pas pour autant, ils ne semblent pas vouloir de mon corps, ni pour se reproduire, ni pour se nourrir. C'est une chance, je suppose. Ils n'essaient même pas de prendre mon sac, ce qui est étrange. Je ne comprends pas très bien ce qu'ils veulent de moi lorsqu'ils me traînent à la lumière.

Comment sommes-nous sortis de la montagne ? Chaque coupure me fait mal quand ils me traînent dans le sable. *Que se passe-t-il ? Où allons-nous ?* Nous ne sommes plus dans la montagne et, lorsque j'essaie timidement de cligner des yeux, je vois le monde à travers un filet de sang. Nous sommes de retour dans les crevasses. Des panneaux de roches plates mégalithiques nous surplombent. *Où est Azza ?*

Ils commencent à me tirer sur le dos et à me mettre en position verticale, puis ils m'attachent par les poignets. Ils me suspendent entre deux énormes rochers à l'aide de cordes de la même teinte violette que la mousse de cette planète. Ma tête penche. Mes pieds traînent sur le sable. Mes aisselles se contractent douloureusement, malgré le muuir que j'ai frotté dessus. Je n'aurais pas dû cracher cette feuille de muuir. Au moins, j'aurais pu me concentrer dessus pour oublier la douleur.

– Eck, je croasse en clignant des yeux vers le ciel rouge et fluctuant. Ce n'est pas bon signe…

Les êtres reptiliens de cette planète, que je nommerais plutôt lézards furieux vu l'accueil qu'ils m'ont réservé, émettent tous de terribles croassements. D'autres combats font rage près de moi, quelques lézards meurent. Je sens leurs corps heurter le sol grâce aux vibrations de la roche. Les autres disparaissent ensuite soudainement et me laissent seule dans un monde de rochers et de cadavres.

Suspendue, je ressens une véritable peur pour la première fois de ma vie. J'ai les mains liées, mon sac est hors de portée et mon sang coule à flots… Le muuir ne sera bientôt plus du tout dans mon organisme.

C'est dommage.

9

Jerrock

Je reste en vol stationnaire au-dessus de l'épave du vaisseau pendant la totalité d'un des courts solaires de cette planète avant que les créatures qui vivent dans les environs ne sortent pour ravager l'épave. Je me cache dans la mousse pour observer mon ennemi à distance et j'utilise la lunette de mon viseur yeeyar pour ne pas perdre une miette de ce qu'ils font.

Ils sont nombreux, quels qu'ils soient. Ces créatures ont une peau extérieure résistante qu'il sera difficile de percer. Pour les tuer, je devrai leur arracher les écailles.

J'observe la façon dont ils agissent, la façon dont ils se déplacent quand ils sont seuls, et la façon dont ils se déplacent en meute. Ils sont violents et opportunistes. Deux créatures se battent pour un blaster en drohérion jusqu'à ce qu'une créature plus petite arrive et les tue toutes les deux. Elle n'emporte même pas le blaster, elle se régale de la chair de ceux qu'elle a abattus.

Les plus petites créatures sont les plus dangereuses.

Elles ne portent pas de vêtements et leur anatomie ne

trahit pas de sexe pour ceux qui ne connaissent pas l'espèce. Je m'en moque. Tout ce qui m'importe, c'est qu'ils se déplacent comme des insectes charognards en reniflant. Ils chassent à l'odeur. Ils ont perçu la mienne et ils se dirigent vers moi.

Il n'y a rien ici pour masquer mon odeur, je vais donc devoir me battre. Même armé des blasters et des couteaux que j'ai pu récupérer sur le vaisseau, je ne suis pas impatient d'avoir à le faire. Tuer est mon métier, mais ils sont nombreux.

Jerrock l'assassin sait que ses chances de survivre à la bataille contre leur meute sont minces et qu'il risque de devenir le prochain festin des créatures qui parviendront à l'écraser. Jerrock l'assassin n'ignore pas cette réalité; et ce savoir, aussi factuel qu'il soit, ne l'affecte pas. *Mais le Jerrock que je suis maintenant est…*

…déstabilisé. Je ne veux pas mourir.

Je me racle la gorge. J'étire ma main. Je sens le frôlement sec de la mousse contre le bout de mes doigts, ceux qui ont encore une sensation et qui n'ont pas été remplacés par un matériau synthétique supérieur. L'air, qui sent le vent sec, le sable, et la fumée de mon vaisseau brisé, remplit mes poumons. Je le garde en moi.

Je perçois un mouvement à la périphérie de mon regard et je lève les yeux vers le ciel. J'aurais pu rire si j'avais eu le sens de l'humour. L'assassin de Sky qui m'a fait exploser a localisé l'épave de mon vaisseau et se rapproche. Je ne comprends pas pourquoi il continue à me poursuivre au lieu de retourner au vaisseau d'Ashmara pour récupérer la clé de Sky, qu'il aurait facilement pu reprendre; mais ça ne me déplaît pas.

Le vaisseau de l'assassin décélère près de l'endroit où je me trouve, à moitié caché par d'épaisses touffes de mousse, et se place, sans le savoir, à mi-chemin entre les créatures et moi. Celles-ci perdent la tête à la vue de l'envahisseur. Leurs cris pénètrent le soleil comme des éclats d'obus et font vibrer la mousse autour de mes pieds. Ils agissent comme des insectes. Je me méfie de cette masse excitée, surtout quand je remarque que les vibrations de leur agitation font apparaître plusieurs crevasses. Il va falloir que je fasse attention.

La distraction apportée par le vaisseau de Sky en approche joue à mon avantage. Je prends la fuite en m'éloignant à toute vitesse. J'ai la balise de localisation de la cellule de la capsule de sauvetage dans la poche, cachée au-dessus de ma poitrine, et je la retire à intervalles réguliers, en changeant de cap et en me dirigeant vers les arbres très lointains qui apparaissent sur l'horizon plat. Il y a peu de points de repère sur cette planète et peu de collines. Il n'y a presque rien à perte de vue. Il n'y a que des champs infinis de mousse recouverte de sable et un arbre de temps en temps.

J'arrive à la capsule dans laquelle Ashmara a atterri. Elle est vide mais intacte. La tension dans ma poitrine se relâche. Les créatures de ce monde ne sont pas venues ici. Puis, la tension fait son retour. Elle ne m'a pas attendu.

Je distingue facilement ses pas dans la mousse écrasée et je les suis. Ils se dirigent vers la rivière. Elle ne marchait pas droit, elle devait même tituber. Son chemin porte tous les signes de sa stupidité. Elle avait pris du muuir, elle n'a pas essayé de couvrir ses traces, elle ne savait pas où elle allait. Elle est arrivée à la rivière, mais elle ne l'a pas traversée pour cacher ses traces, comme je le fais en ce moment. Pourquoi s'est-elle donnée la peine de venir là alors ? Je suis la route prise par Ashmara, ce qui est facile à faire. C'est comme si elle avait orné son chemin de signes lumineux marquant chaque endroit où elle est allée, illuminant chacun de ses pas stupides et hésitants.

La rivière traverse une immense étendue de terre sèche et aride. À l'extrémité de ce terrain se trouve un empilement de falaises de pierre, sans aucun doute le repaire de ces créatures, leur ruche centrale, le seul endroit où je n'ai aucune envie d'aller. C'est pourtant l'endroit vers lequel Ashmara s'est dirigée, c'est sûrement sa destination finale. *Essaie-t-elle de se suicider ou est-elle simplement stupide* ? Je ne suis pas sûr de la réponse à cette question et cela me contrarie.

Je continue à suivre ses traces en haletant et en trottinant tandis qu'une autre lune passe au-dessus de ma tête. La luminosité est faible et le manque de lumière donne au monde un aspect sinistre, même s'il s'illumine à nouveau pour dévoiler un paysage plus agréable lorsque la lumière solaire l'effleure. L'aurore rouge traverse le ciel pendant les solaires et les lunes, ce faisant, elle le peint par touches semblables à des coups de lame sur la gorge d'un Voraxian *ou d'un humain* – des coups sur la gorge de toutes les créatures qui saignent dans des teintes cuivrées ou rouges. Le ciel passe à d'autres couleurs: rose, bleu et orange sans raison apparente. Il me rappelle Ashmara. Comme elle, le ciel n'en fait qu'à sa tête.

La traversée des plaines me semble bien longue, même s'il ne s'écoule qu'un solaire et une lune avant que je n'arrive à destination. Là, je ne trouve pas de pentes graduellement ondulées, je suis face à des lances de pierre qui s'élèvent dans le paysage plat. D'après ce que je peux voir en scrutant la montagne, les étages inférieurs de la chaîne de montagnes sont constitués de tranches verticales de pierre à travers lesquelles se faufilent des chemins de sable. La rivière a dû les user au fil du temps. Peut-être continue-t-elle à le faire – d'après le peu que j'ai lu sur la planète, la saison des pluies y est brutale et destructrice. Et pourtant, il y a quelque chose qui n'est pas tout à fait...

Conscient que ces crevasses mènent toutes probablement à la mort, je m'approche du premier monolithe de pierre et monte rapidement sur sa face plane. L'ascension est facilitée par mes griffes et je me rends compte, en atteignant le sommet, qu'Ashmara n'est pas seulement une idiote forcée d'emprunter les chemins sablonneux en contrebas, c'est une idiote mal équipée : sans griffes ni mécanismes de défense biologique propres. *Toutefois, c'est une survivante. Elle est encore en vie. Elle n'a pas besoin de mécanismes de défense puisqu'elle a...*

Krakaw. Je refuse d'y penser. Au lieu de cela, j'étudie le piège qui s'étale devant moi. Vu d'en haut, il ne fait aucun doute qu'il s'agit d'un piège. C'est un mécanisme astucieux, mais il est archaïque et si visible que c'en est stupide. Il me fait penser à Ashmara, encore une fois, mon esprit revient vers elle et ses pièges rusés. Y a-t-il quelque chose qui ne me fasse pas penser à Ashmara ?

Je me force à rester concentré sur la situation critique présente en grognant. Je reporte mon attention sur le piège tendu par les créatures de ce lieu. Les lézards utilisent des miroirs. Ils se servent de miroirs stratégiquement placés entre les passages de pierre pour mettre en scène leur ruse. Rugueux au toucher et épais, les panneaux réfléchissants sont rudimentaires mais efficaces pour orienter ceux qui traversent cette contrée sans être conscients du danger, vers un chemin spécifique, celui qui mène à la montagne.

Je suis le chemin d'en haut, en sautant d'une corniche rocheuse à l'autre. Les rochers qui forment le sentier sont plus denses et, à quelques endroits, les interstices entre les miroirs et les rochers révèlent des marches usées dans la paroi de la montagne qui mènent à des fissures ou à des grottes. Ce sont des entrées et des sorties faciles pour des créatures bien plus petites que moi. Ashmara n'a pas emprunté l'un de ces chemins. Elle n'aurait pas pu. Elle a dû continuer à avancer. Alors, à un moment donné, ils se sont rapprochés d'elle par derrière.

Une odeur nouvelle dans le vent attire mon attention. C'est celle du sang. Une senteur cuivrée et métallique, mais aussi musquée et salée assaille mes narines. Je n'arrive pas à déterminer si le sang est celui d'une des créatures ou celui d'Ashmara. Peut-être qu'il s'agit des deux. J'espère que ce n'est pas le cas. J'avance plus vite, je remonte les pistes olfactives jusqu'à leur origine, en suivant le piège labyrinthique jusqu'à ce que je trouve le leurre, l'appât qui a été placé juste pour moi. Ashmara. C'est un appât que je saisis et un piège dans lequel je tombe volontiers parce que je suis déjà pris au piège. Il n'y a pas d'échappatoire. Et même s'il y avait une échappatoire, je ne la chercherais pas.

Je m'arrête et je me laisse tomber sur la pierre la plus proche, celle qui m'offre la meilleure vue sur elle. Une sensation que je n'ai jamais ressentie auparavant, et que je ne peux donc pas nommer, m'envahit alors que mon attention se porte sur Ashmara.

Elle est suspendue entre deux pierres. Son sang rouge dégouline sur le sable et l'assombrit. Elle est couverte de coupures. Elles couvrent la moindre parcelle de son corps. Elles sont destinées à la faire saigner, mais pas à la tuer. Je me demande dans quel but ils la gardent en vie, puis je décide que je m'en moque. Je les enverrai tous à la Mort. Leurs âmes appartiennent déjà à la Mort toute puissante.

Les effluves de sang métallique se mêlent à une odeur plus salée. Trois des plus grosses créatures gisent mortes sur le sol autour de ses pieds. Je ne sais pas exactement pourquoi elles ont été tuées, mais je soupçonne que leur mort n'était qu'un renforcement de la hiérarchie parmi ces êtres. Jusqu'à présent, la hiérarchie est la seule tendance que j'ai pu observer chez eux.

Les créatures plus petites sont au sommet. Les plus grandes sont en bas. Les cadavres sont ceux de deux grandes créatures. Elles font deux fois ma taille, et la dernière est aussi large que moi. Je jette un coup d'œil autour de moi en me demandant depuis combien de temps ces êtres ont été tués. Je me demande depuis combien de temps Ashmara est suspendue là. Pas plus d'un de leurs courts solaires, j'en suis sûr. Je lève les yeux vers le ciel, qui passe de l'orange au violet. Le soleil se couche à nouveau. C'est de bon ton. J'ai l'impression qu'un soleil se couche aussi en moi. Une marée plus sombre monte.

Je ne bouge pas, même si c'est...

Mes doigts se crispent. Accroupi au sommet de ce rocher, je regarde Ashmara mourir lentement. Je passe les doigts de ma main droite sur la pierre rugueuse pour sentir les vibrations qui la traversent. Les créatures bruissent en abondance dans les tunnels de pierre en dessous, yeeshee, mais ce ne sont pas ces mouvements qui retiennent mon attention. J'attends.

Le ciel passe du violet au rose. Le rouge continue de trancher et de pulvériser son visage oscillant. Le sang d'Ashmara continue de couler, de tomber, d'imprégner le sable. Elle survivra. Elle souffrira, mais elle vivra.

J'attends, je tiens bon, je refuse de me jeter à corps perdu dans leur leurre. Pas tant que je n'aurai pas assuré son extraction. Cela semble durer une éternité, même si je sens le battement lourd d'une paire de pieds qui se rapproche avant la fin du solaire. C'est un son tout à fait distinct de celui des créatures en contrebas. J'entends deux pieds. Celui qui arrive est bien plus grand et plus lourd que ces êtres reptiliens. Je me demande quel genre d'assassin est venu pour moi. L'espèce importe peu. J'espère juste qu'il s'agit d'un tueur compétent.

Les couleurs du ciel vont du violet au rose en passant par l'argent foncé; elles changent au fur et à mesure que la lune s'installe. Je sais que le solaire suivant ne tardera pas à venir. Les vibrations de la pierre en contrebas s'intensifient. L'assassin se rapproche. Il n'est pas encore arrivé au pied de la montagne, mais, à en juger par son rythme régulier, il s'en rapproche. Je reste immobile, j'attends.

Je tressaille, mon bras de stalyx bouge sans que j'en donne l'ordre. Mon poignet s'ouvre et une dague apparaît dans ma main. C'est une dague au radium, inspirée du design de la Va'Rakukanna de Voraxia, sauf que celle-ci ne se contente pas de brûler en coupant, elle lance aussi des impulsions électriques pour neutraliser sa proie avant même que la coupure ne se produise. Je n'avais pas l'intention de sortir cette arme tout de suite, mais je compte bien m'en servir dans peu de temps. Bientôt. Dans quelques instants...

– Azza ?

Ashmara s'agite sur ses chaînes et je me mets aussitôt à genoux. Mon regard va du sang qui s'accumule sous ses bottes, à ses cuisses, à son ventre exposé, à ses seins et à son menton, qui s'était affaissé contre sa poitrine, mais qui est maintenant relevé. Sa tête repose sur l'un de ses bras écartés, et sa joue vient s'y appuyer. Elle a l'air mal en point mais elle est tout à fait magnifique. Elle l'a toujours été. Sa perfection s'abat brutalement sur moi.

Ses yeux tourbillonnent de bleu, puis de rose, ce qui me fait exploser. Dire que je ne comprends pas la réaction de mon corps à cette couleur serait un mensonge si audacieux qu'il en deviendrait criminel. Je *déteste* sa peur. Je la déteste. Je l'ai toujours détestée...

– Azza, krakaw ! Krakaw, va-t'en ! crie-t-elle, le corps agité de soubresauts.

Le sang recouvre ses lèvres d'une fine pellicule. Le rose de ses yeux s'éclaircit, mais il y a du bleu en son centre. Un dernier éclat. Il me fait aussi mal que le rose, et mon poing se resserre encore plus autour de la lame que je n'avais pas l'intention de prendre.

– C'est un piège, Azza ! Des horribles lézards de merde se cachent dans la montagne, gémit-elle, la tête penchée en arrière avant de trouver la force de la soulever. Ces salopards m'ont laminée. J'ai perdu tout mon muuir…

Je grogne. Ses mots me rappellent que même si je m'apprête à la libérer, je ne peux pas rester à ses côtés.

– Ils sont trop nombreux, Azza. Il y en a des centaines. Des milliers. Sors d'ici ! Sauve-toi !

L'assassin est arrivé. Les créatures, qui étaient auparavant excitées, sont maintenant frénétiques. Je me laisse tomber sur le sable et je sens instantanément le monde s'animer autour de moi. La sensation de noirceur qui parcourt ma peau s'anime en même temps que lui, et sa vivacité est spectaculaire. Je n'ai jamais ressenti cela avant une mise à mort. Je n'ai jamais ressenti cela... parce que les assassins ne ressentent rien.

Ses joues sont grises, vidées de toute couleur, mais ses yeux sont des kaléidoscopes alors qu'elle me dévisage, suppliante.

– Azza, cours ! Tu es sourd ou quoi ? Tu ne les entends pas ?

Elle commence à tirer sur ses liens, mais ses entraves semblent être faites de quelque chose comme de la corde tissée avec du verre. C'est peut-être un matériau tiré des éclats de leurs carapaces résistantes réduites en poudre et répandues sur de la mousse tissée en corde. C'est ce que je pense. Cette corde lui entaille les poignets et, si elle continue à s'agiter comme ça, elle lui coupera les mains. Elle ne se soucie pas de sa propre peau, elle ne se soucie pas de sa propre vie; elle me supplie de fuir, elle ne me demande pas de la sauver. La haine me traverse. Krakaw, ce n'est pas de la haine. C'est...

Je tends mon bras de stalyx et tire deux coups. Les cordes se défont et Ashmara tombe au sol, les membres sens dessus dessous. Je la regarde maudire le ciel sans lune tandis que le rouge illumine sa peau. Elle reste immobile, absorbée par ses jurons, lorsque l'assassin de Sky arrive.

C'est un vieux modèle. Il est plus ancien que moi, il a moins d'améliorations. Sa forme d'origine est difficile à déchiffrer, mais j'imagine qu'une partie de lui a pu, à un moment donné, être Mormora. Il ne possède pas de parties en stalyx, il a été équipé d'une carapace d'Oosa. Son dos et la moitié de son visage vert tacheté sont électrifiés par un bleu brillant. Il a un œil Egama donc sa vue doit être plus affûtée que la mienne, même avec mon équipement de yeeyar, mais seulement en présence de lumière.

Je vais donc devoir le tuer dans l'obscurité.

Mais d'abord…

Lui et moi tournons pour être dos à dos. Son dos a été équipé de pointes Niahhorrus. Cela le rend plus redoutable. Elles sont déjà tachées de sang orange vif, elles brillent. Il flaire la mousse qui pousse partout sur cette planète, il détecte le musc et le sel. Il n'a pas eu de problème avec la horde de créatures de tout à l'heure, semble-t-il… il s'en sort presque indemne, ou presque. Il boite de la jambe droite et il manque un doigt à son bras gauche. Si j'en juge à la peau déchiquetée qui entoure son doigt, il a été sauvagement mordu.

C'est bien. Il a maintenant une faiblesse qui le ralentira un peu, comme moi.

J'entends Ashmara fouiller dans son sac. Elle fait encore plus de bruit que le raclement des griffes sur le sable et la pierre, alors que le premier bataillon se rapproche de l'autre assassin et de moi. Elle jure et marmonne pour elle-même à propos de son muuir. Si je ne m'inquiétais pas pour elle à cause de ses blessures, je lui aurais arraché le sac de la main. J'ai besoin qu'elle se tienne à l'écart. Cela ne devrait pas être difficile. Les créatures se concentrent sur nous et passent à côté d'elle comme si elle ne méritait pas qu'ils s'intéressent à elle. C'est le cas.

Elle tient une dague et trébuche en essayant de poignarder la grande créature qui l'a frôlée. Le lézard la frappe de ses griffes. Je lance ma dague au radium, sectionne le poignet de la créature et l'assomme. Elle tombe. La dague lacée de yeeyar virevolte dans les airs et revient vers moi.

Derrière moi, j'entends l'assassin grogner alors qu'il

s'attaque à son premier adversaire. Je remarque qu'il s'agit d'une autre créature de grande taille. Nous sommes assiégés par les plus grands membres de l'espèce. Ils tentent d'éclaircir le champ de bataille. Je pensais qu'ils s'agissait d'êtres primitifs mais nous avons peut-être affaire à des adversaires plus redoutables que ce à quoi je ne m'attendais. Je me demande si ce n'est pas la raison pour laquelle mon frère de Sky s'est rué vers moi. Veut-il, lui aussi, que nous associions nos forces pour venir à bout de ces lézards ? Jusqu'à présent, il n'a pas essayé de me tuer.

Il utilise une arme pas tout à fait différente de la mienne pour attaquer les bêtes qui arrivent. Il s'attaque à leur gorge et je l'imite. Je me fie à son instinct; après tout, il a combattu ces créatures et il a survécu.

Je tranche la gorge de trois grosses bêtes. Le lézard suivant est un peu plus petit. Il se déplace rapidement, mais pas aussi vite que moi. Il me donne un coup de pied dans la jambe droite, ce qui fait couler le sang. Je le décapite avec mes griffes Drakesh.

Ils arrivent par vagues; les assauts durs et rapides se suivent. Ils n'hésitent pas à se sacrifier et c'est leur plus grande force. Mon énergie ne faiblit pas, mais je sens que l'assassin dans mon dos commence à se fatiguer. Il reçoit un coup de griffe dans l'estomac tandis qu'une créature plus petite bondit sur son dos et enfonce ses quatre membres dans sa chair bleue d'Oosa. C'est une attaque efficace, mais c'est une erreur pour la créature, qui est brûlée vive par l'électricité générée par la chair d'Oosa améliorée.

Elle s'effondre sur le sol, mais ses deux mains griffues sont toujours enfoncées dans la chair d'Oosa et elle périt. Une autre créature attaque et subit le même sort.

Les plus petites créatures sont maintenant sur nous. Deux d'entre elles m'attaquent en même temps. Ce sont les plus rapides que j'aie jamais vues. Je reçois trois coups dans l'abdomen. Ma peau stalyx crisse sous le contact de leurs griffes et mon armure synthétique est déchiquetée. Je bloque l'attaque suivante avec mon bras stalyx tout en brandissant ma dague en radium mais... un léger gémissement détourne mon attention d'eux.

Je lance ma dague sur la petite créature qu'Ashmara tente d'attaquer. Elle chancelle sur le côté et se redresse comme une ivrogne à demi consciente lorsque sa lame fragile s'abat sans faire de dommages sur les écailles épaisses de la créature. La créature se retourne pour lui faire face, ennuyée. Avec désinvolture, elle lève la patte. Elle est capable de l'envoyer à la Mort sans hésiter, et je suis sûr qu'elle le fera.

Un feu s'empare de moi et éclipse ma raison. Je tire deux fois sur la créature, c'est sans grand effet car sa peau peut difficilement être entaillée d'aussi loin, mais au moins, la bête ne s'occupe plus d'Asmara. Elle a reporté son attention sur moi. Au moment où le lézard se retourne, j'enfonce une lame dans sa gorge. La dague y reste coincée et ne revient pas vers moi. Ce n'est pas grave. Je sors un bâton d'helos extensible à lame dentelée. Il me faudra du temps pour le tuer avec ça, mais ça m'évitera au moins d'avoir à me mettre à portée de ses griffes. Je tourne, tourbillonne avec ma nouvelle arme et je tue une créature, puis une autre, puis une troisième, une quatrième et une dixième.

Les vagues de leur assaut ont commencé à ralentir et les créatures qui arrivent semblent plus nerveuses que les précédentes. La créature suivante n'avance pas. Elle se replie et s'enfuit. Le vent a tourné.

Au moment où la première créature s'enfuit, ma queue s'abat sur l'assassin derrière moi. Il réagit une fraction de seconde après moi et se retourne pour bloquer le coup de ma queue avec la sienne. Sa queue fait partie de ses améliorations, les Mormoras sont naturellement dépourvus de queue. Nos queues se heurtent et la douleur se répercute dans la mienne, mais cela ne suffit pas à me ralentir. Je me retourne. Il frappe. Je pare le coup avec la lame de mon bâton. Elle se réfracte et effleure sa joue gauche. Comme il sent que tirer au blaster lui prendra trop de temps, il décroche une arme de sa ceinture et la transforme en bâton, juste à temps pour bloquer le coup que je voulais lui asséner.

Nous combattons sur le sable depuis si longtemps que le solaire laisse place à une lune sombre. Il se déplace avec plus de précision sous la lumière orange, mais il est encore trop lent pour me vaincre. Sa mort est inévitable.

– Ouais ! Vas-y, Jer ! Fais-lui manger la poussière ! crie Ashmara.

Jer. Je déteste ce nom et je grogne.

Le regard de l'assassin s'égare. Il s'élance et tire un coup de feu. Il ne m'atteint pas. Je saute et tourne pour le bloquer, mais je reçois un coup à l'épaule droite. Je me retrouve accroupi. Ma peau rouge est meurtrie. L'assassin est prêt à m'affronter. Lui aussi, il apprend, il évolue. Il envoie un flot continu de coups par-dessus mon épaule, ce qui me force à me battre sur mon côté le plus faible.

Il me donne des coups de pied avec ses bottes garnies de lames. Elles déchiquettent le reste de mon armure et je dérape en arrière avant de poser un genou à terre. Il plonge devant moi et se dirige directement vers

Ashmara, qui le regarde avec des yeux ronds. Je ne sais pas pourquoi elle ne s'enfuit pas... elle reste là à attendre même quand il l'attrape par la gorge.

Il se tourne vers moi, ce qui me paralyse. Je m'accroupis et place mes deux paumes à plat sur le sable, mon bâton sous elles. Un affreux sourire fend son visage en deux. C'est une expression étrange. Je ne l'ai vue sur aucun autre être de ce cosmos. Même les créatures de cette planète ont l'air plus sympathiques. Je décelais de la conscience dans les yeux des lézards, je percevais un soupçon d'intelligence. Dans le grand œil de cet assassin, il n'y a rien. Il n'y a que du vide. *Est-ce donc ce à quoi je ressemblais : j'avais l'air de l'ombre d'un être vivant, j'étais semblable à une coquille vide ?*

Ma main tressaille. Je secoue la tête et j'essaie de me recentrer, mais l'assassin pense que le geste lui est adressé.

Son sourire s'élargit.

– C'est donc vrai.

Je ne réponds pas.

Il éclate de rire. Le son se répercute entre les rochers orange scintillants et le sable taché de sang sous nos pieds. Il fait un vacarme assourdissant maintenant que nous sommes seuls.

– Tu as été corrompu. Toi, le grand assassin; tu es maintenant le plus grand échec de Sky. Et tout ça à cause d'une pitoyable *hybride*.

Il murmure le mot « hybride » comme s'il s'agissait d'un virus destiné à corrompre sa programmation irréversible. Moi aussi, j'étais persuadé de ne pas pouvoir changer. Peut-être que c'était le cas. Peut-être que le véritable échec des Architectes était de ne pas avoir perçu, au moment où ils ont voulu me transformer, que j'étais déjà programmé.

Ashmara me fait un petit signe de la main, puis elle met son poing en boule et ne lève que le pouce. Je crois qu'elle cherche à me rassurer, mais je ne sais pas comment elle compte atteindre cet objectif puisqu'elle est à deux doigts de mourir et que je ne sais pas si j'aurai le temps de l'atteindre à temps. *Si elle meurt, je ne le lui pardonnerai jamais.*

Elle sourit en montrant toutes ses dents et me regarde à nouveau d'un seul œil tandis que son autre main se lève par-dessus l'épaule de l'assassin. Elle tend sa petite lame émoussée.

Je me concentre sur elle en utilisant ma vue yeeyar tandis que mon œil biologique reste fixé sur le visage de l'assassin. J'attends. Son plan est risqué, insensé, stupide et maladroit, et pourtant... je n'ai rien de mieux à proposer. Je continue donc de m'agenouiller sans réagir à la vue de la lame qui tremble dans sa main.

– Les Architectes seront heureux de te revoir, Jerrock.

Il fouille dans sa poche et en retire deux paires de menottes. Elles sont faites de conix, un matériau originaire de Sky qu'on ne trouve que là. Si je les mets, je ne pourrai pas les briser.

Les entraves vertes, grises, minces et indestructibles sont posées devant moi. J'hésite. Je ne peux pas. Si je les mets et qu'Ashmara échoue... je ne pourrai pas...

– Hé ! Réveille-toi mon grand, dit Ashmara d'une voix claire et nette.

La grosse tête de l'assassin pivote vers son visage. Sa main griffue s'abat sur elle pour la blesser. Je m'élance de toutes mes forces, mais je ne suis pas assez rapide pour arrêter ce qui va se passer ensuite. Toutes sortes d'éventualités se déroulent sous mes yeux et dans chacune d'entre elles, Ashmara finit éventrée sur le sable jaune tandis que je me tiens au-dessus d'elle. Serais-je trop lent pour la sauver cette fois-ci ? Non, *jamais*.

Ashmara ne vise pas la gorge ou le cœur de son adversaire, bien caché sous des couches de graisse d'Oosa électrifiée. Elle ne vise pas non plus la main griffue qui menace de s'abattre sur elle. Elle vise son œil.

Du vert mousseux lui revient en pleine figure après le coup et elle gémit de dégoût lorsqu'il atterrit dans sa bouche. Il hurle de rage sans lâcher son cou. Il s'apprête à briser la fine ligne de sa gorge, un exploit facile pour la plupart des créatures du cosmos, mais je lève mon poignet de stalyx et tire une douzaine de petites balles dans son bras étendu, juste assez pour couper les articulations de ses coudes et l'empêcher de l'étouffer.

Je laisse mon bâton d'hélos derrière moi et je saute sur le sol. Je n'ai pas besoin d'arme pour en finir. J'enfonce une main dans sa bouche et j'attrape sa langue. Je l'arrache. Il tombe sur le dos et j'enfonce ma botte dans le côté Mormora de sa poitrine avant d'y planter mon bâton et de découper sa chair en morceaux pour tenter de trouver sa clé de Sky.

Mais je ne suis pas assez rapide.

L'assassin émet un léger gémissement et, avant que je m'en aperçoive, ses yeux se révulsent et se couvrent de yeeyar noir. Il s'étouffe. Des crachats noirs s'échappent de sa bouche. Les éclaboussures maculent mon bras de stalyx. Il est mort et la clé de Sky est morte avec lui. Je ne suis pas plus près de découvrir l'emplacement de la planète que je dois atteindre. *La planète que je dois incinérer.*

Je me tiens au-dessus de lui, frustré. Cette sensation m'est de plus en plus familière ces derniers temps. En particulier ces derniers solaires. Je pense à Ashmara. Je la revois telle que je l'ai connue autrefois. J'essaie de lutter contre ce souvenir, mais je n'y parviens pas.

– Toi tu sais comment faire passer un bon moment à une fille, n'est-ce pas, Azza ?

Le charme du souvenir se brise lorsqu'elle rit et que je baisse le menton pour la regarder se mettre à genoux. Elle plisse les yeux contre le soleil en me regardant et lève une main pour se protéger de la luminosité. Elle vacille sur ses pieds. Sa respiration est irrégulière et superficielle et pourtant, sa poitrine n'est pas la seule partie d'elle qui tremble. Je ne comprends pas tout de suite le mouvement de sa lèvre inférieure. Elle essaie de sourire, et tout ce que je peux penser, c'est que son sourire ne ressemble en rien à celui de l'assassin. Le sien est la vie à l'état pur, dans toute sa confusion rageuse et sa conviction erronée. Son sourire, en ce moment même, est le soleil de cette planète, il est éphémère et insaisissable, mais présent. Il illumine tout ce qu'il touche. Je fais un pas, pris dans son attraction gravitationnelle.

– Tu n'aurais pas dû faire ça.

Je m'arrête, un pied toujours enfoncé dans la poitrine déchiquetée de l'assassin. Je penche la tête et plisse les yeux. Mon œil biologique, pour être plus précis.

– Ça fait trois fois maintenant.

Elle le fixe avec une sincérité qui m'effraie.

– C'était un piège. C'était évident, tu as dû t'en douter…

Sa voix s'éteint, ça ne lui arrive jamais.

– Tu es un assassin de Sky, Jer…

Je *déteste* quand elle m'appelle comme ça. J'avance, je la saisis par le bras et par l'arrière de la tête. Je la soulève et l'appuie contre la paroi de pierre la plus proche, une paroi enduite de sang. J'aimerais l'écraser contre cette pierre, mais je ne peux pas.

– Arrête ça, je lui siffle à l'oreille d'une voix basse, une voix qui d'habitude n'admet ni réponse ni contestation.

Je me souviens que les choses étaient prévisibles avec Rook.

Rien n'est prévisible avec Ashmara.

– C'était un piège.

– Tu penses que ça fait une différence ? Tu croyais que je ne viendrais pas t'aider ? je grogne contre ses lèvres ensanglantées. Je te cherchais avant d'avoir retrouvé la mémoire de ton existence. Je t'ai cherchée toute ma vie.

Je passe mes doigts dans ses cheveux blancs et elle frissonne sauvagement. Ses cheveux sont aussi doux que dans mon souvenir. Et, comme la douceur de sa peau, ils me sont délicieusement familiers.

– Tu m'as manqué, Azza. Tu m'as tellement manqué.

Elle éclate en sanglots. C'est gênant de voir *Ashmara*, pilleuse par excellence, pleurer.

– Ashmara, arrête.

Elle ne m'écoute pas. Elle continue de pleurer.

– Je t'ai…

– Arrête.

Je frappe la pierre à côte de sa tête avec mon poing de stalyx.

– Arrête. Ne fais pas ça. Je n'ai plus rien. Il ne me reste qu'un semblant de cœur. Ne le brise pas.

Elle renifle, cligne des yeux et l'emprise qu'elle avait sur les émotions qui brillaient dans son regard se relâche, si tant est qu'elle les ait jamais contrôlées. Son regard rayonne de couleurs, de toutes les couleurs de l'univers à la fois.

– Mais c'est vrai ! Je t'aime. Je t'aime depuis que nous sommes petits...

Je fais claquer le bord étroit de ma main Drakesh contre le côté de son cou. Je ne suis pas assez rapide pour éviter la vague de chaos provoquée par ses premiers mots, mais je le suis assez pour l'empêcher de dire quoi que ce soit d'autre. Elle s'effondre dans ma poigne, son poids entier tombe dans mes mains. Je la rattrape, la jette par-dessus mon épaule et m'éloigne de la montagne et de ses paroles sous le soleil couchant. Je sais qu'elle n'est qu'une pilleuse, qu'une jeune femme perdue qui utilise des mots qu'elle ne comprend pas. L'amour n'existe pas dans les royaumes de la Mort.

10

Ashmara

J'ai la tête qui tourne. Est-ce que j'ai pris trop de muuir ? Ce ne serait pas la première fois; toutefois, la dernière fois que j'ai fait cette erreur, je me suis promis que ce serait *la* dernière. Je suppose que ce n'est pas la première fois que je ne tiens pas mes promesses.

Je me redresse et tapote l'espace autour de moi. Je veux trouver mon sac avant de prendre la peine d'ouvrir les yeux. Ce qui se trouve sous ma paume est plat et sec. Je passe mes doigts dessus avec précaution. La surface texturée me semble vaguement familière. Où suis-je ?

Je m'assois et cligne des yeux. Tout est sombre. Vraiment sombre. Trop sombre pour voir loin, mais je n'ai pas besoin d'y voir clair pour trouver mon sac.

– Ah, ha !

Il a été placé sous ma joue. J'ouvre et ferme la bouche, je déplace ma mâchoire. Elle est un peu douloureuse, tout comme le reste de mon corps, mais au moins, je ne suis plus une grande plaie ouverte. Je frotte ma main sur mon ventre et je sens ce que je sais être du sang séché s'écailler sur la pierre en dessous...

De la pierre. Des rochers. Du sang.

Je me souviens de tout maintenant. Je me souviens que j'ai perdu assez de sang pour drainer le muuir de mon système. Eck. Ma main plonge dans mon sac. Je sais de mémoire où se trouve le compartiment caché. Je pourrais le trouver dans le noir complet. Je pousse de côté les vêtements de rechange, ma boîte de yamar, quelques rations de compléments alimentaires et quelques bouteilles supplémentaires d'alcool eshmiri qui s'entrechoquent. Lorsque je trouve le compartiment caché, je défais le loquet et j'enfonce ma main pour attraper le paquet de muuir, mais...

Krakaw. Mes doigts tâtonnent dans l'espace vide où le sachet devrait se trouver. Il n'y a rien. Oh, Krakaw. Krakaw, krakaw, krakaw.

Je me redresse et tente de me mettre debout, mais je ne réussis qu'à rouler sur ma hanche. Ma poitrine est envahie par l'adrénaline et la panique. Je vais devoir retourner... Retourner où ? Je secoue la tête, j'essaie de me souvenir du reste. J'essaie de penser.

Il y avait des tunnels de pierre, un soleil brillant, un chemin sombre. Je vais devoir retourner dans le tunnel... en bas... dans la fosse aux lézards. *ECK* ! Je vais devoir me battre avec une meute de lézards pour le récupérer, et encore, s'ils n'ont pas tout pris pour eux. Ils étaient nombreux, ces salauds.

Je glisse les deux mains sous moi et me mets à genoux. Un léger bruit de pas m'informe que je ne suis pas seule.

Je me remets sur les fesses et plonge la main dans mon sac. Je trouve ma lampe, qui est à la place à laquelle je l'avais laissée. Je lance des torches miniatures eshmiris en l'air. Les trois s'allument. Une jaune, une orange, une blanche. Elles planent à quelques mètres au-dessus de ma tête et jettent sur l'espace une lueur typiquement chaude qui parvient à paraître sinistre lorsqu'elle est réfractée par le stalyx froid du visage de l'homme qui vient de me rejoindre. L'assassin. Il n'a jamais eu l'air aussi mortel que maintenant.

– Eck, je souffle.

Je frotte grossièrement ma main de haut en bas sur mon visage. Je ne sais pas s'il s'agit d'une hallucination produite par le sevrage de muuir ou si c'est la réalité. Je pince un peu mon bras pour m'en assurer. Ça fait mal, mais pas tant que ça. Ce n'est pas concluant. C'est alors que je vois le paquet abîmé briller contre sa peau argentée. Il tient ce que je cherche. Il l'écrase dans son poing de stalyx.

– Putain de Eck ! Tu es bien là ? Ce que je vois est réel ? Je te croyais mort !

Je frappe le talon de ma main contre ma tempe droite en essayant de débloquer le reste de mes souvenirs.

Jerrock, debout au sommet d'un rocher, la silhouette encadrée par des éclairs rouges dans le ciel, me regarde de haut. Le bruit terrible des lézards qui accourent pour l'attaquer et le découper en lambeaux emplit l'air. Ma propre respiration irrégulière me déstabilise; l'odeur riche et piquante de mon propre sang métallique emplit mes poumons à chacune de mes brèves inspirations. Un nouvel allié vient se joindre à la mêlée... Krakaw, c'est un ennemi... Non...

– De quoi te souviens-tu ?

La voix de Jerrock est grave et elle me fait frissonner. Se pourrait-il qu'Azza ait survécu ? Azza... ou Jerrock, qui qu'il soit actuellement.

Par miracle, étant donné mes pensées et mon trouble,

des propos cohérents sortent de ma bouche.

– Tu es vivant ! Comment est-ce possible ? Je n'ai pas vu de vaisseau tomber du ciel et il est impossible que tu aies atterri avant moi.

– De quoi te souviens-tu après avoir atteint les montagnes ?

Il y avait un petit animal. Je secoue la tête, je m'ébroue et j'ébouriffe mes cheveux. *Un petit animal avec des griffes.* J'essaie de ne pas trop me concentrer sur le sac qu'il tient dans sa main, mais il semble resserrer son emprise sur lui à chaque fois que j'y jette un coup d'œil et son apparente colère me fait paniquer. Je ne veux pas qu'il l'abîme.

– Je suis tombée dans un piège, dis-je d'une voix basse et haletante. J'ai emprunté un tunnel que je n'aurais pas dû emprunter et un bébé lézard m'a lacéré la peau.

Je glisse ma main sur mon ventre. Mes vêtements sont déchiquetés et rigides. Je fais une grimace de dégoût en les regardant et je me promets de me changer dès que j'aurai récupéré mon sachet. Dès que je serai sûre qu'il me le donnera. *Que ferai-je s'il ne me le donne pas ?* J'étais prête à me battre contre une planète entière de lézards, mais suis-je prête à me battre contre Azza pour du muiir ? Krakaw, pas vraiment.

Peut-être.

Mon estomac se dérobe et une nausée familière m'envahit, elle est sournoise et destructrice, comme peut l'être un assassin. Au fond, je sais ce qui m'attend. Je vais devoir me battre. Le muuir n'est pour moi qu'un ami de circonstance, il devient mon ennemi quand je tente de lui résister. Il ne me laissera pas le choix.

– Qu'est-ce qui s'est passé ensuite ?

– Jerrock, je vais tout te raconter, mais d'abord,

pourrais-tu me rendre mes affaires, s'il te plaît ?

Il penche la tête. Je pense que c'est la posture qu'il prend avant d'exécuter ses victimes.

– Krakaw, répond-il.

– Jer…

– Krakaw !

Sa voix claque comme un fouet et me fait sursauter.

– Ne m'appelle plus jamais comme ça.

Je me contente de hocher la tête une fois. Son ton ne tolère aucune discussion. Cela ne m'aurait pas arrêtée en temps normal, mais là, je compte faire tout ce qu'il m'ordonne. Presque tout. Krakaw, je ferai n'importe quoi. Je grimace. Je suis à sa merci et je déteste ça. Il doit le voir, car, lorsque j'ouvre les yeux, il me fixe de son œil biologique.

– D'accord, Azza, lui dis-je.

Je serre les dents et je me penche sur les mains et les genoux. Je crains de ne pas pouvoir me tenir debout si j'essaie de me relever et je ne veux pas qu'il voie à quel point j'ai besoin de la substance qu'il tient dans sa main.

Il ne dit rien, mais son silence en dit long.

– Quoi ?

– Azza, siffle-t-il.

Je sursaute, ça fait tout drôle de l'entendre prononcer son propre nom.

– Quoi ?

– Tu m'as appelé Jerrock tout à l'heure, pourtant, depuis que je t'ai enlevée sur Tiringdam, tu ne m'as jamais appelé Jerrock. Pas une seule fois.

Sa voix est saccadée.

– Pas une seule fois.

Je grimace, je serre le poing et je le laisse tomber sur la pierre près de son tibia. Je baisse aussi la tête. Je ressens mille émotions. Mais je me sens surtout mal en point. J'ai l'estomac dans les talons. *Krakaw, krakaw. Dis-lui ce qu'il veut entendre. Dis-lui n'importe quoi* !

– Je t'ai appelé comme ça parce que Jerrock pourrait me donner ce sachet alors qu'Azza ne le fera probablement pas.

Je me sens comme une merde. Je suis pathétique. Si je n'étais pas si désespérée j'en ressentirais de la honte.

– Jerrock, s'il te plaît…

Il serre la mâchoire et le yeeyar dans son œil passe rapidement de droite à gauche. Je me demande s'il me regarde. Je n'en suis pas sûre. Je sais que son autre œil est brun, mais dans l'obscurité, il semble noir. Ses lèvres rouges se contractent comme s'il allait m'écorcher vif. Il a l'air furieux. Enfin, plus furieux que d'habitude. Lorsque je le regarde sous cette faible lumière, affamée, affaiblie par les seaux de sang que j'ai perdus et *le manque de muuir,* il est difficile de se concentrer sur ses représailles potentielles contre le mal que j'ai commis à son égard. J'ai même du mal à voir clair.

La vague de nausée suivante remonte de mes hanches à ma nuque et fait plier ma colonne vertébrale. Je vomis dans mon coude. Le soulèvement sec est douloureux, mais rien ne vient. Des taches envahissent ma vision, elles s'éclaircissent rapidement.

Ça, ce n'est pas si grave. Ce n'était presque rien. Je sais que cela peut être bien pire. La première fois que j'ai dû subir une désintoxication, j'ai bien cru que j'allais crever. On m'avait volé ma ration sur Kor et je n'avais pas les moyens d'en racheter. Les employés de la maison des plaisirs ont dû aller m'en chercher avant même que je puisse quitter l'établissement. C'était vachement embarrassant, surtout compte tenu de ce que j'avais fait là-bas. Je grimace. Ce souvenir n'a pas sa place ici, pas devant lui.

J'ouvre les yeux en entendant un léger bruit de raclement et je vois une tache de muuir sur le sol, près de ma main droite. Oh eck ! Yeeshee, yeeshee. J'attrape le petit rectangle beige, je décolle la fine pellicule d'une main tremblante et me l'applique sur la nuque.

– Aaaaah… j'expire dans un grand soupir.

Le muuir inonde mon système, puis me remplit d'euphorie. Je me souviens maintenant. Il y avait un autre assassin. Je l'ai tué. Enfin, j'ai essayé. Est-ce du sang vert sur mes mains ? Les taches dans ma vision sont-elles encore en train de s'estomper ? Je ris en me balançant sur mes talons.

– Merci, Azza…

– Ne me remercie pas. Pas pour ça. Et ne m'appelle pas Azza non plus.

Ma poitrine est compressée. Mon estomac s'étire. Un dernier souffle de nausée me traverse, puis je me sens à nouveau moi-même.

– Je…

– Tu t'es évanouie. Tout ce que tu as demandé depuis ton réveil, c'est que je te donne plus de muuir, alors que tu avais ça avec toi.

Il brandit la baguette de guérison, un petit appareil cylindrique et blanc, comme tout ce qui se trouve sur un vaisseau de Sky.

– Pourquoi ne l'as-tu pas demandée ? Tu n'as pas oublié que tu l'avais sur toi. Tu as soigné ton bras…

– Écoute, Azza. J'étais à côté de la plaque.

J'essaie de rire, de reprendre le contrôle de la situation.

– Ne me parle pas comme si j'étais un de tes amis

pilleurs. Je ne te connais même pas. Dis-moi la vérité.

Il y aurait bien une vérité à dévoiler, mais il ne comprendrait pas. Je la comprends à peine moi-même. Ma mâchoire s'agite inutilement. Je ne contrôle rien finalement.

Il me fixe plus intensément.

— Tu as souffert. Alors soit tu surmontes momentanément la douleur grâce du muuir et dans ce cas, tu n'es qu'une simple droguée, qui en veut toujours plus, à tout prix, même au détriment de sa vie. Soit...

Il déglutit, s'accroupit et passe ses bras par-dessus ses genoux.

— Soit tu ne cherches pas à surmonter ta douleur : tu t'infliges une souffrance encore plus grande encore avec le muuir parce que tu penses que tu mérites de souffrir.

C'est à mon tour de ne pas répondre. Je n'ai rien à lui dire. Il veut connaître la vérité ? La vérité, c'est qu'il a raison. La vérité, c'est qu'il a tort. Il pense que c'est l'un ou l'autre. Ce n'est pas le cas. La vérité c'est que les deux propositions sont vraies.

Il ricane. C'est la plus grande démonstration d'émotion à laquelle je l'ai jamais vu se livrer.

— Je ne sais pas quelle explication j'aime le moins.

— C'est la première, je mens. J'aime le muuir, c'est tout.

J'aime l'idée qu'il pense que mon addiction au muuir constitue la totalité du problème. C'est plus simple. Ça me fait paraître plus simple. Paraître simple aux yeux des créatures qui m'entourent et qui ne me comprennent pas est ma plus grande force. Jerrock a toujours pensé que j'étais simple. C'est ainsi qu'il s'est laissé entraîner sur mon vaisseau.

L'idée que je ne suis qu'une simple accro au muuir n'est pas ce qui pourrait m'arriver de pire. Si je ferme les yeux très fort et que je penche la tête, être accro au muuir, c'est un peu comme être amoureuse, même si l'objet de mon affection ne saura jamais que j'existe et ne m'aimera jamais en retour.

Tiens donc, ça ressemble un peu à...

Mes yeux s'écarquillent tandis que ceux d'Azza se plissent.

– Dis-moi la vérité.

Jerrock était-il obnubilé par moi au point d'être accro ? Quand il était incapable d'aimer et incapable de se souvenir, je l'obsédais. Il était obligé de me chasser sans pitié. Je vivais avec lui comme un fantôme sur son épaule qu'il ne pouvait jamais vraiment voir.

C'est l'effet que me fait le muuir. Et c'est drôle, parce que la seule chose qui différencie l'amour de la dépendance, c'est que je ne *veux* pas être dépendante du muuir. Est-ce que Jerrock souhaite lui aussi être libéré de moi ?

– *Rook* !

Sa voix est cinglante comme une gifle en plein visage.

Je halète, je lutte pour respirer et je réponds en hurlant :

– C'est tout ce que j'avais après qu'ils t'aient enlevé !

Ma voix résonne et je me demande où nous sommes.

– Le muuir était mon seul ami.

Ses lèvres ne forment plus qu'une ligne dure.

– *Le muuir* n'est pas ton ami. Et moi non plus.

Il se lève et observe mon sachet de muuir avec dégoût. Je le fais glisser sur le sol vers moi si rapidement que les fioles vides s'entrechoquent à l'intérieur.

– Je me suis fait découper en morceaux et transformer en monstre pour te sauver, pas pour te retrouver comme ça.

Mes tripes s'enfoncent comme une pierre dans une eau calme. En quelques mots, mon univers s'embrase. La forêt de mon âme brûle.

Et il n'a pas fini.

– Une fois que nous aurons quitté cette planète, je te redéposerai sur ton vaisseau et tout s'arrêtera là. C'est fini. Je ne te poursuivrai plus. Azza et Rook ne sont plus, ils se sont éteints là où ils ont disparu, là où ils auraient dû rester – sur un vaisseau de réfugiés lémorans, il y a six rotations. Je n'ai pas envie de te voir pourrir de l'intérieur, alors ne me poursuis pas non plus. Si nos chemins se croisent à nouveau, je ne te reconnaîtrai pas. Parce que je ne te connais pas.

Les coups pleuvent.

– Lève-toi. Prends un de tes compléments alimentaires, ou pas. Le soleil est déjà levé et nous avons du terrain à parcourir.

Il se dirige vers l'entrée de la grotte et je regarde son dos. Je contemple ses parties argentées et la combinaison noire qu'il porte pour couvrir la plus grande partie du rouge. Sa tenue est déchiquetée. Encore une mission de sauvetage qui ne l'aura pas épargné. C'est moi qui l'ai blessé. Il a raison. Je ne vaux pas la peine d'être sauvée. L'univers serait meilleur si je n'en faisais pas partie – krakaw, Ce n'est pas ce que je pense. C'est ce qu'*il* pense.

Je m'effondre. Une sensation de coupure et d'écœurement remplit mon estomac de charbons ardents. Je ne peux pas... Je ne peux pas... Je ferme les yeux aussi violemment que possible, mais de l'humidité vient encore recouvrir mes cils. *Krakaw*. Ne fais pas ça. Ne fais pas ça... Je ne peux pas...

J'attrape à deux mains la poche de muuir et je saisis une poignée de patchs jusqu'à ce que je sente le bonheur à l'état pur. L'illumination totale. Ce qu'a dit Azza... il ne le pensait pas. Ce n'est pas si grave. Je peux arrêter de prendre du muuir. Je peux lui montrer qu'il a tort. Yeeshee, pas de problème.

Quand je plane grâce au muuir, tout semble si facile.

Je laisse quelques dizaines de patchs dans le sac – je ne les prendrai pas, bien sûr. Enfin, à moins que...

Krakaw, je vais me désintoxiquer. J'arrêterai de prendre du muuir. Ce sera facile, pas de problème. Je vais juste garder ça pour... *Si c'est si facile, pourquoi tu le gardes ?* Je prends un autre patch. Je me déteste pour cela, mais je l'applique tout de même sur ma peau.

Mes doigts tâtonnent tandis que je rassemble ce qui reste des patchs. Je les glisse dans la pochette de mon sac et je m'élance à sa poursuite. Il est déjà loin. Je dois courir pour le rattraper. Cela semble durer une éternité. La mousse est craquante sous mes pieds et la brise est incroyable lorsqu'elle balaie ma peau. C'est comme si j'étais enveloppée dans des couches et des couches du tissu le plus doux, et bercée contre le soleil.

J'ai chaud. Je touche son bras. Son bras rouge. Il est magnifique et sa texture est étonnante.

– Azza, attends, je peux...

Il arrache son bras de mon emprise, recule, détruit tout mon univers, et me refroidit. Il fait froid tout à coup. Le rouge clignote dans le ciel de jade au-dessus de lui, et s'agite comme un poignard formant une blessure tordue sur le visage de mon âme.

Il me regarde de haut. Ses mots résonnent, glacés alors qu'il prononce des mots dans lesquels il a enveloppé et brutalisé tous mes espoirs et mes rêves.

– Je m'appelle Jerrock.

11

Jerrock

Je ne me retourne pas vers elle pendant le trajet, mais je ralentis autant que possible. Je l'entends se débattre dans la rivière. Elle tombe à chaque pas et plus le temps passe, plus elle met du temps à se relever. Le bruit de ses soupirs m'emplit de plaisir. Mon abdomen se serre. Mon bas-ventre se contracte et je me souviens de...

Un bruit fort résonne autour de nous, c'est un bruit annonciateur de destruction, et il s'intensifie. Cela me préoccupe. Les créatures de cette planète ne nous ont pas poursuivis après la bataille. Elles ont battu en retraite. Quelques-unes, les plus grosses créatures, ont fait leur apparition plus tard, lorsque j'ai trouvé une grotte où me terrer pendant la lune. Nous nous trouvions dans un endroit parmi les collines éparpillées dans les plaines de mousse, un refuge suffisamment sûr et apparemment éloigné pour que je puisse laisser Ashmara se reposer et passer la baguette de guérison sur ses nombreuses blessures. Elle était couverte de bleus et de coupures. Elle avait des blessures plus sérieuses aussi. La voir ainsi m'a beaucoup contrarié. Son état me préoccupe bien plus que mes propres blessures, elles aussi facilement soignées par la baguette. Laisser Ashmara se reposer n'était pas la décision la plus avisée, mais j'étais prêt à affronter les quelques *lézards* qui auraient pu venir nous attaquer.

Toutefois, les plus grosses créatures ne sont pas venues pour nous faire du mal. Au lieu de cela, elles ont traîné plusieurs moignons de chair démembrés devant l'entrée de la grotte. Deux des moignons étaient clairement reptiliens, tandis que l'autre appartenait à l'ancien assassin de Sky. Ce comportement inhabituel rappelait les schémas typiques des membres d'une meute bêta envers un alpha plus important. J'aurais pu comprendre cela si je n'avais pas entendu au même moment le bruit de la mousse qui craque et le son des griffes qui déchirent le sable. Ce sont les bruits qui emplissent l'air maintenant.

Il faut aller plus vite.

Nous sommes presque arrivés. Plus que trois lunes et deux solaires. Je peux voir au loin l'endroit où nous devons aller, mais pour quelqu'un qui vient de prendre du muuir, c'est un voyage difficile. Et pour quelqu'un qui a absorbé *la* quantité de muuir qu'Ashmara a prise, c'est presque impossible.

Je pense à ce que je lui ai dit. Je grave les mots que j'ai employés dans ma mémoire. Ces mots mettent en lumière mon objectif, ma nouvelle mission. Avec ces mots, je lui fais mes adieux. Je ferai ce que Jerrock l'assassin n'a jamais pu faire et ce que le petit Azza ne se serait jamais imaginé devoir faire : je quitterai Ashmara. Je l'ai aimée, autrefois. Quand nous étions petits, elle m'a rendu heureux, elle m'a donné une raison d'être...

Je l'entends éclabousser, soupirer et fredonner

derrière moi. Je grince des dents.

J'ai presque atteint mon objectif. Je vais la quitter. Je ne peux pas m'unir à quelqu'un qui s'est déjà uni à quelque chose d'autre. J'ai beau avoir été un assassin impitoyable, je ne pourrai endurer cette horrible et lente torture : la voir se tuer à petit feu.

Mes pieds s'enfoncent de plus en plus dans le sable mouillé. Mon pantalon est déchiré autour de la cheville gauche et l'eau inonde ma combinaison. Elle est chaude. Je ferme les yeux alors qu'elle se jette à nouveau dans la rivière. *Tout pourrait être si différent...*

Krakaw. Ce genre de fantasmes ne peut que déboucher sur une déception. Rêver ainsi n'épargnerait aucun cœur. Bien que le mien ait à peine la force de battre, il me reste bel et bien un cœur. Et je ne peux pas...

– Azza ?

Mon irritation est à son comble. Je me retourne brusquement. Ses jambes fendent bruyamment l'eau. Mes pas ne font presque aucun bruit en comparaison. Si j'avais été aussi bruyant et maladroit, les Architectes m'auraient infligé d'atroces souffrances. J'aurais moi-même demandé à être puni si je m'étais comporté ainsi. Ma paupière vacille. Je me souviens de tout ce que l'on m'a demandé de faire – krakaw, je me souviens de *ce que l'on m'a forcé à faire, de ce qu'on m'a fait.* Je me les remémore tout ceci sous un jour nouveau et je n'aime pas ça. Je ne suis plus cette personne. Je ne suis peut-être plus Azza, mais je ne suis certainement pas non plus Jerrock le tueur.

Jerrock le tueur n'avait pas d'âme et l'homme que je suis maintenant en a une. Si je n'avais pas d'âme, être aux côtés d'Ashmara en ce moment ne me ferait pas autant de peine.

Je reviens vers elle et saisis son bras au dessus du coude. Je la soulève et l'entraîne vers l'avant. Je ne reconnais pas la chaleur de mes doigts contre sa peau, ni les sons qu'elle émet. Ils sont tous doux et désespérés, aux antipodes de la personnalité d'Ashmara. Je ne l'entends pas non plus bredouiller mon nom au beau milieu d'excuses qui ne sont pas sincères. Je sais qu'elles ne sont pas sincères.

– Je vais arrêter, Azza... Je veux dire, Jerrock. Je te promets que je vais arrêter. Je le ferai pour toi... Je ferais n'importe quoi pour toi, tu le sais, n'est-ce pas ? Tu le sais... Azza, on peut ralentir ? Il fait vachement chaud ! J'aime cette planète. Si je devais la nommer, je l'appellerais Lézardia. Qu'est-ce que t'en penses ? C'est comme Voraxia, mais à cause des lézards... Lézardia, c'est bien ou c'est débile ? Hein? Débile... débile, débile, débile... Ha. C'est un drôle de mot : débile. Tu sais qui est vraiment débile ? Moi ! J'ai vraiment cru que ce petit lézard était un bébé.

Elle rit à nouveau.

– Tu sais qui d'autre était débile ? L'assassin qui te suivait. Il n'a pas vu le couteau que je tenais, n'est-ce pas ? Krakaw. Il te regardait et puis... paf ! C'était facile.

Elle éclate doucement de rire.

– Ça lui apprendra à sous-estimer une humaine. Ce ne serait pas la première fois.

Je trébuche.

Je trébuche comme un enfant.

J'essaie de le lui cacher et je fais un pas hors de la rivière avant de continuer à avancer, mais ses mots s'enfoncent dans ma peau comme mes doigts s'enfoncent dans son bras. Avec une pression ferme et un soupçon de violence. Elle est *humaine*. C'est une espèce dont je n'ai entendu parler que récemment. L'une de mes cibles les plus récentes était une hybride présumée humaine. Elle est désormais libre, elle a survécu, et elle a épousé un chef de clan lemoran. Le mâle qui la convoitait et qui m'avait demandé de la capturer dans un but néfaste a lui-même été reconverti en poussière d'étoile.

Tout ceci est arrivé parce qu'Ashmara est intervenue, mais pas seulement… Je savais que les Lemorans étaient un peuple pacifique mais loyal. J'ai pris beaucoup de risques en opposant leur désir de paix à leur loyauté… et j'ai perdu. Je pensais qu'ils abandonneraient l'hybride humaine pour ne pas déclencher de guerre, mais au lieu de cela, ils ont déversé sur moi une houle guerrière : Ashmara, sa bande de pilleurs et toute une armée de pirates Niahhorrus.

J'avais moi aussi sous-estimé une humaine à l'époque.

Jusqu'à présent, je savais qu'Ashmara était aussi une hybride présumée humaine. C'est la raison pour laquelle les Architectes la veulent pour le horlax – cette seule idée me fait frissonner – mais il ne m'avait jamais vraiment traversé l'esprit que *je* pouvais être de cette espèce, moi aussi. Cela n'avait jamais eu d'importance. Ce que j'étais, qui j'étais, n'avait aucune importance. Je trouve l'idée plus intéressante maintenant.

– Que sais-tu des humains ?

Je n'aurais pas dû lui poser la question. Je m'étais juré de ne pas lui parler du tout.

– Eh bien… pas mal de choses en fait. Une petite humaine stupide a atterri sur mes genoux dans les fosses d'Evernor et elle a tenu à me donner un manuel sur les humains. Si tu veux mon avis, ils ont l'air d'être vachement arrogants. Je ne te raconte pas ce qu'ils exigent ou tout ce qu'il leur faut pour accomplir les tâches les plus élémentaires. Savais-tu qu'un mâle – un homme – doit d'abord courtiser une femelle avant l'accouplement ? Il doit lui apporter des petits cadeaux ou de la nourriture avant qu'elle ne songe à s'accoupler avec lui. C'est fou, non ? C'est comme s'il faisait une offrande à un dieu.

– À une déesse.

– Quoi ?

– C'est comme s'il faisait une offrande à une déesse.

Des souvenirs surgissent à l'improviste dans mon esprit, mais je les écarte d'un revers de main.

– Qu'est-ce que tu...

– Tu l'as toujours ce guide humain ?

– Oui. Il est dans ma boîte à yamar.

J'acquiesce, j'ai bien l'intention de l'examiner plus tard sur le vaisseau. Pour l'instant, nous devons nous dépêcher.

– Tu es trop lente. Je vais devoir te porter.

Sans lui laisser le temps de répondre, je la jette sur mon épaule et commence à avancer à toute vitesse sur les plaines alors qu'un autre soleil se lève sur la crête de l'horizon.

Elle continue d'essayer de me parler. C'est exaspérant. De mon côté, je continue à courir et j'écoute les bruits de griffes au loin. Ils avancent vite, plus vite que moi, chargé de mon fardeau actuel. Ils gagnent du terrain.

Enfin, je commence à apercevoir la pointe du vaisseau de Sky qui scintille au loin. C'est un vaisseau de forme différente de celui dans lequel je suis arrivé sur cette planète. Son toit est pointu et ses six ailes s'enfoncent dans le sol à sa base. D'un blanc immaculé, il réfracte brillamment la lumière rose. Des faisceaux rouges serpentent dans le ciel derrière lui.

Je ressens une brûlure dans mes cuisses malgré les améliorations dont elles ont bénéficié. Il faudra que je me repose après cela, ce qui est dur à imaginer. J'y suis presque.

– Nous y sommes presque, dis-je à voix haute.

Mes mots me font sursauter. Pourquoi ai-je dit cela ?

C'est à ce moment-là que je réalise qu'elle s'est arrêtée de parler.

– Ashmara…

– Az…za ? dit-elle, surprise.

La tension dans ma poitrine se relâche quelque peu.

– Jerrock.

Elle se tait à nouveau.

Nous avons quitté la grotte il y a deux solaires, cela fait un moment qu'elle ne s'est pas reposée. Elle n'a pas bu d'eau depuis que nous avons quitté la rivière, et encore, elle n'en a pas bu beaucoup. Elle n'a pas mangé non plus. Je ne sais même pas si elle a pris un peu de nourriture lorsque je lui ai suggéré de manger. J'avais laissé entendre que cela n'avait pas d'importance, que sa vie n'avait pas d'importance. J'ai fait erreur. *Ashmara* la pilleuse eshmiri, la femme la plus recherchée de tous les quadrants, est la seule créature à avoir échappé aux assassins de Sky aussi longtemps qu'elle l'a fait. Elle est la libératrice des esclaves de Sky et elle est la seule femelle Eshmiri. On peut l'adorer ou la détester, mais on ne peut pas prétendre ne pas la connaître : elle est célèbre. Et c'est une combattante jusqu'au bout des ongles. Elle est folle, presque suicidaire. S'agit-il de folie ou est-ce simplement le comportement d'une toxicomane ?

Mes mots l'ont-ils touchée ? A-t-elle abandonné tout espoir ?

Nous sommes presque arrivés au vaisseau, je ressens une certaine pression. Yeeshee, c'est bien de la pression. Je n'ai jamais rien ressenti de tel. Mais je ne suis pas inquiet. Pas du tout. J'y suis presque. Les portes du vaisseau s'ouvrent à mon approche... et à trente pas de l'entrée, je m'arrête.

Dans l'ombre de la porte ouverte se tient un pirate niahhorru portant des chaînes en droherion. Elles sont brisées. Deux autres pirates se déplacent pour l'encadrer. Un quatrième apparaît dans leur ombre. Ils devaient être prisonniers de l'assassin de Sky, et ils étaient sûrement enfermés dans des réservoirs de contrôle. Je suis surpris qu'ils aient réussi à s'en échapper, même si je sais qu'ils ont accompli cet exploit grâce à la mort de l'assassin de Sky qui les détenait. Lorsque son lien avec le vaisseau a été rompu, ils ont probablement eu quelques instants pour se libérer. Je vois qu'ils n'ont pas gaspillé ces instants.

J'hésite. Un pirate niahhorru est un adversaire de taille. Affronter quatre pirates avec le poids mort que je porte ne va pas être une mince affaire. Krakaw, Ashmara n'est pas un poids mort. Est-ce le muuir qui la rend si silencieuse ? Cette pensée me fait ressentir trop de choses, toutes inconnues pour moi.

Le premier des mâles niahhorrus me sourit largement, de manière à montrer toutes ses dents nacrées.

– Ce n'est pas toi qui nous as enfermés ici, mais tu feras très bien l'affaire et tu paieras à sa place.

Ses dents brillent d'un éclat argenté tandis qu'il saute sur la mousse en contrebas. Ses yeux sont mats et ses visières viennent les recouvrir. Il est en colère et prêt à se battre. Je suis en colère aussi, mais pour la première fois de ma vie, je ne suis pas aussi prêt à me battre que je devrais l'être. Elle a survécu de justesse à la dernière bataille. Que lui arrivera-t-il si nous nous battons ?

– Si vous m'affrontez, ce sera à vos risques et périls, lui dis-je en meero.

– Qu'est-ce que tu racontes ? répond-il en riant et en faisant craquer les jointures de ses deux mains inférieures. Se battre est toujours un plaisir.

Maudits pirates. Ils sont aussi ridicules que les Eshmiris avec leurs constants éclats de rire.

– Tu vas mourir, je préviens.

– Peut-être, réplique-t-il en haussant les épaules. Peut-être pas.

– Dis donc… Qui est ta jeune amie ? dit le mâle à sa droite en sautant à terre après lui.

Je ne peux m'empêcher d'émettre un son grave, je veux qu'il l'entende. Son regard excessivement curieux me pousse à positionner Ashmara de l'autre côté.

– Tiens, tiens… C'est plus qu'une amie, n'est-ce pas ? dit celui qui est derrière.

– Centare. C'est un assassin. Les assassins n'ont pas d'amis.

– Eh bien, il faut la libérer alors.

– On devrait, répond un autre avec un rire méprisable. Je dirais même que c'est notre devoir.

– Vous ne la toucherez pas.

Mon ton ne m'est pas familier. Toutefois, je ne me donne pas la peine d'y réfléchir, et je ne cherche pas à l'adoucir.

– Ce n'est pas une menace, c'est une certitude. Si vous souhaitez vivre un autre solaire, quittez ce vaisseau et oubliez la femelle.

Je n'ai jamais été aussi honnête mais les Niahhorrus rient. Ils rient tous les quatre. Ceux qui sont descendus du vaisseau vers une mort certaine, avancent vers moi à pas feutrés. L'un des pirates restants saisit le cadre de la porte de ses mains supérieures et se penche vers l'extérieur jusqu'à ce que la lumière du soleil l'atteigne. Sa visière est relevée, ses yeux sont à découvert. Je devrais profiter de l'occasion pour lui tirer dessus, mais je ne le fais pas. Je suis plus préoccupé par l'inclinaison soudaine de sa tête.

— Qu'est-ce que c'est que ça ? demande le pirate penché.

Le raclement des pieds et des griffes, ponctué d'un cri strident, se fait entendre à point nommé. Un frisson me parcourt l'échine. Je jette un coup d'œil par-dessus mon épaule.

— Ashmara, dis-je en m'adressant enfin au poids qui pèse sur mon dos, nous sommes sur le point d'être rattrapés par les créatures de cette planète. Je vais te mettre à terre pour que tu te battes.

Je commence à la poser sur le sol; mais lorsqu'elle passe par-dessus mon épaule et repose sa tête contre moi, elle murmure :

— Alors comme ça, nous ne sommes pas amis, Jerrock ?

— Krakaw.

Elle glousse, mais sa voix est creuse.

— Tu as sans doute raison. Ta seule amie est morte il y a longtemps.

Elle se met à tousser dès que son dos touche la mousse. Elle roule sur le côté en position fœtale, puis se recroqueville sur le ventre comme si elle souffrait avant de se mettre à rire aux éclats.

— Allez, viens ! crie-t-elle en meero en se mettant à genoux et en titubant.

Elle porte son sac sur son dos et elle a la baguette de guérison à la main. J'en déduis qu'elle pensait avoir tiré la dague au radium de son sac, ou peut-être sa propre dague, plus fragile. Pour l'instant, les deux dagues sont encore dans son sac.

Les pirates rient.

Elle rit aussi. Je me retourne pour faire face à la cinquantaine de créatures qui vont nous tomber dessus dans quelques instants et je me demande s'il ne serait pas plus prudent de tuer d'abord les pirates. Je n'ai pas les idées claires. Je suis... distrait.

— Avez-vous entendu parler du pirate niahhorru qui s'est retrouvé dans l'arène d'Evernor ? demande Ashmara.

Le mâle le plus proche d'elle interrompt sa progression et tend le bras pour empêcher son compagnon de passer devant lui.

— Centare. Que lui est-il arrivé ?

Ashmara agite sa baguette tout en parlant. Ils ignorent tous la horde de créatures en colère qui menace de nous anéantir. Je suppose qu'il ne me reste plus qu'à m'occuper de cette nouvelle menace tout seul. La tension s'empare de mes os. *Ils sont nombreux et je me remets à peine de mes blessures.* Je regarde la marée de créatures monter.

— Le pirate s'est avancé au milieu de l'arène sans armes et le chien de la Mort qu'il affrontait lui a arraché la jambe.

— Ce n'est pas possible ! s'écrie l'un des pirates.

— Chut ! Laisse-la finir ! s'exclame un autre.

— Le pirate a regardé le chien de la Mort et lui a dit : « Hé ! Si tu refais ça, je cours rentrer chez moi ! », poursuit Ashmara.

Quoi ?

C'est le silence pendant quelques secondes.

puis, les quatre pirates et Ashmara éclatent tous de rire.

– Elle est bonne celle-là…

– Rentrer à la maison…

– À pied !

– AH AH AH AH !

Je me concentre sur cette plaisanterie plus longtemps que je ne le devrais étant donné la situation actuelle et je réalise que les mots en meero pour marcher et rentrer sont les mêmes. C'est là que réside la plaisanterie.

Hum. Ce n'est pas drôle.

– Dis-nous en une autre, demande l'un des pirates.

– D'accord, d'accord, fait Ashmara.

Elle a encore du mal à articuler. Elle frotte la baguette de guérison contre sa tempe.

– Que dit-on d'un pirate niahhorru né avec une paire de mains supplémentaires ?

– Moi, je sais !

– Moi, je ne sais pas, dis-nous !

– Centare, centare. Attends… Oh, j'ai trouvé. On dit qu'il se *main*tient. main… tient, vous comprenez ? s'écrie un autre pirate dans un éclat de rire.

– Centare ! fait Ashmara en essuyant les larmes de rire de ses propres yeux.

Sa respiration est presque sifflante et je me demande si elle ne va pas suffoquer en riant comme elle le fait.

– On dit qu'il n'y va pas de *main* morte !

Ils se remettent tous à rire tandis que le premier des lézards – la première créature – s'élance vers moi… et esquive mon coup. Il ne se contente pas d'esquiver le poing que je dirige vers sa gueule, il passe devant moi et me contourne entièrement. Sa queue clignote et brille. C'est l'un des plus petits, ses écailles sont d'un vert plus clair. Je suis prêt à m'élancer pour l'intercepter s'il décide de se diriger vers Ashmara, mais il n'en fait rien. Il se dirige directement vers les pirates et pousse un cri perçant.

Les pirates ont cessé de rire. Ils ont quitté le vaisseau et ils s'avancent sur la plaine moussue. Là, debout, pied à pied, en formation carrée, ils attendent. Ils n'ébranleront la formation que pour massacrer les créatures qui arrivent. Et elles arrivent.

Les créatures nous encerclent, Ashmara et moi, comme si nous n'existions pas. Je ne comprends pas très bien pourquoi elles agissent ainsi, mais je n'essaie pas d'en savoir plus. Au lieu de cela, j'avance sur Ashmara et l'attrape par le haut du bras. Elle est face à moi quand je l'attrape et recule quand je fonce.

– Nous devrions les aider, Jer, murmure-t-elle, prise entre le rêve et la réalité.

Pour elle, rien de tout cela n'est réel et rien de tout cela ne peut la blesser. Quand elle est dans cet état, elle est persuadée que rien ne peut la blesser. Pas même moi.

C'est pour ça qu'elle a pris tant de muuir ?

Je grogne. Je n'ai pas à me soucier de ses raisons.

– Jerrock, je corrige. Et, krakaw, nous ne devrions pas les aider, lui dis-je en repassant à sa langue maternelle, l'eshmiri.

Je hisse son corps contre le mien et je saute sur le vaisseau. Il y a déjà deux lézards à l'intérieur. Ils sont occupés à faire des allers-retours et à réduire en miettes ce sur quoi ils peuvent mettre la main. Ils n'ont pas l'air de chercher quoi que ce soit, ils déchirent le panneau de contrôle du blaster avec plaisir, comme si cela les amusait.

Je modifie ma boîte vocale pour pouvoir reproduire le cri de ces créatures et je l'émets de toutes mes forces.

– Eck ! Par toutes les comètes ! crie Ashmara derrière moi en levant les bras pour se couvrir les oreilles alors que je la laisse tomber sur le sol.

Les créatures réagissent instantanément, en s'enfuyant à toutes jambes et en criant. Sans hésiter, je me précipite vers le tableau de contrôle hifelai, insère mon poignet dans le lecteur et relie le yeeyar qui coule dans mes veines à la membrane yeeyar du vaisseau.

– Nous devrions les aider, répète Ashmara, en se dirigeant vers le panneau de contrôle endommagé, encastré dans un mur.

Le yeeyar y est grillé, mais Ashmara tend quand même la main vers lui et le caresse, sans se soucier du danger, sans se soucier de sa propre vie.

Je veux lui ordonner d'arrêter, mais je me mords la langue au dernier moment. Qu'est-ce que ça peut me faire qu'elle meure maintenant ? Elle va mourir de toute façon. Au moins, l'électrocution lui assurera une mort rapide.

Je ne dirai rien. Je ne veux pas...

– Ashmara ! je crie.

Elle se cogne sur les murs lorsque le vaisseau s'anime et commence à s'élever sur le sable.

J'entends le bruit des griffes qui s'enfoncent dans la coque extérieure du navire. Plusieurs lézards continuent de s'y accrocher. À l'aide du tableau de commande, je soulève et ferme plusieurs panneaux extérieurs en succession rapide jusqu'à ce que je sente enfin la dernière des créatures se libérer et plonger vers sa mort.

– Quoi ?

Elle se retourne et s'assoit, appuyée contre le mur que les petits monstres stupides et violents ont ravagé. Elle garde son sac entre ses jambes et les bras croisés dessus, comme si c'était la chose la plus importante du cosmos pour elle. Comme il abrite son muuir, j'imagine que c'est le cas. Je déteste ça. Ce que je déteste encore plus, c'est que je ne pourrais jamais rivaliser avec cette substance.

– Tu ne veux pas les sauver ?

– Tu crois qu'ils auraient fait la même chose pour toi ?

J'essaie de ne pas laisser transparaître la rage dans mon ton. Les assassins ne haïssent pas. Les assassins ne ressentent rien. Je jette un nouveau coup d'œil à son sac et constate avec frustration que mes sentiments ne se sont pas dissipés.

Elle réfléchit, puis incline la tête.

– Oui, probablement.

– Peut-être, mais seulement pour organiser un shekurr avec toi.

Elle remue, rit et fouille dans son sac. Je m'attends à ce qu'elle en retire d'autres sachets de muuir, mais elle me tend une bouteille. D'un bleu clair translucide, elle est remplie d'un liquide sombre. Je n'ai pas besoin de savoir ce que c'est pour avoir l'assurance que c'est un alcool fort, je le sens d'ici.

– Peut-être.

Elle suit la ligne de mon regard jusqu'à sa main et la soulève.

– Tu en veux ?

– Krakaw.

– Pff. Tu ne sais pas t'amuser.

– C'est vrai.

Elle rit comme si j'avais fait une blague alors que je n'ai fait qu'énoncer un fait.

– Alors, pourquoi tu n'as pas voulu les aider ?

Tu as ri avec eux et ça m'a contrarié. Je n'ai pas apprécié la façon dont ils te regardaient. Ils te reluquaient comme s'ils voulaient se délecter de toi, comme s'ils voulaient te chérir.

– Ce n'était pas prudent.

– Me sauver, ce n'est pas prudent non plus.

– Et toi, pourquoi veux-tu les aider ? je grogne.

Une tension me traverse, jusqu'à la plante des pieds. Ma haine s'est muée en colère. Ce n'est pas une émotion inconnue, mais en ce moment, je ne comprends ni sa provenance, ni sa cible.

Elle hausse les épaules.

– Ils étaient sympas, ils avaient le sens de l'humour.

– Ah ça c'est sûr, c'est pas l'humour qui m'étouffe.

Elle rit doucement et passe ses doigts bruns dans ses cheveux d'un blanc éclatant.

– J'imagine que non. Pourtant, tu me trouvais drôle avant. Toi et moi, on riait tout le temps ensemble, tu t'en souviens ?

Je m'asseyais avec elle et je la regardais attendre patiemment de pouvoir savourer les effets des farces qu'elle faisait aux Lemorans qui nous nourrissaient et nous habillaient. Je riais plus de son rire que du hibi renversé ou du tissu taché qui en résultait. Son rire me faisait toujours rire. Il était toujours si insouciant.

Et il m'appartenait. Je pouvais l'admirer alors qu'elle se laissait aller à rire ainsi, avec un cri sauvage, les larmes aux yeux. Je l'ai entendue rire de nombreuses fois depuis, à mes dépens ou aux dépens d'un autre tueur envoyé pour la blesser, la mutiler ou l'éliminer; mais jamais de cette façon. Je ne l'entendrai plus jamais rire de cette façon. La femme devant moi n'est pas celle que j'ai connue à l'époque et je ne suis pas non plus l'enfant qu'elle a connu il y a si longtemps. Son rire a disparu à jamais. Comme tout le reste.

Le mâle qu'elle a sauvé est corrompu. La femelle qui m'a sauvé est détruite.

– Krakaw.

– C'est pourtant vrai. J'avais l'habitude de me cacher et de surgir en sautant pour essayer de t'effrayer. Je réussissais toujours à te faire peur. Tu te mettais en colère et tu essayais de faire semblant de ne pas avoir peur. Puis tu riais. Tu étais si beau quand tu riais. Tu sais que ma plus grande crainte, c'était que tu ne me trouves pas belle ?

L'émotion monte en moi sans crier gare. Je la retiens, comme si je pressais un visage sous l'eau et que j'attendais que ma victime se noie.

– Ils ne peuvent pas tous avoir le sens de l'humour.

– Quoi ?

– Les créatures que tu sauves ne peuvent pas toutes avoir le sens de l'humour. On m'a donné ton contrat afin que je mettre fin à ton interférence dans la collecte d'âmes pour les Architectes. Pourquoi le faisais-tu ? Pourquoi t'es-tu attaquée sans relâche aux cargaisons les plus coûteuses de Sky ?

Elle rit et attrape encore sa bouteille pour boire. Elle frissonne en la mettant de côté et penche la tête en arrière jusqu'à ce que ses cheveux reposent contre la paroi du vaisseau. C'est étrange, elle semble soudain… éteinte; mais je ne sais pas pourquoi.

– Tu ne t'en doutes vraiment pas ?

Je ne sais pas de quoi elle parle et je n'aime pas ça. Je ne réponds pas.

Elle lève un sourcil blanc fin et ses yeux, pour une fois, sont étonnamment incolores. Je constate que je n'aime pas particulièrement quand ses yeux sont dépourvus de couleur. J'aime susciter des réactions colorées de sa part. Ses yeux m'aident à comprendre... Ils m'aident à voir au-delà...

— Tu n'avais même pas la possibilité de revendre la cargaison. Il y a peu d'espèces qui recherchent des esclaves, et encore moins qui acceptent les espèces que Sky a tendance à recruter...

Les Architectes prennent un grand plaisir à briser les âmes qui se défendent.

Ses épaules s'affaissent. Elle se cogne légèrement l'arrière de la tête contre le mur blanc, comme si elle essayait de se distraire de quelque chose, ou de se concentrer très fort. Son attention se porte sur moi.

— Je n'ai pas volé les cargaisons de Sky pour m'enrichir, Jer.

— Jerrock.

Elle se lèche les lèvres et me fixe très attentivement avant de détourner le regard.

— Jerrock, souffle-t-elle.

Elle ne continue pas, elle se contente de regarder au loin sans rien voir. Son expression étrange n'en devient que plus étrange, plus mystérieuse. Elle semble incertaine et tendue lorsqu'elle reprend :

— Tu t'es déjà demandé pourquoi je m'attaque *exclusivement* aux cargaisons de Sky ?

Je me crispe. Je ne savais pas qu'elle s'en prenait exclusivement aux marchandises de Sky. Cela n'avait pas d'importance pour le contrat. Seul le contrat m'importait. Enfin... pas tout à fait.

— Tu ne me poses pas la question ?

— Tu vas m'obliger à te le demander ?

Elle sourit et son sourire est plus franc qu'il ne l'était il y a quelque instants, même si elle plisse les yeux comme si elle ne pouvait pas me voir à cause des lumières du plafond. Elles ne sont pas si brillantes que ça mais je baisse quand même la luminosité. Son sourire vacille. Je ne comprends pas l'inclinaison irrégulière de ses lèvres ni l'étrange tremblement de son menton. Son menton à fossette. Cette fossette a-t-elle toujours été là ?

Yeeshee. Je m'en souviens maintenant. Même petit, je l'avais remarquée, et j'avais déjà envie de l'effleurer. Maintenant, j'aimerais en tracer la forme avec mon doigt d'une autre façon.

– Yeeshee.

Ma main de stalyx se crispe. Mes lèvres se serrent.

– Pourquoi as-tu chassé les cibles de Sky plus que toutes les autres ?

– Je ne *chassais* pas, Jerrock. Je te cherchais.

Elle glousse, comme si elle ne venait pas de creuser un nouveau cœur dans ma poitrine avec une cuillère émoussée.

– Libérer les autres… poursuit-elle en passant son pouce par-dessus son épaule et en secouant la tête. Ce n'était que la cerise sur le gâteau.

Elle rit et boit un peu plus de sa bouteille.

– Mais je ne t'ai jamais trouvé. Après le trentième raid, c'est toi qui m'as trouvée. Tu t'en souviens ? Te souviens-tu de la première fois que tu m'as trouvée ?

Yeeshee. Je me souviens du moment où tout a changé. Je l'ai vue au centre d'une vente aux enchères d'esclaves organisée par Igmora et Tyto – tous deux morts aujourd'hui, grâce à Ashmara et aux Lemorans. C'est là que j'ai commis ma première erreur. Je devais lui tirer une balle dans le cœur, mais au dernier moment, j'ai laissé glisser mon déguisement juste assez pour être reconnu par un être dans la foule. Ça a causé une panique sans nom. Ashmara s'est retournée, m'a vu, nos regards se sont croisés et j'ai... ressenti.

J'ai ressenti des choses.

– Krakaw.

Je suis fier de moi, j'ai réussi à prononcer cette réponse avec un ton égal et froid.

– C'est ça.

Son rire s'éteint et elle me sourit d'un air entendu.

– Quoi qu'il en soit, je me suis éloignée de toi et après avoir réalisé ce que tu étais – ce qu'ils avaient fait de toi – et à quel point il était dangereux de te côtoyer. J'ai mis au point un plan. Tout ce que j'avais à faire, c'était de trouver comment te libérer, et si je continuais à faire ce que je faisais, tu me retrouverais. Encore... et encore. Tu n'as jamais pu me tuer, ce n'est pas faute d'avoir essayé. Je n'ai jamais compris pourquoi. Pourquoi ? Tu m'as déjà tiré dessus, tu m'as déjà brûlée, frappée et poignardée, mais tu n'as jamais réussi à me tuer...

Quelque chose a retenu ma main. À chaque fois. Je n'avais aucun contrôle là-dessus.

– J'ai fait des erreurs.

– Jerrock, l'Assassin de Sky, ne fait pas d'erreurs. Azza non plus. Tu sais ce que fait Azza par contre ?

Nous baignons dans le silence.

– Il me laisse gagner. Il l'a toujours fait, murmure-t-elle en buvant une autre longue gorgée de sa bouteille. *Tu* l'as toujours fait.

Je ne dis rien et ne lui offre rien en retour. Elle continue de me regarder. Elle me fixe jusqu'à ce que son regard se porte sur le côté et bientôt sur l'endroit situé juste à ma gauche. Je pivote sur mon siège, mais il n'y a rien d'autre derrière moi que des murs et un sol blancs.

Elle rit bruyamment et, sans préambule, roule sur une hanche. Elle s'aide de la bouteille qu'elle tient dans la main pour se mettre debout. Son autre main serre son sac en étau et elle doit se servir de la main qui tient la bouteille pour se rattraper au mur. Elle trébuche vers le mur, puis s'en éloigne, avant de revenir vers lui et d'appuyer son front contre la surface blanche et pure, la maculant de la saleté de son front. Nous sommes sales, tous les deux.

– Il y a un tube de nettoyage à bord du vaisseau. Tu peux l'utiliser.

– Krakaw, marmonne-t-elle. Après.

Après... Je me demande ce qu'elle veut dire.

Je la regarde étaler ses doigts sales sur le mur, se diriger vers la chambre solitaire et y pénétrer. Elle traverse la petite pièce jusqu'au panneau d'un blanc trouble accroché au mur sans se retourner vers moi. Elle tâtonne pendant une éternité tandis que je tente de reporter mon regard sur le scanner, où je cherche la signature d'un bouclier eshmiri. Ils sont incroyablement difficiles à trouver mais j'ai de l'expérience. Je l'ai trouvée une douzaine de fois. Cependant, il faut avouer que je ne l'ai trouvée sur son vaisseau qu'une seule fois, et ce n'était qu'un piège pour m'attirer à elle. Je suis tombé dans ses pièges un nombre incalculable de fois.

Elle n'est tombée dans le mien qu'une seule fois.

Elle ne le sait pas.

Et j'espère qu'elle ne le saura jamais.

Je ne reporte pas mon attention sur le scanner. Au lieu de cela, je la regarde frapper du poing contre le mur jusqu'à ce qu'elle force le panneau à s'ouvrir. Une petite cellule à usage individuel apparaît. C'est pour dormir, mais je n'ai jamais dormi dedans. Je ne sais pas pourquoi.

Je préférais m'allonger sur le sol pour dormir.

Alors qu'elle se baisse, elle fait quelque chose de très étrange. Elle semble se battre avec son sac comme si elle se trouvait face à un ennemi invisible, avant de le poser juste à l'extérieur de la capsule de couchage, aussi près qu'elle le peut. Puis elle grimpe à l'intérieur.

Elle se met sur le dos et ferme les yeux. Elle se masse le front. Sa mâchoire se crispe et elle mastique convulsivement. À un moment donné, elle expire, rit doucement et secoue la tête. Ensuite, elle ouvre les yeux et fixe le plafond bas au-dessus d'elle.

Elle ne cesse de s'agiter. Au bout d'un demi-solaire de plus à l'entendre remuer comme une mouche voraxiane, je comprends enfin ce qui se passe.

Le choc, la peur, la colère et tant de sensations et de sentiments qui me sont inconnus m'envahissent, mais je les réprime tous. Je suis... excité, mais je sais que c'est de la folie de penser que tout ce qu'elle fait est lié *à moi* de près ou de loin. Cela n'aboutira à rien, elle finira morte, et moi, je finirai le cœur brisé.

Pourtant...

Je retourne aux commandes et les fixe avec toute la concentration dont je dispose. Je n'interviendrai pas. Si elle veut le faire, c'est à elle de le faire. Elle doit le faire. Elle ne peut pas compter sur moi pour l'aider. Je reste aux commandes aussi longtemps que ma raison me le permet avant de me répéter la litanie destinée à ma faire garder la raison. Je quitte ma place en me levant, je vais au panneau de commande et je me dirige vers la chambre de sommeil pour m'accroupir près de son paquetage sur le sol. Elle sursaute en sentant ma présence et elle se précipite vers le sac en s'étirant; mais je ne le touche pas.

J'appuie mes bras sur le haut de l'ouverture et je me penche dans la cabine ombragée.

– Tu as choisi de faire ça maintenant ?

– Ce n'est pas comme si j'avais autre chose à faire.

Elle déglutit bruyamment, douloureusement, mais elle rit quand même.

– Tu me forces à regarder. Tu me punis pour les choses que je t'ai dites plus tôt dans la grotte.

– Tu te sens puni ?

Yeeshee.

– Krakaw, mais ça ne saurait tarder.

– Alors ne regarde pas.

– Tu es en train de bousiller ton corps, il n'en restera bientôt plus que des cendres et des os. La Mort ne voudra même plus de toi quand ce sera fini, quand le muuir aura entièrement disparu de ton système.

Elle rit à nouveau. Sa bouche s'ouvre et ses dents brillent d'un éclat blanc. Je regarde la sueur perler sur ses joues brunes. Il émane d'elle une odeur douce, une odeur douce et imprégnée de folie. Ça ne lui ressemble pas du tout, mais ça n'a pas d'importance pour moi. J'inspire et je me souviens quand je...

– La mort n'a jamais voulu de moi de toute façon.

Krakaw, c'est vrai.

– Mets un patch.

Elle ouvre un œil et tire la langue.

– Il ne vaut mieux pas.

– Tu vas mourir si tu laisses le muuir quitter ton corps d'un seul coup.

– Krakaw. Je l'ai déjà fait.

Elle l'a déjà fait ? J'ai du mal à le croire.

– Tu mens.

– Chut, me dit-elle. Il faut que je dorme, je ressemble à

un zombie.

– Non, pas du tout, tu n'as pas besoin de dormir, tu…

Je pourrais dire que les mots sont venus sans réfléchir, mais ce n'est pas le cas. C'était ce que je pensais, et je voulais qu'elle le sache.

– Tu as raison. À quoi bon ? Ça ne servira à rien, j'aurai toujours l'air d'une camée dégueulasse de toute façon.

Son corps se contorsionne. Ses talons s'enfoncent dans le matériau dur du lit. Ma queue s'agite derrière moi. Elle fouette l'air tandis que mon esprit tente de résoudre la situation difficile qui se présente à moi. Il y a trop de pièces formant des puzzles de formes et de tailles différentes, et aucune de leurs formes ne s'emboîte.

– Ce n'est pas ce que je voulais dire, je grogne à voix basse, mais elle ne m'écoute pas.

Elle fredonne un air que je ne connais pas.

– Prends un autre patch.

– Krakaw ! Maintenant, dégage, Jerrock.

Jerrock. Pas Azza. Pas Jer. Jerrock. J'ai l'impression qu'elle m'appelle ainsi pour me punir, mais son ton ne me met pas en colère. Au contraire, j'y vois une opportunité. Jerrock ne reçoit pas d'ordres de ses cibles. J'attrape son sac et je déchire les liens magnétiques.

Elle hurle. Son corps tout entier tremble et elle se met à rugir :

– Ne touche pas à ça ! N'y touche pas !

Sous le choc, j'abaisse le paquet sur le sol. J'essaie de soutenir son regard, mais elle ne parvient pas à lever la tête assez longtemps. Sa poitrine se soulève et sa mâchoire commence à trembler violemment, comme si elle était nue sur Nobu.

– Ne…touche pas à ça. Il est vide, de toute façon. J'ai

tout pris.

Ah.

Je vois.

Cela explique bien des choses. Elle n'a pas choisi de se soumettre à un sevrage brutal. Krakaw,elle a tout simplement mal géré ses provisions. Cette explication devrait m'apaiser, mais ce n'est pas le cas.

– Il n'y a plus de muuir. Seulement une bouteille de ramask que j'ai obtenue d'un certain... Rekkaru, et elle est presque finie, elle aussi.

Elle désigne la bouteille à ma droite et je vois qu'elle est vide. Ce n'est qu'une droguée qui a mal géré son...

Une poussée de panique refoulée se libère de sa cage pour m'attaquer.

Je tourne les talons et retourne aux commandes. Je désactive la recherche de boucliers occulteurs eshmiris et cible immédiatement les stations de transit, les planètes de plaisir et les mondes sombres comme Evernor et Kor. Il y moins de règles sur ces endroits de la Zone Grise et ceux qui les font respecter sont faciles à corrompre.

Je tombe sur un endroit dans la zone grise entre les quadrants sept et huit qui correspond à mon objectif, mais j'hésite. Je n'ai jamais été sur cette planète. Je me concentre sur ce point de chute avec plus d'acuité. Dans les motifs noirs et troubles de yeeyar qui apparaissent au-dessus de moi comme du sable calciné, je vois qu'il s'agit d'une planète abandonnée. C'est comme si le dieu du cosmos en avait pris une bouchée sur un côté, la courbe de la planète lui donne maintenant l'apparence d'un croissant de lune.

Au centre de la planète, des aires d'atterrissage semblent presque tomber du bord de chaque falaise, ce qui me rappelle les aires d'atterrissage de Sky. Je frissonne. Sky. Je n'y ai pas beaucoup pensé depuis...

Ce n'est pas Sky.

J'entre les coordonnées de la planète : Q1ZX94. Le guide m'indique alors que le nom de la planète est *Quizzar* en meero. Exploitée par des Walreys véreux, c'est une planète dont la fonction première est le commerce de substances illicites, à savoir le muuir.

Je relis la description deux fois, pour m'assurer que mes yeux ne me trompent pas. Je ne crois pas aux coïncidences... J'ai l'impression que l'univers ou une autre force directrice a planifié cela... pourtant, je ne crois pas à ces choses-là. Il n'y a pas de dieux, la seule puissance qui se rapproche le plus d'une divinité, c'est la Mort.

Je mets le cap sur Quizzar et je regarde la planète se rapprocher de plus en plus. Nous sommes tout de même encore loin. *Nous n'y arriverons pas.*

– S'il y a du muuir dans ton sac et que tu me le caches, je te punirai.

– Je n'ai pas de muuir, Jerrock. Si j'en avais, tu crois que je m'infligerais ça volontairement ?

– Tu le ferais pour me punir à cause de ce que je t'ai dit.

– Pas du tout.

– Je te conseille d'arrêter.

– Ok.

Je me lève.

– Je vais fouiller ton sac pour m'assurer que tu n'as rien oublié.

– Jerrock.

Elle m'attrape le bras quand je touche son sac. Sa peau brune semble terne contre le stalyx. Pire encore, je ne sens rien de sa chaleur. Des données sur ses faiblesses et ses points de vulnérabilité défilent dans mon œil gauche. Elles constituent un catalogue de toutes les façons dont je pourrais et devrais la blesser. J'aimerais pouvoir l'éteindre.

– Ashmara…

Sa bouche est tordue. Ses yeux ne révèlent rien.

– Jerrock, souffle-t-elle. Tu ne me fais pas confiance ?

J'hésite.

– Je ne te mentirais pas, poursuit-elle. Je pourrais mentir à n'importe qui d'autre… mais pas à toi.

Sa respiration est laborieuse. Elle se débat en sombrant dans un gouffre. Ce faisant, elle s'éloigne de moi. Je ne peux pas la suivre. Je ne peux pas la protéger.

– Je n'aurais pas pu m'en empêcher. Si j'avais du muuir… je serais déjà défoncée au muuir.

– Si c'est le cas, pourquoi ne veux-tu pas que je fouille ton sac ?

Sa réponse est coupée par un faible gémissement alors qu'elle se cambre, les mains sur le ventre.

Elle me relâche et se couvre la bouche avec sa main.

– Je vais…

Je récupère le tissu d'absorption sur le panneau à ma gauche et je fais glisser la grande éponge blanche sous sa tête. Je l'aide à se redresser et je soutiens ses épaules pendant qu'elle se purge. Sa bile est instantanément absorbée, à l'exception de l'odeur qui lui reste sur les lèvres alors qu'elle retombe dans la nacelle. Elle tremble et respire difficilement.

– Ne me regarde pas comme ça, dit-elle.

Je lui apporte de l'eau à boire dans une petite outre et une serviette humide à presser sur son front, mais je ne lui réponds pas. Je me contente d'attendre que le cycle recommence.

12
Ashmara

Je suis une adepte du monde souterrain. Ou plutôt, des mondes souterrains quels qu'ils soient. Je préfère, et de loin, le côté obscur de toutes les lunes de tous les univers. Les pics et les montagnes y sont écharpés comme des couteaux. Plus les montagnes sont dentelées, mieux c'est. Et les plus belles vues ont toujours les pics les plus dangereux à escalader.

Mais ce que je vis en ce moment…

Cet antre sombre dans lequel je me suis enfouie…

Ne m'apporte aucune joie.

Je ne sais pas si je m'en sortirai un jour. Ok, super. Donne-moi mon sachet de muuir. Laisse-moi me noyer dans les resplendissantes cascades de tous mes mensonges. Bien sûr que j'ai plus de muuir. Ah ! Ou « argh » ! Comme dirait le chef de clan lemoran Raingar. C'est un véritable imbécile. Je me demande comment il va. Il avait l'air d'aller bien lorsqu'il embrochait Tyto sur ses cornes. C'était marrant de voir cet être pacifique se transformer en bête sauvage.

Sauvage, sauvage, sauvage… Ça ressemble à ravage, enragé, jerrycan, Jerrock. Jerrock ?

La pression se fait plus forte autour de moi. Oh Krakaw. Krakaw, krakaw, krakaw… Il faut que je pense à autre chose. Je fouille davantage dans mon sac pour trouver mon sachet de muuir. J'ai besoin de ma sacoche. Il y a peut-être une douzaine d'autres patchs de muuir dedans. Pff… La vérité c'est qu'il y en a au moins trente là-dedans, bien enveloppés pour éviter qu'on me les pique. Mais je n'ai plus de poudre, de feuilles, de cristaux ou de gouttes. Si je prends les patchs, il faudra que j'en prenne beaucoup, car je n'ai rien de plus puissant. De qui je me moque, bordel ! Si je prends les patchs, je les appliquerai tous. Reprenons depuis le début. Où est mon sac ?

Je l'attrape et je sens la bande à nouveau. Elle est plus serrée, elle me serre comme… comme quoi ? Je suis une Eshmiri. Nous, les Eshmiris, nous ne sommes pas si tactiles et nous partageons difficilement notre intimité. Nous sommes mignons, c'est sûr, mais pas au point de serrer les gens comme ça. Krakaw. On me serre, on me tient. Je n'ai jamais été tenue comme ça.

Ce n'est pas agréable. Je me sens emprisonnée.

Et je ne suis pas une femme que l'on met facilement en cage.

Je me débats.

– Ça suffit, dit une voix.

Je me débats encore.

– Calme-toi, Ashmara.

Krakaw. Ashmara n'est pas du genre à se calmer. Ashmara se bat. Elle complote. Elle organise et elle planifie. C'est une chieuse, mais elle va jusqu'au bout. Elle a volé toutes les pierres de l'univers afin de pouvoir les examiner toutes. Et maintenant, elle va prendre son sac, appliquer un ou deux ou dix patchs de muuir sur sa peau, et puis elle va quitter cette planète, ce vaisseau ou le trou à rat dans lequel elle se trouve et rejoindre les dépôts de carbone qui se logent dans le néant qui existe entre les planètes. Ce sera comme si elle n'avait jamais vécu.

La chaleur se presse contre mes yeux, qui sont fermés. Je respire profondément, péniblement. Je sens une vague monter en moi et je commence à me débattre plus violemment. J'agite mes jambes et bouge mes bras en enfonçant mes coudes dans le mur auquel je suis attachée pour essayer de m'échapper, mais je n'y arrive pas. *Quelque chose* me retient. C'est peut-être un lit. Peut-être suis-je dans une prison pour aliénés criminels.

J'en rirais si je pouvais sentir ma langue. Je ne peux pas être dans une prison. Je suis Ashmara. Je ne serai jamais arrêtée parce que celui qui me chasse me laisse toujours gagner.

– Ashmara, arrête de t'agiter, tu n'iras pas bien loin.

Ce n'est la première fois qu'on me dit ça. Jusqu'ici, ceux qui ont tenu de tels propos ont toujours eu tort. Se battre mène toujours quelque part. On y arrive blessé, bien sûr – mort, peut-être. Mais on va toujours quelque part.

– Ashmara… Ashmara !

Le bandeau me serre l'estomac. Je dois me libérer *rapidement* car si je ne sors pas d'ici rapidement, je vais encore être malade.

Stop ! Je veux crier, mais je vomis à la place. La chaleur envahit tout mon corps. Je rôtis. Je suis un animal mort sur une broche. Tranchez, découpez-moi, tuez-moi ! Je ne peux pas...

...sentir...

...Je...

Je ne vais pas m'en sortir. Je vais mourir dans cette cellule. Yeeshee. Je ne me suis jamais autant amusée de ma vie.

– Ashmara, j'ai du muuir. Il vaut mieux que tu en prennes, tu pourras te sevrer progressivement. Si tu arrêtes tout d'un coup, tu risques de mourir.

Krakaw.

– Ashmara, je vais te mettre un patch...

– Krakaw !

Mon cri est accompagné d'un souffle d'agonie, sauf que je ne suis pas en train d'agoniser.

Dommage.

– Ashmara, laisse-moi faire...

Je commence à trembler. Krakaw, me dis-je, et je dois être capable de le faire comprendre, car il maugrée :

– Tu vas arrêter de refuser juste pour me torturer à la fin ?

Le torturer ? J'aurais ri si j'avais pu respirer.

– Respire, dit-il.

Krakaw. Je ne peux pas.

– Respire, Rook, respire !

Quelqu'un me donne un coup de poing dans la poitrine. Je sais de qui il s'agit, mais l'enfant qui sommeille en moi refuse de croire que cela puisse être lui. Je refuse de croire qu'il ait pu choisir de me faire du mal comme ça.

Ha. En même temps, qu'est-ce que j'en sais ? Qu'est-ce que je croyais ? Qu'Azza reviendrait et qu'il m'aimerait comme avant ? Je suis vraiment une imbécile. C'est dégueulasse. J'ai passé tellement de temps à penser à ce que ce serait de le retrouver que je n'ai jamais pensé aux conséquences de ce qu'il avait pu vivre. Je pensais que ce serait comme au bon vieux temps. Le bon vieux temps ? Qu'est-ce que c'est ? Ai-je cru qu'on se remettrait à jouer à des jeux comme des enfants et que tout irait bien dans les Quadrants ? Les Quadrants sont hostiles et impitoyables, surtout pour deux hybrides orphelins comme nous.

Une vague de nausée me traverse et passe à nouveau, une autre la suit de près. C'est sans fin.

Mais...

...finalement...

...ça se termine.

Dans un marécage de sueur et de vomi, les pluies les plus fortes semblent passer. Je suis étendue comme un sol gorgé d'eau. Étrangement, j'ai l'impression d'être ancrée au sol par l'attraction gravitationnelle d'une planète assez grande pour être parcourue par mille soleils, mais je me sens aussi cent fois plus légère. Je suis complètement vidée, à moitié morte, presque comateuse, mais encore assez éveillée pour sentir le frôlement de quelque chose de chaud sur le côté de mon visage.

Je suis assez éveillée pour entendre des mots prononcés à voix basse :

– Ashmara ?

– Hum ?

Je reste molle. Je reste dans une cage constituée de ses bras nus, de son torse nu, de ses jambes musclées couvertes de fibres lisses, mais partiellement déchiquetées, enroulées autour de moi comme un serpent. Peut-être ressemble-t-il à un Naxem. J'ai entendu des rumeurs selon lesquelles une planète Naxem aurait été repérée par le télescope Gaphalrey à Boshi, la capitale des Walreys, mais ce ne sont que des rumeurs et, c'est le propre des rumeurs d'être plutôt farfelues.

– J'ai évalué tes signes vitaux. Tu vas vivre.

J'essaie de rire, mais l'effort compresse le souffle de ma poitrine et le son qui sort de ma bouche est à peine audible. Il dit cela comme si c'était une bonne chose. Je ne suis pas sûre que ce soit le cas.

Sa joue est à nouveau contre ma joue... elle s'attarde, se rapproche, se presse contre moi... Je peux sentir son souffle... Je peux sentir sa peau lisse. Je sens sa peau. Sa vraie peau. Contre moi. La chaleur de mes yeux se transforme en soulagement liquide. Ma tête repose sur son cou, complètement désossée.

– Je suis fier de toi, Ashmara.

J'ouvre la bouche pour laisser échapper un sanglot, un cri, un rire ou une supplique, mais je n'ai pas l'énergie nécessaire pour faire entendre ma voix. Je manque perdre les pédales.

Soit je meurs, soit je m'évanouis.

À peine l'ai-je pensé, que je prends une décision : je ne veux pas mourir.

13

Jerrock

Le corps d'Ashmara a été mis à rude épreuve au cours des seize derniers solaires. C'est le temps qu'il a fallu pour que le muuir qui s'est accumulé pendant des rotations dans son sang desserre enfin son emprise sur ses cellules et meure. Il faudra encore trente ou quarante solaires pour que les effets secondaires physiques s'estompent. C'est ce que m'ont dit les *propriétaires* de cet *établissement*. Ils ont aussi affirmé qu'elle ne se libérerait complètement de son addiction qu'au cours de la prochaine rotation.

Ils ont vu cela de très nombreuses fois dans leurs grottes, généralement chez des clients qui étaient tombés dans les griffes du muuir et ne parvenaient pas à s'en sortir. La plupart meurent, ont précisé les Walreys. Ils n'étaient pas optimistes quant aux chances de survie d'Ashmara et j'étais prêt à injecter une dose de muuir directement dans son cœur si leur technique de sevrage n'avait pas fonctionné, mais je n'ai pas eu à le faire. Son rythme cardiaque est monté puis descendu, il a explosé et a dégringolé, il a sauté et a dansé, avant de finir par ralentir. Il était tel la pluie sur le verre qui couvre les plages de Belistar, une petite planète Oosa inhabitée où il pleut sans cesse.

Je l'observe à travers la petite table de pierre brisée. La mousse s'accroche aux murs et au plafond de pierre et donne à tout ce qu'elle touche une odeur de rosée. Le sol, sec et chaud, est étonnamment propre et agréable. Ashmara par contre, pue. Elle empeste. Sa peau est sale et elle sent le sable et le sang : du sang humain, du sang reptilien et du sang d'assassin. Elle sent surtout le muuir, et pas le muuir frais, elle pue le muuir en décomposition. En termes d'odeur, elle se situe quelque part entre le fruit pourri et le cadavre laissé au soleil. Elle sent la pourriture et je...

Je souris.

L'envie de sourire me saisit avec ferveur. Je n'ai pas souri depuis si longtemps que je ne suis même pas sûr que ce soit perceptible pour quelqu'un d'autre, mais moi je le sens. Je suis en train de sourire. J'utilise si peu les muscles qui permettent d'exprimer le contentement que jusqu'à cet instant, je ne me souvenais pas que je les avais. Ils me font même un peu mal, en conséquence, mon sourire s'évanouit quelques instants avant de revenir.

Ashmara est tellement concentrée sur le bol devant elle qu'elle ne remarque rien. Son bol est plein de soupe de Walrey. Comme c'est une mixture essentiellement composée de miel, je ne comprends pas comment ils arrivent à lui donner un goût aussi savoureux. De petits morceaux de viande, de bouillie de céréales et un légume bouilli dont je n'ai jamais entendu parler auparavant flottent dedans. J'ai l'impression que c'est le premier repas que je déguste, le premier repas que je savoure. Je ressens de la *joie*, je suis habité par une étincelle de lumière dans l'obscurité. La soupe illumine cette grotte de sa couleur vive. Seuls les cheveux d'Ashmara, sales et si gras qu'ils retombent sur son visage, peuvent rivaliser avec son éclat. Elle s'en moque cependant, elle n'essaie pas de soigner son apparence. Elle ne fait que survivre. Et je me sens...

Je ne sais pas ce que je ressens mais je ne m'attendais pas à me sentir comme ça. C'est comme si j'étais revenu dans un endroit dans lequel j'avais déjà séjourné, un endroit cher à mon cœur.

– Tu es vraiment têtue.

Je prends une bouchée de ma propre soupe et mâche un légume qui m'est inconnu. Il a du *goût*. Je n'avais pas prêté attention à sa saveur auparavant, mais maintenant, j'en prends conscience. Elle est exceptionnelle.

– La soupe a un goût de vomi, murmure-t-elle dans son bol.

Les muscles de ma bouche se contractent, je souris. C'est tellement inattendu et hors de propos que ça me paraît presque criminel. Toutefois, je recommence; juste pour le plaisir.

– Tu aurais pu prendre du muuir pour soulager ta souffrance à tout moment, mais tu ne l'as pas fait. Pourquoi ne l'as-tu pas fait ?

Elle renifle, essuie son nez qui coule sur un chiffon. Elle porte encore ses haillons, même s'ils sont plus abîmés que les vêtements que j'ai laissés sur le vaisseau. Les Walreys étaient heureux de les avoir et très satisfaits de notre marché. Après ce qu'ils ont fait pour nous, j'aurais pu leur en donner mille fois plus si j'avais de quoi le faire.

– Tu peux leur demander de faire moins de bruit ?

Elle donne un coup de cuillère dédaigneux à l'entrée de la grotte. Elle est grande ouverte. Il y a une plate-forme là où notre vaisseau devrait se trouver. La plate-forme est vide et résonne du bourdonnement de milliers de Walreys. La vue est... spectaculaire.

Yeeshee. Spectaculaire.

Des mots que je n'ai jamais utilisés auparavant surgissent sans crier gare dans mon esprit et je ressens le besoin de les utiliser tous librement, comme un vocabulaire luxuriant qui viendrait orner toutes mes prises de parole.

– Tu veux que je demande aux Walreys, qui ont eu la gentillesse de nous héberger, de nous nourrir et de nous offrir du muuir pour le cas où nous en aurions besoin, de modifier leurs trajectoires de vol pour ne pas passer à côté de notre caverne ?

Elle grommelle dans sa nourriture. N'importe qui d'autre serait passé à côté de ses propos car elle parle bien trop bas pour être entendue du commun des mortels, mais je suis un assassin de Sky. Je n'ai aucun mal à l'entendre.

– Tiens donc… Alors comme ça tu n'es pas satisfaite de notre hébergement ? Tu aimerais qu'on nous installe dans une grotte sans mousse ?

– Je veux manger avec une cuillère en bois.

– Cette cuillère est en bois.

– La couleur du ciel est stupide.

– Quoi ?

– Il est bleu.

– Il y a plusieurs nuances différentes.

– Les nuages sont bizarres.

– N'importe quoi.

– Et il n'y a qu'un seul soleil. Où sont les autres soleils ?

– Je trouve ce soleil magnifique et la vue est spectaculaire. Nous avons la plus belle grotte de la planète. En plus, nous avons la chance d'être en plein centre. On peut voir la croûte de la planète s'arquer au-dessus et au-dessous de nous. Regarde, c'est le centre du croissant de lune, notre vue n'est limitée que par les bords. De ce fait, nous pouvons voir l'atmosphère de la planète et son ciel en épaisseur, alors qu'il s'agit d'une atmosphère fine. J'ai dû t'injecter un régulateur lorsque nous avons atterri, sans ça, tu n'aurais pas pu respirer. C'est aussi la raison pour laquelle nous pouvons voir l'obscurité de l'univers au-delà et seulement quelques étoiles, même dans la lumière solaire. Regarde bien, Ashmara, tu les vois?

Elle me regarde directement dans les yeux – elle me fixe – pour la première fois depuis des solaires. Seize solaires pour être plus exact. Peut-être plus. Peut-être qu'elle ne m'a pas vraiment regardé depuis des rotations.

Krakaw, j'exagère. Elle m'a regardé récemment. Sur Evernor, elle a percé à jour mon déguisement alors que je ne m'y attendais pas. Elle n'avait pas réussi à me voir à travers mon déguisement auparavant. Elle ne l'a fait qu'une seule fois. Au bon moment.

– Ashmara ?

Elle grimace sans ciller et laisse tomber sa cuillère.

– Ah. Je...

Elle la reprend, mais grimace de douleur cette fois.

Je rapproche mon tabouret court et solide de la table ronde et ramasse sa cuillère, pendant qu'elle se rassoit. Elle s'exécute avec un léger gémissement. Je touche son bras, en prenant soin de ne le faire qu'avec mon membre biologique. Sa peau est plus froide au toucher qu'elle ne devrait l'être.

– Viens, Ashmara, allons voir le bassin d'eau de pluie.

Elle se penche en arrière et pose son poids sur les deux pieds du tabouret. Elle se met à vaciller et elle aurait complètement basculé si je n'avais pas saisi le dossier en bois de la chaise pour la maintenir en place à cet angle. Elle est trop haut pour poser ses pieds sur le sol; sa tête repose sur mon bras. Elle ne le remarque pas. Mais moi, je le remarque. Et je me sens immédiatement honteux parce que cela me procure du plaisir. Pourquoi ai-je honte ? Ce qui est important, cependant, ce n'est pas ce que je ressens; ce qui est important, c'est que je ressente quelque chose. Et je m'en réjouis parce que la sentir contre moi me procure un plaisir indicible.

Je commence à la tirer pour qu'elle se mette debout.

– Où va-t-on ? gémit-elle.

– Près du bassin d'eau de pluie.

– C'est comme un tube de nettoyage ?

– Yeeshee, dis-je en passant son bras par-dessus mon épaule. Sauf qu'il y a de l'eau tombée du ciel. Nous y sommes allés, sous la pluie, il y a dix solaires. Tu ne t'en souviens pas ?

– Krakaw.

Elle geint, gémit et s'affaisse contre moi.

Ses genoux tremblent trop pour soutenir son corps. Je passe mon bras sous ses jambes.

– Tu étais entièrement vêtue et tu as eu très froid. Les eaux étaient pourtant chaudes – elles le sont toujours. Je n'ai pas pris le risque de t'emmener à nouveau sous la pluie car tu as eu de la fièvre peu après et il a fallu plusieurs solaires pour la faire tomber. Là, tu n'as plus de fièvre; si tu te sens mal, c'est à cause du muuir que tu évacues dans ta sueur.

– Aïe… mon estomac.

Elle gémit pitoyablement. Je la serre contre moi et je l'emmène près du bassin d'eau de pluie, en passant par une arche de pierre abrupte. J'apporte son petit tabouret avec moi.

– J'ai mal… J'ai mal comme si j'avais avalé un millier de hroax piquants et furieux. Je…

Elle halète violemment tandis que je déplace nos corps sous le jet d'eau.

– Eck ! Par toutes les comètes ! s'écrie-t-elle quand l'eau éclabousse son visage et le mien.

Elle respire laborieusement encore quelques instants, puis son pouls se calme. Je peux l'entendre. Elle n'a qu'un seul cœur. Comme moi.

– L'eau est chaude, remarque-t-elle.

– Oui, c'est ce que je t'ai dit.

Elle cligne des yeux. Je sens qu'elle m'observe, mais quand je me retourne pour croiser son regard, elle détourne rapidement les yeux.

– Yeeshee. Oui, c'est vrai. Je peux, euh… Laisse-moi là, je peux me débrouiller. Merci.

Merci. Elle m'a remercié, je n'en reviens pas. Si je la pose, c'est probablement uniquement parce que je suis sous le choc. Elle ne peut pas tenir debout toute seule, alors je l'installe avec précaution sur son tabouret. L'eau ruisselle sur ses cheveux en aplatissant ses boucles sur son cuir chevelu et sur les côtés de son visage. Elles sont momentanément brunes et grises avant que le blanc ne transparaisse sous la crasse. C'est un blanc pur, ne serait-ce que momentanément. Cette femme mène une vie difficile. Très peu de choses chez elle peuvent être qualifiées de pures.

A partir de là, elle commence à enlever ses haillons eshmiris. Ses mains tremblent : il est clair qu'elle essaie de ne pas abîmer sa tenue. On dirait même qu'elle essaie de rincer ses vêtements…

J'émets un son que je ne m'étais jamais entendu faire auparavant. Ce n'est ni élégant ni volontaire et je le regrette immédiatement. En réponse, elle me regarde d'un air scandalisé. Ses lèvres sont entrouvertes et la pluie s'en échappe en cascade. Sa langue sort entre ses dents. Ses narines s'évasent, mais ses yeux… ils brillent d'abord d'un éclat blanc et la lumière se répand sur ses joues, avant de tourbillonner d'une luxure lavande avant de passer au rose. Elle a peur de moi.

Elle baisse les yeux, mais je prends son menton dans ma main de stalyx et je lisse ses cheveux sur son front avec ma main biologique. Elle lève les yeux vers moi. Elle n'a pas d'autre choix. Je vois tant d'émotions défiler dans ses yeux que j'en ai le tournis. Elles abondent. Ashmara est faible et incapable de les contrôler. Je me sens mal de la regarder ainsi, je ne veux pas exploiter sa vulnérabilité, mais je ne détourne pas le regard. Je ne le pourrais pas même si j'essayais. Je peux tout lire dans ses yeux, je peux y lire la profondeur des sentiments qu'elle éprouve pour moi.

Elle tire et elle tente à nouveau de baisser la tête, mais je ne la laisse pas faire. C'est cruel, je le sais, mais c'est ce que je suis : je suis cruel. Je l'oblige à me regarder et je force ses yeux à m'avouer son amour, encore et encore. Elle est amoureuse de moi. Et je me demande…

… Je passe mes doigts de stalyx sur son visage, je capte les descripteurs sensoriels de son rythme cardiaque. Il est trop élevé et sa température est trop basse. La caresse m'indique toutes les façons dont je pourrais la tuer : elles sont trop nombreuses...

... Si elle est vraiment une hybride Drakesh, et que ses yeux vacillent entre les couleurs comme ça, comme si elles étaient en proie au chaos et à la folie...

... Ça veut dire qu'il y a une possibilité...

... Une chance...

... que je sois son xive...

Je ressens à la fois une pointe dans la poitrine et un coup de poing dans l'estomac. Mes doigts tressaillent contre sa peau et ma main de stalyx tombe sur le devant de son vêtement. J'arrache une poignée de tissu de l'armature à laquelle ils adhèrent. Elle sursaute. J'en arrache une autre. Elle couvre sa poitrine lorsque ses seins ligotés apparaissent. Je saisis le col de son vêtement et le déchire. Je parviens ainsi à l'enlever complètement.

Son corps apparaît. Il est plus mince qu'il ne devrait l'être, ses muscles sont maigres. Ses petits seins sont soutenus par une seule bande de chiffon maladroitement nouée contre sa colonne vertébrale. Je la tranche. Elle essaie de m'en empêcher mais ses réflexes sont défaillants et elle rate sa cible. Je jette le haut de son corps sur le sol, où il atterrit dans un bruit de terre détrempée. Elle me regarde avec une expression stupéfaite jusqu'à ce que je m'agenouille à ses pieds et que j'attrape les attaches de son pantalon.

– Wow... Qu'est-ce que tu...

Elle bégaie. Ses yeux s'illuminent d'un vert électrique sous l'effet de la panique.

Je ne réponds pas. Je me lève et j'enlève mon propre pantalon. Je la laisse m'admirer et je ne fais aucun effort pour dompter mon érection. Cela me demanderait trop de concentration et je préfère me concentrer sur autre chose.

Il y a un ensemble complexe de cristaux nettoyants situés derrière des panneaux de verre sombre encastrés dans un mur. Ils n'est pas nécessaire de les utiliser, car les pluies de cette planète sont elles-mêmes purifiantes, mais ils sont placés là pour le confort des créatures qui les veulent. Je fais partie de ces créatures.

Je veux surtout trouver les gels nettoyants oosas. Je les sors du petit casier qui irradie de bleu. Les gels brillent aussi en bleu. Je reviens avec plusieurs d'entre eux, je les écrase dans ma paume puis je passe derrière elle et j'en imprègne ses cheveux.

Je fais glisser mes doigts de stalyx sur son cuir chevelu avant qu'elle ne puisse protester, puis je remonte. Elle se raidit et son dos se déploie : elle se tient enfin droite pour la première fois depuis des solaires.

– Oh…

C'est le moment. Je passe à l'acte. Je pose ma main biologique sur sa nuque. Je ne peux pas l'utiliser pour la toucher comme je le voudrais puisque je ne peux pas rétracter mes griffes, alors c'est ma main de stalyx qui s'empare de ses cheveux et descend le long de son cuir chevelu.

– Hum, gémit-elle.

Ce gémissement est une musique pour mes oreilles, une symphonie obsédante. Et ce qui est encore plus obsédant… c'est la sensation de son corps qui fond à mon contact. Elle vacille sur le tabouret sous l'effet de mes caresses : je la touche du sommet de son crâne jusqu'à son cou avant de passer à ses épaules nues. Leur couleur est…

Un grognement emplit la pièce et je me prépare à repousser l'intrus, mais je réalise rapidement que ce grognement venait de moi. Je n'ai jamais émis ce son auparavant et j'attends : je me demande comment je pourrais l'émettre à nouveau, sans trouver de réponse à ma question. C'est un son particulier : ce n'est pas tout à fait un grognement, c'est plutôt un *ronronnement*.

Je fais glisser fermement ma main le long de son dos jusqu'à ce que j'atteigne ses hanches. Je masse l'espace qui les sépare, là où deux échancrures chevauchent la ligne de sa colonne vertébrale.

– Oh eck… souffle-t-elle.

Le ronronnement reprend, et cette fois, je le sens au plus profond de moi. C'est plus une vibration qu'un son. Cela me fait sursauter, mais ça ne me surprend pas vraiment. Je suis Drakesh, après tout. Du moins, en partie.

Mes mains descendent plus bas et je masse l'espace sous le haut de son pantalon. Elle ne proteste pas. Je fais le tour de son corps et lorsque j'arrive devant elle, je me recroqueville et commence à faire descendre son pantalon le long de ses hanches. Ses yeux sont fermés. Elle a l'air hypnotisée, elle a l'air ravie par un songe miraculeux.

– Il faut que tu soulèves légèrement tes hanches pour que je puisse l'enlever.

Ses paupières s'ouvrent. De la lumière violette et blanche jaillit. Elle les referme.

– Hum… Azza…

– Krakaw. Krakaw…

Je secoue légèrement la tête. Mes cheveux mouillés tombent dans mon dos, ils m'arrivent presque aux hanches. Ils sont blancs, comme les siens.

– J'ai été Azza, tu m'appelais ainsi autrefois, mais Azza n'existe plus. Il est mort et enterré.

– Krakaw, ne dis pas ça, proteste-t-elle. Ne dis pas ça !

– C'est la vérité.

Je touche son visage.

– Azza est mort, je poursuis. L'enfant qui aurait fait n'importe quoi pour toi est mort. Plusieurs rotations plus tard, Jerrock, un mâle différent, est né de ses cendres. Je t'ai repoussée parce que je n'ai pas voulu rester à tes côtés pendant que tu te tuais à petit feu. Mais maintenant qu'il n'y a plus de muuir dans ton organisme, je ne te laisserai pas souffrir seule. Lève-toi. Laisse-moi te déshabiller.

Elle se passe le dos de la main sur le nez et essuie ses larmes. La satisfaction bleue qu'ils affichent est ternie par un chagrin gris, d'après ce que je peux voir. Mais ce n'est pas grave. Elle est belle en gris aussi.

– Pourquoi ?

– Pour te laver.

– Krakaw. Pourquoi... pourquoi Azza est-il mort ?

Je ne peux pas répondre à cette question, rien de ce que je pourrais dire ne lui apporterait satisfaction. Je me contente donc de faire glisser mes doigts rouges le long de sa poitrine, juste entre ses seins. Je les agite sous son sein gauche pour sentir les battements de son cœur.

– Rook est morte aussi ce fameux solaire.

Elle secoue la tête vigoureusement, puis plus lentement. Au bout d'un moment , elle finit par s'arrêter.

Je lui tape deux fois sur la hanche et elle attend encore un peu, en prenant soin de détourner le regard, avant de se soulever autant qu'elle le peut. Elle retombe dès que j'ai baissé son pantalon suffisamment bas. Je m'assure qu'elle soit bien stable, je stabilise aussi le tabouret, pendant que je retire son pantalon de ses cuisses galbées et que je masse sa peau avec le gel Oosa. Je la masse partout. Je savoure avec délice chacun de ses gémissements involontaires lorsque je caresse ses jambes, la jointure de ses cuisses ou la pointe de ses orteils.

Des sensations s'éveillent sur ma peau, sous ma chair, sur ma poitrine et mon aine surtout. C'est... ça me pousse...

Je la hisse contre moi, je rapproche nos corps. Elle inspire bruyamment et prononce mon nom comme je lui ai dit de le faire, mais cette fois-ci, c'est une prière et non un juron qui s'échappe de ses lèvres. Mon érection se presse contre la peau douce de son ventre et je fixe ses yeux. Ils semblent vouloir se concentrer sur autre chose que mon visage lorsqu'ils sont ouverts, ce qui n'est pas souvent le cas. Elle a l'air captivée par moi et cela me procure un plaisir indicible, surtout quand elle me laisse la toucher où je veux.

Je masse sa main le long de son corps. Je pars de sa nuque, je suis la ligne de sa colonne vertébrale jusqu'à ses côtes, où je soutiens son poids avec mon bras biologique et je ramène ma main stalyx le long de son front. Je me concentre sur la façon dont son pouls se modifie et dont sa respiration s'accélère et se ralentit, tandis que je découvre son corps d'une façon totalement nouvelle. Je m'aventure finalement plus au sud, jusqu'à l'espace entre ses jambes, l'espace recouvert de boucles douces et denses. Je les écarte pour trouver ses plis et son front tombe violemment contre mon épaule. Je n'aime pas ça. Elle pourrait se blesser. Ses yeux sont fermés et son corps se débat. Elle tremble à nouveau sous l'effet de l'effort et de la prochaine vague de souffrance infligée par le sevrage du muuir. Je retire ma main pour la poser sur un territoire plus sûr.

– Es-tu prête à retourner au lit, Ashmara ?

Son bras se resserre autour de mon cou.

– Je me sens coupable. Tu ne devrais pas m'appeler ainsi, tu ne devrais pas me parler comme ça.

Je ne sais pas vraiment à quoi elle fait référence, mais je réponds quand même en effleurant sa tempe de mes lèvres.

– Tu n'as pas à te sentir coupable. Azza était un enfant et il a été assez bête pour se laisser capturer. Jerrock est un assassin cruel qui ne se laissera pas faire. Ashmara, tu es prête ou tu préfères rester plus longtemps sous l'eau ?

Elle tente de se presser davantage contre moi en secouant légèrement la tête, comme si elle cherchait à se réchauffer. Nous passons sous le jet d'eau, avant de retourner dans la pièce extérieure balayée par la brise. Elle va être déçue. Elle s'est placée contre mon côté stalyx, il y a peu de chaleur.

J'attrape ses jambes lorsqu'elle trébuche et la ramène dans notre grotte. En la manœuvrant maladroitement et en la posant un instant sur l'autre tabouret, je change les couvertures du lit en choisissant non pas la plus douce de la sélection mais la plus absorbante. Elle transpire abondamment parce que son organisme continue à se débarrasser du muuir.

Sur les draps jaune pâle, sa peau foncée semble plus saine. C'est une illusion, mais cette illusion a le mérite d'apaiser le mal qui m'habite.

– Comment te sens-tu, Ashmara ?

Ses paupières papillonnent. Elle se déplace, fléchit les orteils et renifle.

– Je me sens bizarre. Je ne me sens pas bien. Je ne plane pas.

Elle renifle à nouveau.

– Peut-être que je devrais accepter le patch que tu m'as offert, poursuit-elle.

La déception m'envahit jusqu'à ce qu'elle secoue la tête.

– Krakaw. Ce n'est pas ce que je voulais dire. C'est juste que… Azza me manque.

– Azza t'aimait comme un enfant. Jerrock… a d'autres projets pour toi.

Je m'agenouille à côté du lit et je fais glisser ma griffe sur l'extérieur de sa jambe. Lentement, je me penche et je presse mes lèvres écartées sur l'extérieur de sa hanche. Je la goûte. Elle a le goût de la perfection et je me délecte de la réaction de son corps. Elle est à mon écoute. Lorsqu'elle ouvre les yeux et regarde mon visage, ses yeux sont multicolores. Toutes les couleurs y flamboient. Elle ne les a pas fermés assez vite pour m'empêcher de les voir.

– Veux-tu que je te montre, Ashmara ?

Elle se tord contre le lit, son corps se cambre dans des contorsions inhabituelles qui reflètent sa douleur.

– Non… J'ai trop mal.

– Les savons Oosas vont t'aider et je peux t'aider aussi. Si tu me laisses te donner du plaisir, la libération d'endorphines t'aidera à combattre la maladie.

Elle se rebiffe et se couvre les yeux.

– Je ne peux pas faire ça.

Je recule.

– Attends.

Je la touche à nouveau, puis j'étends mes mains sur le haut de sa cuisse en frottant en même temps le long de sa jambe et le long de sa taille. Je ne dis rien, mais j'attends qu'elle me donne la réponse que je veux.

Finalement, elle retire sa main de ses yeux. Ils sont clairs. Cela doit lui demander une intense concentration... dont elle n'est pas capable pour le moment. Une bande de jaune fluo traverse ses yeux. Elle exprime sa gêne. Je n'aime pas ça.

– Je ne voulais pas... Je ne pensais pas... Tu...

Son embarras enflamme ses yeux alors elle ferme ses paupières. La sueur a déjà commencé à perler à la racine de ses cheveux.

– Je ne pensais pas que tu me voyais comme... une femme.

– Ah bon ?

Je jette un coup d'œil à la tige raide qu'est devenue ma bite. Elle est rouge, un tourbillon de peau brune l'entoure jusqu'au bout. C'est la seule partie brune de mon corps que les Architectes de Sky n'ont pas jugé bon d'enlever. Ça, et la petite bande à la base de ma queue. Ma bite ne semble pas savoir ou se soucier du fait qu'elle est malade, ce qui est dommage car mon sexe ne pourra pas la pénétrer tant qu'elle sera dans cet état.

– Je croyais que tu me considérais comme une petite sœur embêtante.

– Crois-moi, nous ne sommes pas apparentés.

J'ai répondu si vite que les mots se sont bousculés dans ma bouche. Elle marque une pause, comme si elle était confuse.

– Comment le sais-tu ?

– J'ai piqué l'un de tes cheveux la première fois qu'on s'est touchés.

– Quand tu m'as kidnappée sur Evernor ?

J'hésite et décide de ne pas répondre. Il faudra que je lui avoue tout un solaire, mais pas celui-là.

– Arrête de changer de sujet. Dis-moi que je peux te donner du plaisir. Les Walreys m'ont assuré que cela t'aiderait à te sentir mieux. Comme ça on pourra partir plus vite. Je ne veux pas perdre plus de temps sur cette planète.

Le bourdonnement incessant des Walreys au loin ne fait que donner du poids à mon propos.

– Je… Tu veux vraiment faire ça ?

– Je suis prêt à me sacrifier.

Je touche ma bite et ses yeux s'illuminent d'un violet éclatant.

Le coin de ma bouche se retrousse.

Ses yeux explosent de couleur. J'ai l'assurance d'être son âme sœur Xiveri, pourquoi aurais-je besoin d'une permission ? Je soulève sa jambe gauche au niveau du genou et la sépare de l'autre. Je fais pivoter ses hanches de façon à ce qu'elle soit allongée de biais et que sa fesse gauche pende du lit. Je glisse ensuite ses genoux sur mes épaules et je me penche sur sa chatte.

J'appuie mon nez sur ses boucles. Elles sont sombres et leur parfum est somptueux. J'écarte ses lèvres inférieures dodues et j'observe les griffes de ma main rouge. Elles semblent incroyablement menaçantes contre son petit bouton brun foncé et le rose en leur centre.

Je suis tellement obnubilé par sa chatte que je néglige complètement le reste de son corps. Je lève les yeux vers son visage, je veux savoir si tout va bien. L'explosion de couleur dans ses yeux est suffisante pour m'indiquer qu'elle est satisfaite, son murmure ne fait que confirmer l'ardeur de son désir :

– Jerrock…

Les muscles de mon dos se contractent, mes omoplates se rapprochent. Je m'efforce de répondre calmement, mais je suis loin d'être calme. Je suis affamé. Je veux me jeter sur elle et la dévorer.

– Penche-toi en arrière. Détends-toi. Ferme les yeux. Concentre-toi uniquement sur ma langue.

– Ta… langue ?

– Yeeshee.

– C'est la première fois que…

Elle ment et je le sais; mais je ne dis rien. Pour l'instant.

– Détends-toi. Je vais te faire crier, je vais te soumettre à la plus douce des tortures mais rassure-toi. Cette fois-ci, mon objectif n'est pas de t'éliminer, alors tu survivras.

J'incline mon menton vers le bas en soutenant son regard tandis que je presse le plat de ma langue sur toute la surface de son sexe. D'un seul coup.

La tête d'Ashmara bascule en arrière. Elle ne peut pas soutenir mon regard. Ce n'est pas grave. Une autre fois, j'exigerai d'elle qu'elle me regarde, mais pas ce solaire-là. Ce solaire, il n'est pas question d'Ashmara et moi. Il est question d'Ashmara et du muuir, il est question de leur rupture totale et définitive. Je ne pouvais pas rivaliser avec cet autre amant. Maintenant, j'ai peut-être une chance de la conquérir. Je me battrai pour elle. Elle, elle a déjà mené son combat. Elle pense qu'elle s'est battue pour moi, mais je sais que ce n'est pas le cas.

Je me délecte de son goût, en pleine extase. J'ai beau avoir déjà léché des femelles, j'ai l'impression que c'est la première fois. C'est tellement différent avec elle. Je ne peux pas l'exprimer avec des mots, mais j'aime son goût. Je ressens du plaisir. Il se répand en moi, mes muscles s'échauffent avec l'effort, comme ils le font après une bataille. Cette bataille ne fait que commencer.

Je passe à nouveau ma langue sur elle, j'effleure rapidement ses lèvres. Son corps s'agite, alors je ralentis et j'attends qu'elle se calme, puis je l'effleure à nouveau plus fort. Je la fais monter et descendre dans des vallées et des pics de plaisir et de torture, je la laisse osciller entre les deux, avant de lui permettre de jouir.

Ses jambes se contractent et tremblent à côté de mes oreilles. Je les retiens sur mes épaules.

– Ne bouge pas.

Elle n'obéit pas alors je frappe l'extérieur de sa cuisse assez fort pour attirer son attention.

– Ne bouge pas, je répète.

Elle se contente d'un gémissement et tressaille. Sa poitrine se soulève et s'abaisse encore comme si elle était soulevée par de grandes vagues. Je lui souris presque imperceptiblement parce que je ne sais pas sourire autrement. Ses yeux n'ont pas cessé d'irradier de lumière. Je lui tapote légèrement la cuisse, pour l'apaiser, à l'endroit où je l'ai frappée auparavant.

– C'est bien, je chuchote avant de recommencer à m'occuper d'elle.

J'attire sa sexe bombé dans ma bouche, je le suce avec force et je titille ses lèvres avec ma langue, de plus en plus vite. Je la regarde s'élever vers les sommets du plaisir. Je regarde son corps s'incliner et ses pieds pointer vers les étoiles.

Elle tremble. Des larmes perlent dans ses yeux encore multicolores.

Je remonte mes lèvres pour m'occuper de son petit centre de plaisir sensible. Sa texture lisse contre ma langue striée me donne l'impression d'être un sauvage à qui l'on permet de goûter au plus beau trésor de l'univers. Il ne s'agit pas là de piller, de saccager, d'attaquer ou de prendre. Je ne fais que recevoir un cadeau offert avec grâce.

Je la sens proche de la jouissance et je la pousse vers le septième ciel en insérant mon doigt de stalyx dans sa chatte ruisselante. Je commande aux impulsions yeeyar de mon corps de faire vibrer ce doigt. Je sais qu'elle aime ça. J'avais oublié à quel point, car le cri qui sort de sa gorge m'étonne et me fait rire.

Je ris.

Je ris contre son sexe. Je crois que je suis en train de rire. Ça sonne plutôt un gémissement grinçant, mais Ashmara l'entend et elle sait qu'il s'agit d'un rire. Je pensais que ses yeux multicolores ne pouvaient pas être plus expressifs, mais je me trompais.

À ce son, et à l'apogée de son plaisir, la vibration de ses yeux reflète l'infini. Les couleurs ne sont plus distinctes, mais explosent à travers elle et projettent de la lumière sur moi, puis sur le plafond.

– ECK ! crie-t-elle.

Elle essaie d'en dire plus. Je crois qu'elle veut prononcer mon nom, mais les mots s'embrouillent et perdent leur sens alors qu'elle monte, s'élève et atteint le point de non retour, perchée sur les hauteurs de la jouissance. Mon doigt est enfoncé dans sa chaleur serrée et ma langue inscrit des vœux sur sa chair douce et lisse. Des vœux qu'elle ne lira jamais.

Et des excuses.

Trois rotations plus tôt...

14

Jerrock

J'ai un plan. J'ai toujours un plan, bien sûr, mais celui-ci est meilleur que tous les autres. Debout, caché dans les ombres de l'allée des plaisirs, je visionne une fois de plus ses caractéristiques grâce à ma vision yeeyar. Je l'observe pendant qu'elle fait son choix.

Alias : Ashmara l'Eshmiri.

Espèce : Inconnue.

Points forts : aucun.

Compétences : Aucune.

Faiblesses : Peau fine, bipède, ne respire que de l'air oxygéné, pas de défenses naturelles, faible musculature, liens familiaux forts, accro au muuir.

Je me concentre sur ses deux derniers faiblesses plus longtemps que nécessaire. J'ai déjà tenté de mutiler et de tuer cette femelle sans y parvenir. C'est mon premier échec : à deux reprises, j'ai failli à ma mission. *Deux fois.* La première fois, c'était assez choquant, mais la deuxième fois, c'est devenu un véritable problème que je suis déterminé à régler. J'ai pourtant fait comme on me l'avait appris. J'ai suivi ma formation... Ce qui m'arrive n'est tout simplement pas possible.

Je relis la liste.

Points forts : aucun.

Je consulte la liste établie par les Architectes à mon sujet et je place ses points forts à côté des miens, côte à côte.

Ce que je lis sur mon descriptif ne me surprend pas.

Points forts : exosquelette partiellement amélioré, musculature améliorée par le yeeyar, squelette amélioré par le fer ionique ionyx'ix, sens accrus par le yeeyar, rapidité… La liste suivante, celle de mes compétences, est si longue qu'elle obscurcit mon champ de vision. Ça va des armes meurtrières que je maîtrise et des langues que je parle aux compétences plus ésotériques comme la séduction sexuelle et ma capacité à retenir mon souffle.

Faiblesses : Aucune.

Je n'ai aucune faiblesse. La tuer ne sera pas un problème. Mon échec sera rectifié.

Elle est seule en ce moment, ce qui est rare. Je la regarde hisser son sac à dos plus haut sur ses épaules. Je souhaite que le suspense prenne fin. Il me tue. Il y a peu, je me tenais en face de ma cible et je me faisais passer pour un marchand voraxian grâce à un dispositif d'occultation eshmiri amélioré par les Architectes. J'ai cru que cela ne fonctionnerait pas, mais elle était tellement occupée à marchander avec moi le prix du muuir que je lui avais vendu, qu'elle n'y a vu que du feu.

Je le lui ai vendu à bas prix, mais pas assez pour éveiller les soupçons. Maintenant, je me contente de la traquer sur le marché, j'attends qu'elle en consomme un peu. Je suis surpris qu'une droguée comme elle ne l'ait pas pris immédiatement.

Ma surprise se transforme en choc lorsqu'elle entre dans l'une des maisons de plaisir. Je lève les yeux et remarque que l'enseigne est rédigée en écriture voraxiane – elle est constituée de grands symboles en forme de blocs qui marquent chacun une seule syllabe, mais qui forment des phrases complètes lorsqu'ils sont assemblés. C'est la maison des plaisirs des Voraxians et des Drakeshs.

Je traverse l'avenue bondée d'espèces de toutes sortes. Elles sont toutes venues ici, sur Kor, pour prendre du plaisir, pour commercer, pour faire du sport ou pour trouver refuge. La pilleuse eshmiri qui entre maintenant dans la maison des plaisirs ne trouvera aucun refuge ici, je la traquerai sans relâche. Je me glisse dans l'espace dérobé qui sépare la maison oroshi, richement décorée, de la maison voraxiane, plus spartiate. Une porte latérale menant à la maison oroshi est ouverte sur ma droite. De la vapeur verte s'en échappe, ainsi que des cris de joie des Oroshis.

Deux portes, placées côte à côte, encadrent la maison voraxiane. Je me glisse par la première et me retrouve dans une salle de réception bondée, remplie de Voraxians de sexe, de couleur et de corpulence différents. Vêtu comme un commerçant voraxian aux cheveux noirs et à la peau mauve, je ne reçois que quelques regards spéculatifs alors que je me déplace à la périphérie de la pièce. Des rideaux en fibre Werro séparent cette pièce de plusieurs autres. La pièce dans laquelle je me trouve semble actuellement servir à la confection de costumes. Plusieurs mâles voraxians et drakeshs admirent leurs reflets tandis que des femelles échangent des conseils sur les types de vêtements à porter pour leurs prochains clients.

Je m'approche du rideau de werro, à travers lequel je peux entendre la voix d'Ashmara. En ce moment, sa voix n'est pas celle de la sotte hybride Eshmiri sarcastique que j'ai déjà entendu parler à maintes reprises, surtout sur des holo-écrans, et deux fois en personne. Je me sens...

Correction. Je ne ressens rien.

Elle ne parle pas comme elle le fait d'habitude. J'en suis réduit à soulever le rideau et à utiliser mon œil biologique pour confirmer son identification. La femme qui parle avec un accent étrange est bien Ashmara. J'effectue un scan de sa biologie pour confirmer qu'elle ne porte pas de dispositif modifiant son apparence, comme moi. Une fois que j'en ai la confirmation, je la regarde parler avec deux Voraxians : une femelle et un mâle. Tous deux portent de longues soies de catacat teintes par des Walreys et s'adressent à Ashmara avec douceur, pour l'amadouer.

Elle oscille d'un pied sur l'autre et leur fait un bref signe de tête. La femme fait un signe des doigts : les rideaux de l'autre côté de la pièce s'ouvrent. Une rangée de mâles qui se tiennent debout apparaissent. Chacun arbore des expressions différentes qui vont de la douceur à la rudesse en passant par la lascivité. Chacune de ses expressions est destinée à satisfaire les fantasmes d'un destinataire différent.

Ils sont de tailles et de formes différentes, certains sont plus maigres, d'autres plus charnus, certains sont immenses, et d'autres sont à peine plus grands qu'Ashmara elle-même. Elle est grande pour une Eshmiri, mais pour une Voraxiane ou une Drakesh, elle est dans la moyenne.

Elle échange des jetons avec le Voraxian par

l'intermédiaire de sa boîte de yamar, une relique, mais il accepte ses jetons avec grâce dans son moteur de vie et lui fait signe d'avancer pour faire son choix.

Son appréhension grandit et cela se voit. Elle n'arrête pas de toucher ses cheveux. J'imagine ses yeux remplis du jaune le plus vif – c'est la couleur voraxiane et drakesh de l'embarras ou de la honte – mais je ne peux pas le voir car elle me tourne le dos.

– Ce type, affirme-t-elle.

Elle n'a pas perdu de temps. Ce n'est pas la première fois que je me rends dans des maisons de plaisir pour chercher mes cibles – c'est un endroit où il est facile de trouver des cibles dont la garde est baissée. Habituellement, l'acheteur est submergé par les possibilités présentées par une telle sélection, mais pas Ashmara. Elle savait ce qu'elle voulait lorsqu'elle a franchi la porte.

Un mâle à la peau rouge et aux longs cheveux blancs s'avance. C'est donc le mâle qu'il lui faut. Ses cheveux lui tombent sur les épaules et sont coupés en pointe autour de son visage anguleux. Il a l'air dangereux, mais ses muscles ne servent qu'à mettre en valeur son visage et son sourire est séduisant. De toute évidence.

Il me ressemble beaucoup.

Je ne sais pas d'où me vient cette pensée, mais à peine m'a-t-elle effleuré l'esprit qu'il m'est difficile de l'oublier. C'est indéniable. Le mâle Drakesh à la peau rouge, aux cheveux blancs et à l'expression peu commode est un peu plus lourd que moi, un peu plus volumineux, mais seulement sur certains axes. Ses épaules sont gonflées, les muscles extérieurs de ses bras aussi, mais ses abdominaux ne sont pas aussi définis que les miens et les muscles de ses avant-bras, de ses cuisses, de ses mollets et de son cou sont également moins substantiels.

Il n'a pas toutes mes parties en stalyx.

Je pourrais le tuer en un instant. Alors qu'il lui offre son bras et qu'ils montent les escaliers, je décide que c'est ce que je ferai.

Je sors par la même porte que celle par laquelle je suis entré et je me dirige vers l'arrière. J'escalade le mur et entre par la fenêtre de la première pièce vide que je rencontre. J'attends près de l'entrée, l'oreille collée à contre la porte. J'entends l'homme en question demander à Ashmara comment elle trouve Kor, si elle est ici pour les affaires ou pour le plaisir. « Pour le plaisir », répond-elle. Il éclate d'un rire peu naturel. Il lui dit qu'elle est au bon endroit et qu'il lui fera découvrir des plaisirs divins.

– Inutile d'aller jusque là, je veux juste passer un bon moment.

Les voix sont maintenant plus fortes et je détermine qu'il y a une forte probabilité qu'ils entrent dans cette pièce. Je me tourne et me glisse sous le lit. Il est formé comme un nid voraxian traditionnel, au-dessus du sol et arrondi au centre. Je m'allonge et roule sous son ombre entre les supports.

La porte s'ouvre un instant plus tard et quatre pieds bipèdes entrent. Ils claquent contre le sol, deux pieds sont nettement plus légers que les deux autres.

– Tu peux ranger tes affaires là-dedans.

– Je préfère les garder avec moi.

– Bien sûr.

Son ton s'élève vers la fin. J'entends alors le bruit subtil d'un baiser. Je me prépare à faire un geste. C'est trop tôt. C'est trop tôt ?

– Est-ce que…

Ashmara se met à tousser.

– Y a-t-il une chambre vide ? J'aimerais... me changer.

– Il y en a une. Il suffit de passer par là. Prends tout ton temps. J'attendrai, heelee.

Une porte s'ouvre et se referme. Je n'hésite pas. Je sors de sous le nid et j'avance sur le mâle qui se tient contre le mur de gauche et s'asperge d'une sorte d'huile parfumée. Il n'aura pas le temps de me voir avant de mourir.

Je me déplace derrière lui et passe mon bras de stalyx autour de sa gorge. Je lui brise la nuque pour livrer son âme à la Mort, puis j'attrape le flacon d'huile qu'il laisse tomber l'instant d'après. La porte de la salle d'à côté commence à se bouger. J'envoie les ordres mentaux nécessaires pour modifier le déguisement que je porte afin qu'il corresponde à celui du mâle qui pèse comme une pierre dans mes bras. Je le laisse tomber au sol et je le fais rapidement rouler sous le nid dans la position dans laquelle je me trouvais tout à l'heure.

Je me retourne pour faire face à Ashmara au moment où elle sort de la salle attenante avec son sac à dos et une robe en soie de catacat qui ne lui va pas du tout. Les deux objets s'opposent violemment : le sac à dos lui donne l'air d'une femelle robuste tandis que la robe de soie la fait paraître petite. Je ne l'ai jamais vue aussi petite.

L'expression de son visage n'arrange rien. Elle a l'air indécise. C'est... déroutant. J'ai étudié toutes les facettes de cette femme, mais j'ai l'impression de n'avoir jamais vu cette version particulière d'elle auparavant. C'est déstabilisant et je ne sais pas trop sur quel pied danser. C'est souvent le cas avec elle. Il faut que je corrige le tir.

– Déshabille-toi.

C'est bien moi qui ai parlé, mais je n'avais pas l'intention de prononcer ces mots.

Ashmara s'arrête. Elle prend soin de lever des yeux blancs vers moi, elle dissimule ce que ma remarque provoque chez elle.

– Quoi ?

– Tu m'as entendue.

Je ne me risque pas à me retourner pour lui faire face. Le déguisement que je porte a été créé grâce à la pointe de la technologie, mais il n'est pas infaillible. Si elle regarde de près, elle pourra voir des imperfections. Heureusement pour moi, elle peut à peine me regarder.

– Ne me force pas à me répéter.

– Tu es sérieux ?

Je vais à sa rencontre et, avec la main que je viens d'utiliser pour tuer le mâle dont le cadavre gît sous le nid, j'arrache la soie qui couvre sa poitrine. Elle sursaute lorsque j'attrape son sac à dos et le lui enlève. Elle s'élance pour le saisir, mais je le tiens hors de portée.

– Tu n'en as pas besoin pour le moment, dis-je.

Je n'aurais pas dû dire ça. Elle a besoin de ce sac. Il faut qu'elle prenne le muuir que je lui ai donné tout à l'heure comme ça je pourrai l'achever plus facilement.

– J'en ai besoin. Je veux prendre un peu de muuir avant que nous...

Je me contente de la fixer d'un air impassible, mais dans ma poitrine, la bataille fait rage. Je dois lui donner son sac. Je devrais le lui donner, mais je ne le fais pas parce que...

– Ok, ok. Je peux...

Elle se gratte le cou. Sa mâchoire se crispe et ses pieds traînent d'avant en arrière. C'est comme si elle venait juste de réaliser qu'elle s'était entièrement mise à nu devant moi. Son corps brille dans la lumière naturelle.

– Je suppose que je peux attendre, poursuit-elle.

– Mets-toi à genoux.

Je jette le paquet derrière moi, contre le mur sous la fenêtre. Lorsqu'elle se penchera pour le récupérer, elle verra probablement le mâle sous le filet.

Qu'est-ce que je raconte ? Elle mourra bien avant d'en avoir l'occasion.

– Tu as dit que je pourrais...

– À genoux.

– J'ai payé pas mal de jetons , je veux faire ce qui était prévu ! s'exclame-t-elle.

Elle n'a pas l'air confiante. Cela ne correspond pas à ce que je sais d'elle.

– Tu as dit que tu voulais passer un *bon moment*. Je vais te faire passer un bon moment.

Je fais un pas en avant et place ma main de stalyx autour de sa gorge. *Serre. Étrangle-la maintenant et accomplis ta mission.* J'attrape sa nuque et la force à se mettre à genoux. Elle tombe au sol devant moi avec un bruit sourd tandis que mon autre main libère le fermoir de mon pantalon. Il s'ouvre et inonde ma combinaison d'air, je peux ainsi la détacher facilement. Elle ne verra pas le noir de mon vêtement. Elle ne verra que le pantalon de soie marron que je veux qu'elle voie et la bite rouge et striée qui se trouve en dessous.

– Et moi aussi, je vais passer un bon moment, je reprends.

Je fais glisser mon doigt métallique sur ses lèvres, je force sa bouche à s'ouvrir.

Son cœur bat rapidement et elle ouvre grand les yeux. Elle tente de dire quelque chose mais je ne lui laisse pas le temps de s'exprimer. J'introduis la tête de ma bite dans sa bouche, je regarde le rouge de mon membre disparaître derrière ses dents. Elle ne peut pas voir la spirale brune qui s'enroule à la base mais elle peut voir des crêtes. C'est une illusion que j'ai créée pour elle. Je les fais briller en violet et elle se met à les fixer; elle se concentre sur ces crêtes tout en suçant ma bite entre ses lèvres humides et ardentes.

– Lève les yeux.

Ses narines se dilatent. Elle lève les yeux vers moi et ils s'illuminent de rouge et de violet. Elle est en colère contre moi mais ça lui plaît.

– Suce mieux.

Ses narines s'agitent à nouveau, mais elle se repositionne, dégage ma bite de sa bouche avant de la reprendre avec sa bouche et ses deux mains. Elle pose ses mains autour de la base de mon membre et elle fait bouger sa tête de haut en bas. Je la sens à peine. J'ai été formé à l'art d'ignorer les sensations du plaisir, afin de ne jamais être corrompu par lui.

Elle travaille efficacement mais maladroitement sur ma bite jusqu'à ce que je passe mes doigts dans ses cheveux pour atteindre sa nuque. J'éloigne sa tête de mon sexe. Je jette alors la femelle sur le nid et je rampe à sa suite pour me retrouver sur elle. J'attrape ses chevilles et les sépare, puis je la rapproche de moi.

Je devrais la tuer maintenant, je devrais au moins lui arracher la jambe...

– Attends !

Ai-je parlé à voix haute ? Non, mais j'attends quand même.

Je lève la tête. Ses yeux brillent de rose, d'un jaune éclatant et d'un violet profond et décomplexé.

– Attends, je viens de...

Je ramène ses genoux sur sa poitrine et j'ignore ce qu'elle s'apprête à dire. Je sens de la salive s'accumuler au fond de ma bouche et je prends la décision d'en finir. Je positionne mon corps sur le sien, j'attrape une poignée de ses cheveux blancs, je lui tire la tête en arrière assez fort pour qu'elle ne puisse plus parler, et j'enfonce ma bite dans sa chaleur étouffante.

La pression est...

Je sens mes paupières s'agiter plusieurs fois. Mon esprit se vide momentanément.

Je dois rester concentré. Je dois garder le contrôle. Je pense à la douleur. Je pense à son alliée, la Mort. Je me souviens de ce que j'ai ressenti lorsque j'ai enfoncé ma bite dans la première femelle avec qui j'ai baisé, mais plus encore, je me souviens de ce que j'ai ressenti lorsque je l'ai étouffée jusqu'à la mort. Les Architectes m'ont d'abord permis de faire sa connaissance. Elle était aussi Drakesh. Je n'avais jamais parlé à une femelle d'aussi près, à l'exception des autres assassins contre lesquels je m'entraînais, et j'ai fait une erreur. Je l'ai écoutée. Je l'ai prise. Puis, j'ai dû la tuer…

C'était nécessaire. C'était nécessaire pour perfectionner mon art. Je suis devenu un meilleur assassin en suivant ces lignes de conduite. Tuer Ashmara, cette femelle à laquelle je ne suis pas lié, et qui n'est rien d'autre qu'un caillou insignifiant dans la chaussure d'êtres puissants, ne me demandera aucun effort. Elle n'est qu'une nuisance.

– Oh, eck… Putain de eck ! Hé, c'est...ma première fois... J'aime ton dynamisme mais ça fait un mal de chien... Je suis en feu... On peut arrêter ? Tu seras payé, ne t'inquiète pas; mais je ne peux pas continuer... Ce n'était pas une bonne idée...

Je cligne des yeux plusieurs fois. Encore et encore. Son sexe se resserre autour de ma bite et la pression...

Je pose ma main biologique sur sa gorge et, bien que je puisse voir mes griffes aiguisées scintiller lorsqu'elles s'enfoncent dans sa peau brun foncé, elles ne scintillent pas autant que sa peau à elle, couverte de sueur. Elle a peur, mais sa honte surpasse sa peur. Le jaune de ses yeux est brillant. Le violet y flamboie aussi, mais moins souvent, et il est en concurrence avec le beige, qui, je le sais, reflète la douleur.

Je recule mes hanches. Je vois son liquide scintiller sur ma longueur, je vois la couleur violette des crêtes de ma bite s'assombrir comme si les crêtes étaient vraiment les miennes, comme si elles reflétaient mon état d'esprit actuel. J'ai fait entrer ma bite en elle encore quelques fois. Elle se crispe, grimace, et ferme les yeux jusqu'à ce que des larmes mouillent ses cils.

Mes pensées se bousculent et, bien que j'essaie de m'accrocher à une idée en particulier, mon esprit s'essouffle. Cette fois, le moment dure plus longtemps et, lorsque je reviens à moi, ma main n'est plus autour de son cou. Je me retire d'elle. Elle émet un petit gémissement pitoyable et une larme coule sur sa joue gauche.

– Ok. Eh bien, c'était, euh… amusant. Merci, déclare-t-elle.

Elle halète.

Je mets mes mains sous ses genoux et je tire. Je ramène ses genoux au-dessus de ma tête et je plonge sur sa chatte chaude et mouillée. Je lui offre le plaisir que le mâle précédent lui avait promis et même plus : je me gave de sa saveur encore et encore. Je lui fais vivre trois orgasmes, puis deux autres, et je la rejette sur le nid une fois qu'elle est épuisée.

Je remonte ensuite sur elle et la jette sur le ventre. Je

m'allonge sur elle, je presse toute la longueur de mon corps contre le sien. Nous allons bien ensemble. Ses fesses rondes et fermes se pressent contre mes hanches.

– Lève-les.

Je tape deux fois sur ses hanches. Elle ne bouge pas, mais reste allongée contre les fourrures, couverte de sueur, haletante. Je la tape assez fort pour que le son se répercute dans la pièce. Tout son corps tressaille et même si elle est épuisée, probablement à court de muuir et souffrante, ses yeux ne brillent que de violet et de blanc. C'est ce blanc qui...

Non. Je ne peux pas...

Mon esprit s'évapore. Je suis en elle avant de réaliser que je devrais me retirer. Il est trop tard. Je m'enfonce en elle jusqu'au bord de mon propre orgasme et je m'arrête. Je le fais plusieurs fois. J'ai été entraîné à ne pas jouir, mais à simuler un orgasme. Jouir, c'est accepter d'être vulnérable. Le moment de la jouissance est le moment où je suis le plus susceptible d'être sans défense : ma cible pourrait s'échapper, je pourrais être massacré. Cette dernière solution serait préférable à la première. Je devrais m'arrêter maintenant si je veux éviter de jouir pour de vrai. Je devrais...

J'éjacule sans le vouloir. Je me vide dans son corps et, bien que je sache que je suis stérile, comme tous les assassins, je panique. Je ne devrais pas faire ça. Je lui ai donné le muuir et cela aurait dû s'arrêter là. Pourquoi lui ai-je pris son sac à dos ? Pourquoi ai-je...

– Oh...hé... tu me serres... Qu'est-ce que tu fais là ? Par toutes les comètes...

Je ne peux plus penser, je ne peux plus réfléchir. Mes bras sont enroulés autour d'elle, tout comme mes jambes. Son visage est pressé contre les fourrures et ma queue est profondément enfoncée dans son cul. L'anneau musculaire de son anus se resserre autour de ma queue et je frissonne, sous le choc du plaisir qui en émane.

– Oh non, je vais… commence-t-elle en haletant.

Je n'aime pas ce " non " et je déplace ma main de stalyx le long de son corps jusqu'à sa chatte. Je fais vibrer mes doigts contre son clito. Ma bite est toujours enfoncée en elle et lorsqu'elle jouit à nouveau, je jouis avec elle une seconde fois.

Nous continuons ainsi pendant toute la lune. Elle proteste à plusieurs reprises, mais le plus souvent, elle me supplie de continuer. Elle pleure, gémit et répète sans cesse les mêmes jurons. Elle me laisse faire ce que je veux d'elle et ce que je veux, c'est me rassasier de sa chair et en finir avec cette obsession. Mais je ne parviens pas à en finir. Je ne suis pas rassasié.

Je ne m'arrête que lorsque ses yeux se ferment et que son corps sombre dans un profond sommeil. Allongée dans un abandon total, elle semble morte, mais elle est tellement paisible qu'elle gît là en souriant. Aucune de mes cibles n'a jamais eu des raisons de sourire.

Je m'éloigne du nid et je la regarde. Le yeeyar agite mes muscles par petites impulsions. Je tremble. Mes hanches s'agitent en micro-pulsations. Mon esprit n'est pas vide, même si ça m'arrangerait maintenant. Au lieu de cela, il se déplace à la vitesse de la lumière, élabore des plans et les enflamme tout aussi rapidement. Je retrouve les enregistrements que ma vue yeeyar a pris du solaire passé et de la lune qui a suivi. J'efface ces traces de mon passage sur Kor. Les Architectes ne doivent pas savoir...

La dernière chose que je fais avant de disparaître, en tremblant, par la fenêtre, c'est d'attraper le corps sous le nid pour qu'elle ne soit pas incriminée dans la mort du mâle. j'attrape aussi le muuir dans son sac. Je pars avec les deux.

Une fois sur mon vaisseau, alors que je m'éloigne de ce misérable rocher, je pense à la faible femelle gisant sur le nid au milieu du chaos que j'ai semé sur son corps. Je décide de relire la liste de ses propriétés et je projette ma liste à côté. Je les relis encore et encore. Je ne me concentre plus sur mes forces, mais sur mes faiblesses. Il y a inscrit « aucune », mais je sais que ce n'est plus vrai.

J'en ai une.

Mais je fais le serment de m'en débarrasser, même si je dois y laisser la vie.

Temps présent…

15

Ashmara

Ça me fait tout drôle de mettre des pantoufles; mais le plus drôle, c'est que l'homme assis en face de moi enfile des pantoufles similaires. Il sourit. Du moins, je crois. Si je plisse les yeux et si j'incline la tête comme il faut, il a l'air de sourire. Je n'ai jamais eu peur de cet homme auparavant. Je n'ai pas eu peur de lui lorsqu'il était au sommet de sa gloire d'assassin. Je n'ai pas eu peur lorsqu'il tenait un blaster sous mon nez. Mais j'ai peur de lui en ce moment. J'ai peur de ce sourire.

Je me gratte le cou et détourne le regard quand il croise le mien avec son joli œil brun, blanc et noir. Il me fixe. Je remue les orteils dans mes pantoufles. La soie me fait l'effet de griffes qui scient ma chair. C'est encore pire quand je commence à tirer sur mes nouveaux vêtements, tous en soie. Chaque couche de tissu apporte son lot de souffrance et d'agonie. Je me sens terriblement mal, et ce n'est pas seulement à cause du muuir. En fait, le muuir n'est pas ce qui occupe le plus mon esprit. C'est lui qui provoque ce mal être. Il est totalement différent et ça me terrifie. Il semble presque heureux et il porte ce bonheur comme une cotte de mailles. Je ne pourrai pas le contrer avec un sarcasme, avec un regard.

Alors je ne le regarde pas du tout.

Voilà. C'est mieux.

J'enfile les autres vêtements offerts par les Walreys. Je les déteste tous. Ils sont légers, aérés et faciles à enfiler, heureusement, mais ce ne sont pas des habits eshmiris. Je suis Eshmiri. Je dois retourner sur mon vaisseau eshmiri, tout doit revenir à la normale. Jerrock me suivra-t-il ? Son sourire me déstabilise. Que va-t-il se passer ? Est-ce que j'ai envie qu'il vienne ?

Yeeshee. Peu importe ce qu'il ressent pour moi, je voudrai toujours qu'il soit là. Toujours.

– Attends. Laisse-moi t'aider.

Ses mains apparaissent dans mon champ de vision et mon torse se redresse si vite que j'en ai le vertige. Le mouvement soudain provoque une douleur fulgurante dans ma nuque. Je ne peux m'en empêcher, je crie. J'essaie de respirer en me mordant la lèvre inférieure, mais je n'y parviens pas non plus. Tout à coup, la pression de doigts fermes qui s'enfoncent dans ma nuque et me massent avec la pression idéale me coupe le souffle.

Maudits soient les pécheurs...

Bénis soient les saints...

C'est extraordinairement bon.

Il continue à me masser et je le laisse faire. Avachie sur le bord de mon lit de camp, ma tête se balance sur mon cou comme si je n'avais aucun contrôle sur elle. Je ne contrôle rien... c'est lui qui contrôle tout. Il me masse pendant de longues minutes, assez pour former des solaires ou des semaines. Quand il s'arrête, seule ma voix ma ramène à un état de conscience.

– Ça va mieux ? me demande-t-il.

– Yeeshee, je murmure.

Il fait glisser les lacets sur l'une de mes stupides pantoufles et les resserre.

– Tu es prête à partir ?

Il serre aussi les lacets de mon autre chaussure.

– Krakaw.

Ma voix se brise.

Il s'arrête de bouger. Puis il touche mon visage et ses doigts effleurent ma joue avant de s'enfoncer dans le creux au centre de mon menton.

– Nous ne pouvons pas nous attarder ici. Nous avons déjà abusé de la générosité des Walreys, qui prennent des risques en nous hébergeant. Leurs communicateurs ont détecté deux assassins qui sont à notre poursuite. Ils ne s'arrêteront pas.

Je hoche la tête. Je suis consciente de tout cela, ce n'est pas ce que je voulais dire. Je voulais dire que je veux rester dans cet instant magique, je veux qu'il continue à me sourire comme ça. Je ne sais pas ce qui se passera une fois que nous aurons quitté cet endroit, mais je suis presque sûre qu'il ne sera plus aussi gentil. Il n'est jamais gentil. Pourtant, lorsqu'il l'est, c'est agréable. C'est effrayant, mais agréable. Ça ne me dérange pas d'avoir peur, tant qu'il reste comme ça.

J'ai juré de ne pas prendre le reste de muuir dans mon sac, mais je ne veux pas gérer seule ce qui se produirait si je cédais à la tentation. J'ai arrêté maintenant, je ne peux pas revenir en arrière. Si je prends une seule dose, tout sera fini. Tout ce travail...

Je tremble.

– Ils ne peuvent pas te faire de mal, dit-il.

Pendant un court instant, je n'ai aucune idée de ce dont il parle.

Je glousse quand je réalise qu'il parle des assassins.

– Oh que si. Ils peuvent me faire du mal et ils vont le faire dès qu'ils en auront l'occasion.

Toutefois, ce n'est pas ce qui m'inquiète.

– Krakaw.

Sa voix est plus dure. Plus familière. Ça me rend triste. Est-ce que le moment étrange que nous avons passé ensemble est déjà terminé ? Peut-être que je devrais reprendre du muuir juste pour le revivre. Krakaw. Il ne me le pardonnerait *jamais*. Je ne dois pas retomber, je ne dois plus *jamais* y toucher. Ce que nous avons partagé, cette bulle spéciale dans laquelle nous étions, ne se reproduira *jamais*...

Il me touche le menton.

Peut-être qu'il y a encore une chance.

– Personne ne te fera du mal. Il faudra d'abord qu'ils me passent sur le corps et je ne le permettrai pas.

– Mais il y en a tellement. C'est comme les lézards...

Il émet un son. Je n'appellerais pas ça un rire, mais j'y réagis quand même.

– C'est la raison pour laquelle nous devrons infiltrer la planète Sky et la détruire de l'intérieur.

– Krakaw. Oublions Sky…

– C'était ton plan depuis le début, non ?

Sa main se pose sur mon genou. Il n'y a pas assez de tissu entre nous. J'ai chaud. Je suis brûlante.

– C'était un plan vraiment stupide.

Je repousse sa main de ma jambe et je me lève, après avoir mis un peu plus d'espace entre nous. Je me dirige vers l'ouverture de la grotte. Des vents violents sifflent. J'ai besoin d'air. Il me faut plus d'air. Ma tête est en feu. Je me sens rougir. Mon corps... chante.

— Oublions Sky. Allons sur Kor et passons du temps avec Rhorkanterannu. J'ai entendu dire qu'il avait acheté une planète à sa femelle. Il y a une plage dessus.

— Tu aimes la plage ?

— Ce n'est pas aussi agréable qu'une fosse de pilleurs, mais c'est tout de même sympa.

— Je n'aime pas beaucoup la plage.

— Qu'est-ce que tu en sais ? Tu y es déjà allé ?

Ma réaction est plus cassante et plus sèche que je ne l'aurais voulu. Comme il ne dit rien, je lève les yeux.

— Désolée.

J'entends ses pas lourds et je veux m'éloigner de lui, mais il n'y a nulle part où aller. Le vent souffle fort et il n'y a nulle part où se réfugier ici. Il n'y a qu'une plate-forme donnant sur un précipice. Le billion de Walreys bourdonnants qui travaillent en contrebas ne feraient rien pour amortir ma chute. Ses mains se tendent vers moi. Je serre les miennes contre ma poitrine; s'il les saisissait, il pourrait m'ouvrir comme une fleur à l'approche du soleil.

C'est exactement ce qu'il fait.

Il pose ses doigts autour de mes poignets et les éloigne de mon corps. Il prend mes deux paumes dans les siennes et les porte à ses lèvres. Il effleure mes phalanges une fois, puis deux, avant de passer mes bras autour de son cou et de rapprocher nos ventres. Sa tenue de jade pâle est ouverte au centre, elle révèle un abdomen rouge sculpté. Ses ornements en stalyx couvrent son pectoral gauche et ses côtes, puis elles se terminent juste au-dessus de l'os de la hanche. Il est dur partout, totalement impénétrable, ce qui rend sa petite tunique fragile absolument ridicule.

Et il sexy. Ce mâle est terriblement sexy.

Moi, j'ai probablement l'air d'un cadavre en ce moment. Bénies soient les étoiles, je n'ai pas encore eu l'occasion de me voir sur des surfaces réfléchissantes. Cependant, je sais que je dois avoir l'air d'un cadavre prêt à être enterré dans ce sac jaune géant près de moi. Il est si grand qu'il pourrait être un sac mortuaire si j'y glissais mes pieds.

Lui, il est beau à voir et je sais que la couleur de mes propres yeux est en train de diffuser de l'embarras. Je ne veux pas qu'il le voie, mais il s'est placé de telle sorte qu'il m'est impossible de regarder autre chose que lui. Il occupe tout mon champ de vision. Il n'y a rien d'autre qui compte.

Il baisse la tête et me parle directement à l'oreille.

— Il y a beaucoup de choses que je n'ai pas pu voir ou faire.

Il effleure ma joue avec la sienne. Je sens des larmes couler sur mes joues quand le stalyx touche ma peau. *Je l'ai abandonné. Je ne mérite pas ses caresses...*

— J'ai hâte que tu me les montres toutes.

— Non Jer, ce n'est pas ce que tu veux.

Son nez effleure ma mâchoire avant de se soulever légèrement. Il pose ses lèvres sur les miennes. Brièvement. Trop brièvement. Alors je cherche sa bouche et je me mets sur la pointe des pieds pour en demander silencieusement plus, mais il me le refuse avec un petit sourire suffisant. Il place mes boucles derrière mes oreilles et ensuite il... ébouriffe mes cheveux. Ma gorge se noue. Il se souvient de moi. Il se souvient de notre passé. Mon cœur se brise.

— Tu sais donc mieux que moi ce dont j'ai envie, Ash ?

Il recule et se dirige vers la table où il rassemble

quelques petits objets que je n'arrive pas à identifier.

J'attrape mon sac et le hisse sur mon épaule.

– Ne m'appelle pas Ash.

– Alors, ne m'appelle pas Jer.

– D'accord, je souffle, les lèvres tremblantes.

C'est un territoire inconnu, mais je suis…

– J'ai hâte d'explorer l'univers avec toi, Jerrock.

– Si nous survivons à notre attaque de Sky.

– Tu as dit qu'il ne nous arriverait rien.

– J'ai dit qu'il ne t'arriverait rien à *toi*.

Il m'ébouriffe les cheveux une fois de plus en passant à côté de moi et en se dirigeant vers la plate-forme.

Je suis en colère et je me traîne pour le rattraper. J'attrape sa manche et je tire dessus.

– Tu ne vas pas encore m'abandonner !

Son œil biologique cligne. Il ne dit rien, mais moi, je suis sérieuse. Je ne le laisserai pas s'en sortir. Je saisis son poignet rouge et le rapproche – je me rapproche de lui, mais c'est la même chose.

– Promets-le-moi, dis-je d'un ton dur.

Sa tête s'incline très légèrement.

– Tu croirais un assassin sur parole ?

– Tu n'es plus un assassin.

Il fait à nouveau ce rictus de la lèvre supérieure et cela fait tressaillir ma propre bouche.

– Ne t'inquiète pas. Je ne croirais pas non plus une promesse de pilleuse. Allons-y.

– Tu ne… quoi ? Je m'exclame en secouant la tête. Tu ne m'as pas répondu !

– Notre vaisseau arrive.

Je suis sur le point d'insister quand je commets l'erreur fatale de lever les yeux vers lui alors qu'il s'avance sur le quai, juste à temps pour que le vent se lève et soulève ses cheveux. Eck. Ses cheveux. J'adore ses cheveux. Les miens ne peuvent pas être aussi longs. J'ai essayé pourtant. Une fois, j'ai réussi à faire pousser mes boucles jusqu'à mes épaules mais une fois là, leur croissance s'est arrêtée. Elles sont devenues de plus en plus volumineuses et quand je les ai tendues, elles se sont retrouvées jusqu'à la moitié de mon dos, mais comme mes cheveux sont bouclés, ils sont ensuite remontés comme des ressorts.

Par le passé, ça m'avait beaucoup agacé. Il y a des choses bien plus importantes que la beauté dans le monde, c'est certain, et je n'aurais pas dû tant m'énerver, mais comme j'étais petite, avec des émotions exacerbées, et personne autour de moi pour me dire pourquoi j'avais l'air comme ça ou si oui ou non je *pouvais* être considérée comme attirante – les Eshmiris avec qui j'ai grandi ne me trouvaient pas du tout attirante – mon apparence m'a souvent rendue furieuse. Aujourd'hui, je suis heureuse que mes cheveux ne soient pas aussi longs que les *siens*. Ils sont à lui et ils font partie de ce qui le rend encore plus magique.

Ma nuque devient brûlante lorsque je me souviens de la magie qu'il a exercée sur mon corps. C'était implacable et incroyablement brillant. J'aimerais recommencer mais je préférerais sauter de la falaise que de le lui dire.

Jerrock regarde fixement la plateforme depuis quelques instants. Il reste si immobile que c'en est effrayant. Aucun être ne devrait être capable de rester aussi immobile. Je me demande si cela faisait aussi partie de son entraînement. Je m'approche lentement. J'ai encore les genoux flageolants et je vacille un peu quand un Walrey passe au-dessus de moi, bien trop près, et en bourdonnant rageusement.

Jerrock ne bouge toujours pas, mais lorsque j'arrive enfin à ses côtés, il me dit :

– Cet endroit me rappelle Sky.

Je suis surprise, mais je ne devrais pas l'être. Seuls deux êtres vivants venus de cette mystérieuse planète s'en sont libérés, ont survécu, et peuvent en parler. Et c'est moi qui les ai libérés.

– C'est comment ?

– Comme ça.

Il me regarde d'un air étrange. Ses cheveux se balancent entre nous.

Je ne peux pas m'en empêcher. Je tends la main, j'attrape une poignée de ses cheveux et je les ramène sur son épaule. Je les serre fermement, ses mèches sont épaisses contre ma paume. Elles sont si grosses qu'il me faut presque tout mon poing pour les contenir. Mes cheveux ne sont pas aussi épais, mais ils sont deux fois plus doux.

Ce que je fais rapproche nos corps. Ils sont maintenant trop proches. Il pivote juste un peu, juste assez pour montrer son intérêt, juste assez pour révéler l'étendue de ses pectoraux et de son abdomen. Il est vraiment sculpté. Ça ne m'a jamais fait de l'effet sur d'autres mâles, mais le voir ainsi *m'émoustille*. Parce que c'est lui.

– Tu sais que ce n'est pas ce que je voulais dire.

Il souffle par les narines. Elles s'enflamment.

– Sky n'est pas une planète, mais une lune. Son orbite s'étend sur dix-neuf planètes différentes. Elle tourne autour d'une planète avant d'être attirée dans l'orbite d'une autre, puis d'une autre, puis d'une autre encore. Le schéma change à chaque fois. C'est pourquoi personne n'a pu la localiser. Il s'agit d'un groupe inhabituel de planètes dont les champs magnétiques, les masses et les attractions gravitationnelles rendent la trajectoire orbitale de Sky aléatoire. La lune elle-même est petite. Sa population est composée de Rens, une espèce relativement inconnue qui est presque éteinte. Sky était leur habitat principal et peu d'entre eux ont réussi à quitter Sky. Les pirates Niahhorrus sont arrivés sur la planète il y a des lustres et l'ont trouvée trop hostile et dangereuse pour s'y installer. Les tribus y étaient constamment en guerre. Aujourd'hui, elles ne font la guerre qu'aux milices de Sky. Ils se font la guerre encore et encore, et leur nombre diminue de moitié à chaque fois.

– Pourquoi Sky les laisse vivre ?

Cette histoire captivante m'empêche de me concentrer sur mes genoux, qui n'ont pas retrouvé leur force. Je vacille vers le bord de la plate-forme lorsqu'une meute de Walreys – un troupeau ? un essaim ? – descendent en spirale autour de notre plate-forme et se dirigent vers celle qui se trouve juste en dessous. Je ne peux pas voir qui est dessus d'où je suis, mais je peux entendre les trilles sonores d'un autre groupe de Walreys.

Les mains de Jerrock entourent mes bras. Il frotte fermement ses pouces sur mes petits muscles pitoyables. Il me soutient.

– Je ne sais pas. Je n'ai jamais voulu savoir. Nous, les assassins, nous n'interagissons pas avec les Rens. Ils vivent en dessous. Les Architectes de Sky et les assassins occupent les tours, soupire-t-il. Les tours s'élèvent si haut dans le ciel que la plupart du temps, je ne vois même pas la surface. Je ne peux qu'entendre le bruit des Rens qui meurent.

Ses propos sur le génocide et les assassins me

passionnent, même si cela ne devrait pas être le cas. Je me demande s'il pourrait me parler ainsi de bouse de muxung et si je trouverais cela tout aussi intéressant. Probablement. Il rapproche nos corps et j'aspire un sifflement entre mes dents serrées. Sa main descend le long de mon dos, se pose sur le bas de mon dos avant de descendre sur mon cul. Il le palpe fermement, avec possessivité. C'est terrifiant.

J'ai l'impression qu'il empoigne quelque chose qui lui appartient déjà.

– Jerrock… Qu'est-ce que tu fais ?

– Je touche ce qui est à moi.

– C'est ce que je craignais.

– Tu ne veux pas que je te touche ?

Il lève un sourcil et a l'audace de me *sourire* à nouveau, comme s'il pouvait lire dans mes pensées et connaissait déjà mon désespoir et la profondeur des sentiments que j'éprouve pour lui. La terreur me secoue à cette idée. J'essaie de m'éloigner, mais il ne me laisse pas faire.

– Tu ne m'aimes même pas. Tu as dit que tu ne m'aimais pas.

– Ah bon ?

Je me débats un peu plus fort maintenant. En vain. Je suis telle la fumée essayant de lutter contre un vent violent. Au bout de quelques instants, il me relâche et je recule en trébuchant, les bras en l'air pour me maintenir debout. Je respire difficilement.

Il se contente de me fixer, l'air irrité. Est-il irrité ou inquiet ? Je ne le sais pas. J'aimerais qu'il ait des crêtes pour que je puisse en être sûre…

Il en a eu, une fois. Avant que je ne gâche tout et que je le laisse se faire prendre…

– Je…

– Je sais que tu es amoureuse de moi.

Sa voix s'écrase sur ce que je m'apprêtais à dire ensuite. Un frisson glacial m'envahit en même temps que la prochaine rafale de vent, qui me pousse plus près de lui. Il se retourne pour me faire face et fait un pas dans ma direction.

– Je savais que tu m'aimais. Je l'ai toujours su. Azza ne l'ignorait pas et même Jerrock le tueur le savait. Je ne suis plus que Jerrock aujourd'hui, et je le sais encore. Mais quand tu prenais du muuir, je savais que tu ne t'aimais pas. Je ne pouvais pas lutter contre ça, même Jerrock l'assassin n'aurait même pas eu une chance.

J'entends ce qu'il ne dit pas ensuite, ce que seuls ses yeux expriment : maintenant, parce que je ne prends plus de muuir, les choses sont différentes. Tout a changé.

Je grimace en pensant aux mensonges que je lui ai racontés et à tout le muuir qui se trouve encore dans mon sac, au cas où je changerais d'avis...

– Tu m'accordes trop de crédit. C'est parce que je n'en avais plus… je mens à nouveau. J'en aurais pris plus si j'en avais eu.

– Peut-être, au début, mais quand nous sommes arrivés sur Quizzar, je t'ai offert une échappatoire.

Son œil de yeeyar se déplace de façon spectaculaire : il se découpe vers le haut puis vers le bas, gris contre gris. Le côté argenté de son crâne brille dans la lumière vive. C'est si brillant que j'ai du mal à le regarder, mais je ne peux pas détourner le regard. Je ne veux plus jamais détourner le regard.

– Tu as refusé.

– Je n'ai pas arrêté le muuir pour moi, je balbutie. Je l'ai fait pour toi.

Je veux faire et dire ce qu'il faut pour essayer de mettre de la distance entre nous.

– Tu le penses peut-être, mais tu n'aurais pas pu arrêter si tu ne l'avais pas voulu.

Je secoue farouchement la tête.

– Je ne voulais pas que tu voies... tout ça. Tu n'étais pas obligé de m'aider.

– Je ne t'aurais pas aidée si je ne l'avais pas voulu. D'ailleurs, tu as fait le plus difficile toute seule.

Il penche la tête, son œil biologique brun se rétrécit, le yeeyar dans l'autre œil forme une pupille effrayante.

– Notre vaisseau arrive.

Je ne me retourne pas pour voir. Au lieu de cela, je crie par-dessus le bruit du vent généré par le vaisseau en approche.

– Il faut que tu arrêtes de me sauver. Je te dois trop. Je ne pourrai jamais te rendre...

Il sourit de son sourire tordu et déchiqueté.

– Sauver ta vie est mon plus grand plaisir. Cela l'a toujours été, même quand j'étais Jerrock le tueur et que les plaisirs n'existaient pas pour moi. Peu importe celui que je deviendrai, je peux t'assurer que cela ne changera pas. Viens, Ashmara. Éloigne-toi du bord.

Il me tend la main. J'ai envie de la frapper. Je veux me frapper moi-même. Je veux frapper ses deux poings contre sa poitrine jusqu'à ce que ma main se brise contre le stalyx. Au lieu d'avancer vers lui, je crie :

– Tu dois arrêter !

Il me regarde d'un drôle d'air.

– Après ce que j'ai fait, je ne mérite pas ce que tu fais pour moi.

Il s'élance, m'attrape par le poignet et me pousse contre lui en reculant du bord de la plate-forme jusqu'à ce que nous soyons de nouveau debout dans l'entrée de la grotte.

– Qu'est-ce que tu crois avoir fait, Ashmara ?

De la chaleur. De la pression. Tout s'accumule derrière mes yeux. Je suis faible, et la faible Ashmara lutte contre tous les sentiments qu'elle a en elle.

– Tu le sais.

– Je t'assure que je ne te le demanderais pas si je le savais.

– Je *t'ai abandonné*, Jerrock. Je *les ai laissés* t'emmener. Tu as souffert pendant cinq rotations à cause de moi.

C'est alors que son visage se transforme. Les poils blancs au-dessus de ses yeux bruns se soulèvent et ses lèvres se relâchent. La tension parcourt les cordes épaisses de son cou et ondule le long de sa poitrine rouge. La couleur brille sur sa tenue verte. C'est joli. Il y a tant de beauté chez un homme aussi mortel que j'en suis submergée. Je ne comprends pas comment il a pu penser qu'il pourrait la dissimuler avec un déguisement. Je reconnaîtrais n'importe quelle version de lui.

– Votre vaisseau est prêt, dit une voix à travers le traducteur bidirectionnel que porte le Walrey.

Je me déplace pour faire face au propriétaire de la voix, mais Jerrock ne me laisse pas partir. Pas tout de suite.

Il jette un coup d'œil entre mes deux yeux, à la recherche de quelque chose. Eck ! Je ne sais pas quelles couleurs je trahis en ce moment. J'ai toujours eu un très mauvais contrôle de mes émotions et de mes couleurs, mais maintenant, en l'absence de muuir, et face à Jerrock, c'est encore pire.

Il m'attrape le menton comme il le fait si souvent et j'ose à peine jeter un coup d'œil à gauche. Il me voit. Il me voit toujours.

— C'est vraiment ce que tu penses ? souffle-t-il.

— Pilleuse. Assassin. Votre vaisseau, déclare le Walrey encore plus fort.

Jerrock se tourne pour lui faire face et plaisante :

— Elle n'est plus pilleuse et je ne suis plus assassin.

Je grogne, incapable de m'en empêcher, puis je le laisse me tirer vers le vaisseau des Walreys.

— C'est quoi ce bordel, Jerrock ? je m'écrie en souriant. On va s'envoler d'ici avec ça ?

— Nous n'avons pas le choix. Le prix pour l'hébergement et la protection contre les assassins qui tournent autour de la planète, était le vaisseau de Sky. J'ai dû accepter ce vaisseau qu'ils avaient en réserve et qu'ils étaient prêts à me donner.

Il fait la grimace, l'air très contrarié, en regardant fixement l'engin.

C'est un vaisseau Walrey classique, construit pour être admiré, pour être exposé et pour être beau, pas pour la bataille. Il est magnifique. C'est une boule d'un jaune éclatant sur laquelle sont gravés des motifs lumineux. On dirait des vignes superposées sur la boule et elles brillent d'un or plus sombre que la surface lisse du vaisseau qui se trouve en dessous. L'une des parties du vaisseau circulaire est ornée de répliques d'ailes de Walreys, immenses et minutieusement sculptées, de sorte que je peux voir chaque veine des huit ailes oblongues qui s'étendent derrière lui, comme une gigantesque queue.

Un rire foudroyant sort de ma gorge. Il me fait mal à la poitrine, qui se tend à la moindre inspiration, mais je ne me plains pas.

— C'est vraiment génial. J'ai toujours voulu en avoir

un.

Je me sens à nouveau comme une petite fille. La première fois que j'ai dit à Tintin et Gibli que je voulais mon propre vaisseau, ils m'ont dit : « *Quel genre de vaisseau veux-tu ?* » Ensuite, ils m'ont aidé à voler un vieux vaisseau de transport de pétrole appartenant à une flotte niahhorru. Ce vaisseau fut le premier des nombreux vaisseaux que j'ai possédés. J'ai fini par obtenir un vaisseau niahhorru haut de gamme construit avec du yeeyar et doté d'un noyau Kintarr plus tard.

Mais j'ai dû l'échanger pour pouvoir payer les outils, l'équipement et le temps des spécialistes que j'ai engagés pour m'aider à libérer les assassins de Sky. J'ai travaillé sur cinq d'entre eux au total. Manila n'était que la première à avoir survécu.

– Il… Il te *plaît* ?

– Bien sûr. C'est un galion Walrey classique, un élément clé de la formation d'une ruche. Ils ne les font voler que lorsqu'il se passe des choses importantes. Nous pourrions faire semblant d'être des membres de la royauté Walrey lorsque nous approchons des planètes. Nous n'aurons certainement pas besoin de prendre un bouclier Eshmiri, j'explique en riant à nouveau. Personne – et je dis bien *personne* – ne s'attendra à ce qu'un assassin de Sky vole avec ça.

– Ce n'est pas un galion Walrey ou un vaisseau de la ruche royale Walrey, dit Jerrock derrière moi.

– Quoi ? Mais alors qu'est-ce que c'est ?

Le portail s'ouvre et, comme il n'y a pas de passerelle – les Walreys n'en ont pas besoin puisqu'ils peuvent voler – je saute et tente d'attraper le rebord. Les Walreys se moquent de moi quand je tombe et c'est passablement agacée que je m'écroule au sol. Je ne suis pas tombée lors d'une de mes tentatives d'escalade depuis que j'étais une fillette vivant avec les Lemorans et Jerrock, connu sous le nom d'Azza à l'époque.

Des bras épais entourent mon corps et je pousse un glapissement, puis un cri et enfin un rire : Jerrock ne se contente pas de me soulever dans le vaisseau, il *saute* dessus avec moi dans ses bras. Il me pose ensuite sur le sol et se retourne pour conclure une sorte de transaction avec le Walrey. Pendant ce temps, je fixe ce qui se trouve devant moi. La seule chose devant moi. La chose qui domine les trois quarts du vaisseau.

Ma mâchoire reste ouverte et je n'ose pas me retourner lorsque j'entends la porte du portail se refermer sur une douce mélodie. Le vaisseau s'anime en grondant. Jerrock est manifestement aux commandes. Je devrais peut-être l'aider. Je devrais être n'importe où, mais pas ici, avec mon sac sur une épaule, debout, immobile et à… eck …à fixer devant moi comme une débile.

Je me racle la gorge.

– Tu veux que je t'aide ?

Il n'en a pas besoin.

– Je connais les commandes.

Pas moi.

– Attends, je pose mon sac et je vais…

Je jette mon sac dans un coin – ah ben non, c'est une pièce circulaire, il n'y a pas de coins – je le jette donc contre un mur, je me retourne, je fais un pas et je me heurte directement à un autre mur.

Jerrock est là, tout contre moi. Mon visage se heurte à sa chaleur.

– Ce n'est pas un vaisseau royal, répète-t-il.

Je le sais. Ne sait-il pas que je le sais ? Je ne suis pas

aveugle ! Je peux voir le lit circulaire encastré au centre du plancher, le gigantesque oreiller recouvert de soie catacat et les peaux d'edena que ces salauds de Walreys ont sûrement mis là pour nous. Ils nous ont donné ce module car ils pensaient clairement que nous étions des Voraxians et des amants.

Nous ne sommes ni l'un ni l'autre.

– C'est une capsule de plaisir, Ashmara.

– Euh…yeeshee. Je vois ça.

Et même si je ne le *voyais* pas, je sentirais les notes subtiles de baranthime et de wrexthan, deux puissants aphrodisiaques. Eck ! Je sens les odeurs me frapper, me stimuler, me donner envie de m'enfoncer dans ces coussins, de lever les bras au-dessus de ma tête et de laisser Jerrock s'occuper de moi aussi longtemps qu'il le voudra. Je me sens prête à le laisser pratiquer le shekkur sur mon corps à lui tout seul.

– Laisse-moi jeter un coup d'œil aux commandes.

– Je m'en occupe.

– Tu ne sais pas où nous allons.

– Ah bon ?

– J'avais un plan – *j'ai* un plan…

– Tu ne préfères pas utiliser le module de plaisir ?

Mon cœur s'emballe et s'arrête. Mon estomac tombe en chute libre jusqu'à ma taille. Ma chatte se resserre et mes lèvres palpitent, chantant de douces sérénades à la bite de Jerrock. Je salive. Les endorphines basses, extrêmement basses, qui montent dans mon système ne sont rien face à l'impact de ce souvenir puissant : il a essayé de m'aider. Je pensais qu'il avait juste essayé de m'aider…

– Je pensais que tu voulais juste m'aider à arrêter le muuir… je bégaie.

J'essaie de regarder ailleurs que sur son visage. Oh, putain d'étoiles. Contre tous les murs, il y a des outils de plaisir pour toutes les espèces, toutes les races : des électrodes Oosas, des filets Niahhorrus, des huiles Avmars, des ceintures de reproduction Drakeshs…

– Hum.

C'est ce qu'il répond. C'est *tout* ce qu'il dit.

– Je pensais que tu me considérais comme une sœur, comme un membre de ta famille…

Je recule d'un pas, je faisant bien attention à ne pas tomber sur le lit par erreur.

– Tu l'as déjà dit. As-tu besoin d'entendre à nouveau ma réponse ?

Il me suit de ses magnifiques yeux bruns. Le yeeyar voit plus de choses, même s'il ne s'agit que d'une tache floue qui remplit son orbite. Je sais qu'il ne voit pas seulement ma chair, il voit aussi les battements de mon cœur.

– Je ne peux pas parler des désirs d'Azza, ce n'était qu'un enfant, mais je peux te dire que Jerrock t'a trouvée tout à fait féminine à chaque fois qu'il t'a rencontrée.

Chaque rencontre ? Je trébuche sur le sac que j'ai laissé tomber. Il se contente de le faire glisser sur le côté avec son pied, tout en me traquant autour du bord extérieur de la pièce comme un prédateur traque sa proie – comme un assassin traque sa prochaine victime.

– Tu comprends maintenant ?

– Je ne suis pas sûre.

Il réduit la distance entre nous en se déplaçant trop vite pour que je puisse bloquer son approche. Je ne l'aurais pas fait de toute façon. Parce que c'est tout ce que je crains et c'est tout ce que je veux.

– Nous ne sommes pas apparentés. Je ne te considère

pas comme une sœur. Je ne t'ai jamais considérée comme une sœur. Je t'ai toujours vue comme une femelle avec qui je souhaitais m'accoupler.

J'arrête de respirer. Il tend la main et appuie son doigt sur le creux à la base de ma gorge.

– Je ne peux pas te résister quand tu portes des vêtements aussi fins. Ils te donnent l'air vulnérable. Je veux les enlever. Je veux sentir le feu qui brûle en toi.

Il me soulève et me jette au centre de la pièce. Je sursaute et je m'envole dans les airs. Je plane au sommet de l'arc que mon corps crée avant de retomber. Cela semble durer une éternité. Je heurte les oreillers, je m'y enfonce alors que je m'attendais à rebondir. Cela n'empêche pas mon cœur de rebondir. Mon pouls, qui était déjà irrégulier – un effet secondaire de mon récent sevrage de Muuir – n'en peut plus.

Il enlève sa tunique, ma bouche s'assèche, ma langue échappe à mon contrôle, et je sais alors... que tous les plans que j'avais échafaudés pour retourner à mon vaisseau eshmiri et à mes habitudes eshmiriennes devront attendre.

16

Jerrock

Elle a de la chance. L'alarme retentit alors que j'ai la main sur ma ceinture. Si je n'avais pas été interrompu, je l'aurais fait jouir jusqu'à ce qu'elle nage dans une mer de son propre plaisir et qu'elle ne se souvienne plus de son propre nom ou de son addiction. Tous les prétextes que j'avais trouvés pour prétendre que je n'étais pas complètement épris de cette femme ont disparu. Définitivement. Ils ont disparu pour ne plus revenir. Et je...

BOOOOOONG.

BOOOOOONG.

BOOOOOONG...

Le bruit est insupportable. Je me relève, je tends mon poignet vers le panneau de contrôle et je laisse le yeeyar dans mes os faire son travail. Bien qu'il ne s'agisse pas d'un vaisseau fabriqué avec du yeeyar, je parviens rapidement à m'emparer des commandes. Il s'agit d'un vaisseau de qualité inférieure, mais sa fonction n'a rien à voir avec son apparence. Je ne peux pas le contrôler entièrement, mais je peux m'en imprégner assez pour sentir ce qui vient vers nous...

– C'est impossible...

– Qu'est-ce que c'est ? me dit-elle depuis le lit.

Eck. Je meurs d'envie d'aller la retrouver.

– C'est un vaisseau de Sky.

– C'est celui que tu leur as donné en échange de ce bel engin ?

Je la regarde en haussant mon sourcil blanc. Elle s'enfonce dans les coussins. Ses pieds et ses mains glissent dans tous les sens jusqu'à ce qu'elle s'étale comme une étoile. Elle est drôle ainsi. Mon envie de rire l'emporte sur mon désir et ma méfiance. Je ris et ses muscles se détendent. Elle reste là, allongée, à m'observer, une expression frustrée et déconcertée sur le visage. Ses yeux brillent momentanément de toutes les couleurs et ma poitrine se tend.

Une explosion secoue le vaisseau. Il ressemble alors moins à une station de plaisir qu'à une prison flottante.

– Krakaw. Et le vaisseau dans lequel nous nous trouvons n'a aucun système de défense.

– Donne-moi un coup de main.

Ashmara rampe jusqu'au bord du lit et s'accroche de toutes ses forces à la plateforme. Elle lève les yeux vers moi. Nous échangeons un regard qui en dit long alors que je fais un pas pour l'atteindre, que je m'étire et que j'enroule lentement mes doigts autour de son avant-bras. Je la hisse sans effort, elle passe à côté de moi sans un mot et se dirige vers le panneau de contrôle, concentrée. C'est mieux ainsi. De cette façon, elle ne peut pas voir ma main, elle ne peut pas voir comment elle fléchit alors qu'elle pend à mes côtés. Mon bras me semble aussi bien lourd. C'est bien la première fois que l'on me demande de l'aide. Elle le fait aisément, comme si c'était une évidence. Comme si elle ne doutait pas de mon désir de l'aider.

Elle a bien raison. Je l'aiderai toujours.

Je m'avance derrière elle et m'efforce de me concentrer sur autre chose que la chaleur que dégage son corps. Son sac se trouve entre ses pieds et elle tient sa boîte de yamar dépassé dans ses deux mains. Elle la coince dans l'ouverture du panneau de contrôle que j'ai créé et des étincelles jaillissent.

— Nous sommes trop loin de Kor, marmonne-t-elle, comme si elle ne remarquait pas ma présence juste derrière elle.

Je lutte contre l'envie de lui palper la gorge, d'enrouler mon autre main autour de ses hanches et de la pousser contre moi.

— Pourquoi voudrais-tu aller à Kor ?

— C'est là que je suis censée rencontrer Tintin.

— Tu as dit aux pilleurs que tu les retrouverais sur Evernor.

— C'est une diversion que nous utilisons au cas où quelqu'un nous écouterait. On dit Evernor à haute voix, mais ça veut dire Kor.

Elle parle vite et avec désinvolture : elle est confiante.

Je gémis.

Elle me jette un coup d'œil et ses yeux s'illuminent d'un violet éclatant. Je saisis ses joues d'un poing et elle sursaute.

— Jerrock, marmonne-t-elle.

Prise par l'émotion, elle peut à peine parler. J'embrasse ses lèvres, qui sont douces et humides. Le vaisseau tremble à nouveau et je ferme les yeux.

— Je pourrais passer mon temps à faire ça.

– Tu pourrais passer ton temps à m'embrasser ?

– À aller au combat avec toi.

J'ouvre les yeux. Ma vision yeeyar ne cesse jamais de recueillir des informations, mais je peux lui ordonner de s'éteindre. C'est une sensation étrange que d'être privé de la vue, mais cela en vaut la peine. Dans ces moments-là, mes autres sens s'animent et me permettent de profiter de la chaleur de son corps, du toucher de sa peau, du parfum de ses cheveux, du son de sa respiration.

– Et yeeshee, dis-je en souriant. Je pourrais aussi passer mon temps à t'embrasser.

Le vaisseau s'ébranle.

– Nous n'aurons peut-être pas cette chance. Nous ne sommes pas près d'un vaisseau Niahhorru ou Eshmiri... Attends...

Elle lit la projection holo qui s'affiche sur le dessus de sa boîte. Il s'agit d'une représentation visuelle de la carte stellaire qui se trouve devant nous. En deux dimensions, avec des couleurs plates. Ce n'est pas franchement utile et pourtant, depuis que je la connais, c'est ce qu'elle utilise.

– Yeeshee !

Elle pousse un grand cri et tire sur sa boîte à yamar pour la remettre en place.

– Reste caché.

Elle allume son communicateur et, bien que ses jambes semblent à peine capables de l'aider à tenir debout, elle fixe l'écran, confiante.

– Reoran, heelee ! s'exclame-t-elle. J'aimerais profiter maintenant de cette faveur que tu me dois.

Elle détaille rapidement nos coordonnées et explique succinctement la menace qui pèse sur nous.

Je vois la réponse de l'Oosa, exprimée par des lumières clignotantes et des cris, se refléter sur son visage à travers le bouclier de confidentialité de son holo-écran vacillant. Je ne peux donc pas comprendre la totalité de l'échange, mais je sens que la conversation entre cette humble Eshmiri et la cheffe Oosa du huitième quadrant est agréable. J'aimerais que l'on m'explique plus en détail à quel point elle est agréable.

Mon estomac s'agite. Je sens de minces fils de jalousie m'attacher au sol. J'ai envie de les couper et de permettre à l'assassin que je suis de détruire tous les êtres à qui elle sourit de la sorte. Les propos de Reoran la font à nouveau rire. C'est décidé, je vais la tuer.

Je reprends la liste des personnes que je compte éliminer et j'y ajoute des noms : celui de Reoran et les trois pirates Niahhorrus qui la voulaient pour leur shekkur. Ils sont maintenant probablement coincés sur la planète des lézards, ça leur apprendra. Alors qu'elle met fin à l'appel et que je planifie leur mort, je remarque que je me sens mieux. Beaucoup mieux.

– Pourquoi souris-tu comme ça ? Tu es effrayant…

– Je ne crois pas.

– Comment le sais-tu ?

– Je sais comment modifier mon expression pour reproduire n'importe quelle émotion.

– Quelle est l'émotion que tu cherches à reproduire maintenant ?

– Je ne cherche pas à être effrayant, je veux avoir l'air d'un assassin.

Elle sourit au lieu de reculer. Quelle petite diablesse…

– Qui penses-tu assassiner ? Parce que si c'est moi, je peux avoir une dernière dose de muuir d'abord ?

La surprise me fait dérailler.

– Quelle dernière dose de muuir ?

– Celle qui se trouve dans la poche de ton peignoir. Je t'ai vu la mettre là. Je parle du munir que tu as acheté aux Walreys. Celui que je ne voulais pas que tu me donnes.

Elle était en train d'agoniser, mais elle l'a quand même remarqué. Je me demande comment, et si elle est fâchée que je l'aie gardé. Je plonge la main dans ma poche et en retire le petit morceau de couleur fauve coincé entre deux fines pellicules translucides. Contrairement à ce que je pensais, elle ne réagit pas en le voyant. Elle se contente de me regarder, de le regarder et de me regarder à nouveau, un petit sourire mystérieux sur le visage.

Je le lui tends.

– Tiens. Tu devrais le garder. Ça te rappellera ce que tu as surmonté.

Elle le regarde, mais sans grand intérêt. Il est clair qu'elle a déjà pris sa décision.

– Krakaw. Garde-le.

Je ne lui demande pas pourquoi et je n'insiste pas. Je me contente d'acquiescer et de glisser le sachet dans ma poche. Je ne sais pas pourquoi je le garde. Peut-être pour me rappeler ce qu'elle a surmonté. Peut-être pour me rappeler le moment où elle s'est rendue à moi.

– Tu es une guerrière, Ashmara.

Ses yeux se tournent vers le côté. Elle ne répond pas. Au lieu de cela, elle se frotte la tempe et s'agrippe au mur le plus proche lorsque le vaisseau est à nouveau attaqué.

– La patrouille de Reoran ne devrait pas tarder à arriver. Ton copain de Sky ne pourra pas leur échapper.

– Comment comptes-tu payer Reoran ? J'imagine

qu'une telle gentillesse de sa part a un prix.

Je m'avance. J'adosse Ashmara au mur parce qu'elle m'irrite, yeeshee, mais aussi parce que cette partie du vaisseau est la plus solide et que l'adosser là me permet de m'assurer qu'elle survivra à tout barrage que le vaisseau de Sky essaierait de mettre en place.

J'appuie un avant-bras à côté de sa tête. Je tends mon poignet de yeeyar vers les commandes. J'interromps la trajectoire de vol actuelle et je prends les commandes, en tirant le petit vaisseau inutile vers le haut et la gauche.

– Qu'est-ce que tu fais ?

Ashmara étend ses deux bras. Elle s'accroche au mur derrière elle et attrape mon bras rouge en enfonçant ses ongles dans ma peau.

– La flotte de Reoran n'est pas prête d'arriver. Nous sommes trop loin de tout, et, même si c'était le cas, je ne voudrais pas que tu aies à payer un supplément pour un service accéléré.

– Je ne vais pas payer Reoran.

– Alors qu'est-ce que tu lui as déjà donné ? Qu'as-tu fait pour elle ?

– Est-ce que… C'est pour ça que tu veux assassiner quelqu'un ? Tu veux tuer Reoran ? Non ! Ne fais pas ça ! C'est la plus gentille des Oosas.

– Son nom est déjà sur ma liste. Donne-moi une raison de l'enlever.

Les yeux d'Ashmara s'illuminent et prennent la plus belle des couleurs. Quelques instants seulement plus tard, cette nuance particulière de blanc brillant et irisé mélangé à du fuchsia et du taupe disparaît. Ces couleurs expriment sa surprise et sa confusion. Elle a apparemment bien du mal à comprendre le concept de jalousie. Peut-être qu'elle ne peut pas le comprendre parce qu'elle a été élevée par des Eshmiris. Ou peut-être qu'elle ne comprend pas que je puisse être possessif à son égard. Hum. Il va falloir que je l'éclaire à ce sujet. Ne sait-elle pas qu'elle est à moi depuis le début ? Même lorsque je ne savais pas qui elle était, ni qui j'étais, je n'ai jamais laissé quelqu'un d'autre avoir son contrat.

– Je…

Elle inspire bruyamment. Le vaisseau est étrangement secoué. Je ne cherche pas à m'éloigner du vaisseau de Sky, au contraire, je cherche à le prendre au dépourvu en me rapprochant de plus en plus.

– Tu penses que je…

Sa voix s'éteint.

Je grimace en manœuvrant notre vaisseau pour éviter un barrage de blasters, plus puissant que le précédent. Acide, il fera fondre la coque extérieure de tout vaisseau qui n'est pas composé de kintarr ou de yeeyar, et ce joli vaisseau doré n'en contient certainement pas.

– Tu es la seule personne avec qui je me suis accouplée. Je n'ai jamais…

Son mensonge flagrant étouffe ma colère. J'approche nos visages l'un de l'autre et je rapproche encore plus nos corps. Je la laisse s'écraser de tout son long contre la paroi dorée de ce navire de plaisance. Je bascule mes hanches contre son ventre, je regarde ses paupières battre. Elle tressaille. Elle ne sait pas quoi faire de ses mains. L'entendre dire qu'elle n'a jamais eu d'autre amant m'enflamme, et pourtant, je sais qu'il ne faut pas croire ce mensonge.

– Jamais ? je murmure.

– Je…

C'est le moment. Je n'ai pas une minute à perdre. Le vaisseau qui arrive change de blaster – si je devais deviner, je dirais qu'il opte pour les balles à courte portée et à fort impact plutôt que pour les balles à longue portée. Un coup de blaster à longue portée peut endommager le vaisseau, alors qu'un coup de blaster à impact élevé le briserait en deux.

J'écrase mes lèvres sur les siennes, j'aspire sa langue dans ma bouche et j'en mordille doucement le bout avec mes dents avant de m'éloigner.

— Tu me diras ce que tu as à me dire tout à l'heure.

J'écarte mon corps du sien, à regret, et je me dirige vers la porte.

— Va dans le placard et n'en sors pas tant que je ne te l'aurai pas ordonné.

Elle tarde à répondre et cligne des yeux lentement. Finalement, elle se tourne pour regarder dans la direction que je lui indique et ses yeux deviennent immenses.

— Tu veux que j'attende dans le donjon sexuel ?

Je grogne. C'est peut-être un rire, mais je n'ai pas le temps de le transformer en quelque chose de plus doux.

— Yeeshee. Attends-moi dans le donjon sexuel. Et prépare-toi pour mon retour.

— Me préparer… répète-t-elle en jetant un coup d'œil au mur d'objets de plaisir sexuel et à la cage dorée avec des menottes qui pendent du plafond.

Je me demande si elle va réaliser mon fantasme et appliquer les chaînes elle-même ou si je vais devoir le faire pour elle. Cette pensée me fait saliver et renouvelle ma détermination à revenir vers elle encore plus vite.

Je me détourne d'elle lorsque je sens le vaisseau de Sky se préparer pour l'abordage. L'assassin va tenter de monter à bord. Ha. Avec quoi vais-je le tuer ? À mains nues ? La confiance que je ressens parce que je sais qu'Ashmara sera là pour m'attendre à mon retour est grande. Je ne dois pas prendre de risques maintenant.

Je me dirige vers le mur d'objets sexuels, je saute rapidement et je retire le bâton de foudre du mur. Il est en parfait état de marche. J'ai entendu dire que les Oosas pouvaient parfois obtenir une stimulation sexuelle grâce à ces objets. Je ne sais pas vraiment comment, étant donné qu'ils affaiblissent la plupart d'entre eux.

Ashmara se tient là où je l'ai laissée, mais je la pousse doucement vers la cage et lui répète :

– Prépare-toi et attends mon retour.

J'embrasse son front juste avant de la relâcher. C'était une erreur, car ses yeux s'écarquillent et elle reste plantée là, l'air abasourdi.

– Vas-y, Ashmara !

– Je dois me préparer comment ? Et… attends ! Tu reviens Jerrock, hein? crie Ashmara alors que je me dirige vers la porte. Tu dois revenir, Jerrock ! Jerrock ?

Le vaisseau de Sky a fini la manœuvre d'abordage. Le yeeyar fait un bruit familier de froissement lorsqu'il s'étend du vaisseau de Sky pour couvrir la porte du vaisseau de plaisir des Walreys. Dès que je sens qu'il est solidement amarré, j'enclenche les commandes pour que les portes dorées s'ouvrent. Je n'hésite pas.

L'intérieur blanc du vaisseau de Sky clignote et je lance le bâton de foudre dans l'espace qui apparaît entre les portes dorées. J'envoie un éclair sur le cylindre rayé d'or et de blanc qui brille. Mon coup est bien placé, tout comme mon lancer. Le bâton de foudre explose au-dessus de la tête de l'assassin, couvrant la créature d'étincelles.

Elle recule en levant un bouclier au-dessus de sa tête oblongue. Cet assassin est presque entièrement en

Avmar, seules quelques sections de son long corps ont été enlevées et ont été remplacées par du stalyx. Le bouclier, je m'en rends compte, a remplacé sa pince avant droite. La pince gauche a également été remplacée, cette fois par des scies jumelles. Il se rétablit rapidement et vise mon estomac. Je me déplace vers l'avant et l'une des lames se connecte. Des étincelles supplémentaires jaillissent alors que ma moitié stalyx encaisse le plus gros du coup. Mais pas entièrement.

– Aïe, je grogne.

La chaleur gluante et tiède de mon sang se répand sur mon bas-ventre. C'est ennuyeux. Je peux compter sur les doigts d'une main le nombre de fois où l'un de mes adversaires a fait couler mon sang. En ce moment, ça m'arrive un peu trop souvent.

Cela ne me dérange pas.

Ce qui me gêne, c'est que cela s'est produit deux fois devant elle.

L'Avmar et moi nous battons dans la petite salle du vaisseau Sky. Le combat est sanglant et horrible. Il me fait saigner trois fois de plus. Une fois sur la joue, une fois sur le haut de la cuisse, une fois sur l'extérieur du bras. Je suis furieux lorsque je parviens enfin à abattre l'Avmar, lentement et péniblement.

Ce n'est pas une belle façon de mourir. Je le démonte pièce par pièce près avoir réussi à le ralentir suffisamment pour pouvoir planter l'une de mes dagues dans son ventre. La partie molle que la plupart des Avmars ont entre les plis de leur carapace a été remplacée sur cet Avmar par du stalyx, j'ai donc dû percer la carapace.

J'ai tiré six balles en succession rapide et à courte portée. C'était suffisant pour percer la carapace. Au moment où j'enfonce mon poing dans la créature, dague en main, j'entends un bruit sourd sur le sol derrière moi. Je me retourne, confus et un peu incertain étant donné que j'ai vu que les réservoirs à l'arrière du vaisseau étaient vides. Il n'y a que nous deux, l'Avmar et moi, et maintenant l'assassin est mort. Je devrais être seul.

L'Avmar tombe sous moi dans une flaque de ses propres entrailles. Je ramasse ma dague, jette le manche et attrape la lame. Je m'apprête à enfoncer mon arme dans la poitrine de quiconque ose s'introduire ici et maintenant quand je vois *Ashmara* entrer tranquillement dans le vaisseau.

Elle tient une arme à hauteur d'épaule et, lorsqu'elle me voit, elle la lance vers moi aussi fort qu'elle le peut. Sa visée est parfaite et je suis trop concentré sur la faiblesse de ses genoux, mais aussi sur la détermination de son expression, pour me défendre correctement. Je lève mon avant-bras pour bloquer l'objet qui arrive, mais la texture caoutchouteuse s'enroule autour de mon bras, effleure ma joue avant de rebondir dessus. J'attrape la chose et tourne l'objet vers la lumière.

– Choix intéressant.

– C'est bien ce que je pensais.

Elle observe le carnage de la pièce.

Je grimace.

– Je sais. Ce n'est pas beau à voir.

– J'ai vu pire. Et toi ?

– Krakaw.

Je souris et je fais un geste vers elle avec l'énorme gode vert d'Oroshi qu'elle vient de m'envoyer.

– Tu n'es pas obligée de regarder.

– Regarder quoi ?

– Je vais me débarrasser du corps.

Je me dirige vers le panneau de contrôle et insère mon poignet dans le hifelai. Là, je laisse le yeeyar se connecter et prendre le contrôle. J'espère qu'elle écoutera et fera ce que je lui dis, mais je n'y compte pas trop.

– Retourne à l'autre vaisseau. Il y a un autre vaisseau de Sky qui arrive.

C'est un mensonge : il n'y en a pas un, mais deux.

– Tu saignes ? demande-t-elle en ouvrant de grands yeux. C'est du sang ?

– Retourne à l'autre vaisseau. Entre dans la cage et verrouille-la.

Elle n'en fait qu'à sa tête et se dirige plutôt vers moi, en glissant deux fois dans les entrailles de l'Avmar. Je m'élance et attrape son coude avant qu'elle ne tombe complètement dedans. Les Avmars ne sont pas toxiques, en soi, mais il n'est pas bon de s'attarder dans les fumées que dégagent leurs corps ou d'avoir leurs entrailles sur la peau. Ma peau pourrait le supporter, mais pas la sienne.

– Il t'a coupé ? Son venin n'est pas toxique ?

– Pas complètement et, même si c'était le cas, il ne l'est pas pour moi.

Ses doigts se promènent sur ma poitrine. C'est distrayant.

– Tu en es sûr ?

– J'en suis sûr.

Son inquiétude est...

– Pourquoi ?

– Les Architectes ont modifié les assassins venimeux pour que leur venin devienne instantanément mortel. Ils infusent l'antidote dans le sang de tous les assassins. Nous sommes donc immunisés contre ce venin. Les Architectes ne s'attendaient pas à ce que nous nous attaquions les uns aux autres. Si tu parviens à libérer d'autres assassins avant que je ne parvienne à tuer leurs créateurs, je suppose qu'ils devront modifier leur approche.

– Krakaw.

Je la regarde.

– Nous. Il n'y a plus de *je* ou de *tu*. Juste nous.

Sa voix tremble. Elle est en colère contre moi.

Je sens un sourire sur mes lèvres, mais ma poitrine me fait mal. Elle a deviné.

– Tu es au courant.

Elle doit savoir.

– Tu dois savoir que...

L'expression de son visage me dit qu'elle n'y a même pas songé.

– Ashmara, je souffle.

Je passe le dos de mes doigts ensanglantés sur la courbe rebondie de sa joue. Sa couleur est encore faible.

– Tu dois savoir qu'un voyage vers Sky est un voyage à sens unique, que j'ai l'intention de faire seul.

Un millier d'émotions passent sur son visage et ondulent dans la trame de son regard. J'imagine que je peux la sentir et qu'elle est douce au toucher. Elle ouvre la bouche et commence une centaine de phrases, elle s'arrête, puis elle en commence une centaine d'autres.

Je saisis sa nuque et m'apprête à l'embrasser, mais elle résiste. Je ne la force pas.

Le vaisseau tangue. Je fais un pas pour ne pas perdre l'équilibre. Elle vacille dans mes bras.

– Eck ! Va te faire voir, Jerrock ! s'écrie-t-elle avant de s'arracher à mon emprise.

Ses douces boucles glissent entre mes doigts. Elle me tourne le dos et se dirige vers l'autre vaisseau. Elle a fini par faire ce que je lui ai demandé depuis le début.

Pourquoi est-ce que cela me fait cet effet-là ?

Je touche la blessure de mon estomac qui, en comparaison, est bien moins douloureuse.

Je vais au panneau de commande et je suis le mouvement des autres vaisseaux, en essayant de me concentrer. Il y a maintenant un troisième vaisseau qui vient s'ajouter à l'ensemble. Celui-ci s'est accroché à nos deux vaisseaux et nous remorque. Il se déplace lentement. Les vaisseaux de Sky se rapprochent. Je me demande ce que fait le vaisseau Oosa qui nous traîne... jusqu'à ce que je grimace.

Une flotte de vaisseaux Oosas passe soudain devant nous. Ils doivent être une centaine. Je suis sûr qu'il n'y en a pas moins que cela. Ils foncent immédiatement sur les vaisseaux de Sky qui arrivent, dans une rafale de tirs de blasters. Je regarde la scène se dérouler. Je regarde la bataille qui a lieu sous mes yeux. Les vaisseaux de Sky se battent ensemble, c'était prévisible, et ils ne sont pas en reste. Ils éliminent au moins dix embarcations Oosas avant d'être finalement anéantis. Le yeeyar fracturé jaillit dans le néant de l'espace comme les tentacules d'un énorme hevarr poussant son dernier souffle.

Les vaisseaux explosent et bientôt, les marqueurs de vaisseaux disparaissent des hifelais. Ils ne sont plus. On n'a rien sans rien. Je veux connaître le prix du sacrifice que les Oosas ont fait pour nous. Lorsque je vois où nous allons ensuite, lorsque nos vaisseaux conjoints commencent à s'amarrer, ma colère s'enflamme.

Je me retourne pour retrouver Ashmara – je veux être près d'elle quand nous débarquerons – mais elle se tient juste là. Je l'écrase presque en voulant m'assurer qu'elle va bien. Elle me donne un coup dans l'estomac avec un instrument contondant.

– Aïe !

J'ai crié dans le seul but de susciter une réaction de sa part. Et ça marche. Elle fronce les sourcils.

J'attends qu'elle dise quelque chose, donc je ne regarde pas ce qu'elle fait avec ma plaie. Je me fais une idée quand je sens une chaleur suivie d'un baume apaisant.

– Tu ne veux pas que j'aille me faire voir finalement ?

Elle ne répond pas. Je sens notre élan ralentir.

– Nous approchons d'un port.

Silence.

– Avons-nous atteint Uoustar ?

Elle ne dit toujours rien. Mais elle ne peut pas garder les yeux clairs. Ils clignotent en rose, en rouge et en noir, même. Elle n'est pas seulement en colère contre moi. Elle est livide. Et effrayée. Et *peut-être même qu'elle a peur pour moi.*

– Comment as-tu obtenu l'autorisation d'accoster à Uoustar ? je demande.

Elle se tait.

– C'est une planète sur laquelle aucun non-Oosa n'a le droit de se rendre.

Pas un mot de sa part.

– C'est un grand honneur d'y être invité. Je n'ai entendu parler que de deux autres êtres non Oosas qui y sont entrés. Le premier être non Oosa à venir ici fut la deuxième Rakukanna de la Fédération Voraxiane. C'est celle qui a été la première à porter ce titre, c'était la cheffe des Oosas de l'époque. Son union avec le Raku n'était pas une union xiveri, c'était une alliance purement politique.

Elle grogne et soulève la baguette de guérison de mon estomac à l'extérieur de mon bras. Elle refuse toujours de croiser mon regard, même si ses yeux trahissent tout.

– Le second était un assassin de Sky.

Elle marque un temps d'arrêt.

– Il a réussi à atteindre la surface et à exécuter sa cible avant d'être arrêté. Il a réussi à échapper à la captivité aussi à cette époque. Maintenant, leur politique, je crois, est d'exécuter les assassins à vue.

– Ils ne t'exécuteront pas.

– Pourquoi ? je demande en la fixant. Ce que tu as offert à Reoran est si précieux qu'elle ferait une croix non pas sur une, mais sur deux politiques Oosas, rien que pour toi ?

Ses yeux s'illuminent de couleurs. Ils sont tout feu et tout flammes. Elle est livide, énervée et furieuse.

– Eck, c'est une amie, Jerrock. ! Une putain d'amie.

Une *amie* ? Je ne comprends vraiment pas ce concept.

Son front se détend, son corps entier aussi.

– Tu ne sais pas ce qu'est l'amitié.

La couleur de la honte apparaît dans son regard comme un ennemi que je veux vaincre. Je veux y répondre, mais d'abord, je dis lentement :

– Je sais ce que c'est que des amis. Tu as des amis dans ton groupe d'Eshmiris. Ceux que tu fréquentes...

– Ceux que je fréquente ?

Elle pivote une épaule loin de moi, un sourire moqueur sur le visage.

– Krakaw. Tintin et Gibli sont ma famille. Ils sont mes pères. Ils m'ont fait descendre du vaisseau lemoran après que j'ai attendu ton retour pendant je ne sais combien de solaires. Ils m'ont nourrie, ils se sont assurés que j'avais des vêtements. Ils m'ont prise dans leurs bras quand j'étais malade, quand j'avais peur ou quand j'avais froid.

La chaleur me traverse et seul le froid qui s'ensuit me

permet de la surmonter.

– Les amis, ce sont des êtres comme Reoran, Rhorkanterannu et Herannathon. Et leurs compagnes : Deena et Nalia sont aussi mes amies maintenant.

– Et moi, que suis-je pour toi ?

– Je ne sais pas.

Elle pousse la baguette de guérison contre ma poitrine.

– Les amis ne partent pas en mission suicide l'un sans l'autre. Les amis ne se mentent pas. Les amis ne blessent pas les amis des autres non plus. Reoran me doit une faveur parce que, lors d'un de mes raids, j'ai sauvé deux Oosas. C'est tout. Rien de plus. Quand on aura quitté cet endroit, toi et moi, on pourra partir chacun de son côté. J'irai « fréquenter » mes amis et tu pourras aller crever en essayant d'affronter la planète Sky tout seul.

Elle enfonce la pointe de la baguette de guérison dans mon ventre, à l'endroit même où se trouvait la blessure. Ça fait mal, mais je ne me permets pas de réagir. La douleur est sans importance. La douleur n'est rien.

Alors pourquoi ses mots me font-ils si mal ?

Le vaisseau émet un bruit de tonnerre lorsqu'il atteint enfin la terre ferme. Il tremble avant de se stabiliser, puis le vaisseau walrey doré est arraché avec force et fracas de la porte ouverte du vaisseau de Sky sur lequel nous nous trouvons à présent. Je pourrais garder les portes fermées grâce à la connexion yeeyar que j'ai avec le vaisseau, mais je les laisse s'ouvrir. Je ne sais pas pourquoi je l'ai laissée s'éloigner de moi.

Debout dans l'embrasure de la porte, elle met son sac sur son épaule et dit :

– Je te souhaite bonne chance pour trouver la planète Sky sans ta clé et sans ami pour t'aider à en trouver une, tu en auras besoin.

– Je n'ai pas besoin d'amis pour obtenir une clé. J'ai juste besoin de tuer un assassin de Sky.

– Krakaw, tu ne dois pas tuer un assassin de Sky, tu dois récupérer la clé sur son corps alors qu'il est encore en vie. Crois-moi, je suis bien placée pour le savoir. J'ai libéré trois clés de Sky des corps auxquels elles appartenaient et devine quoi, Jerrock ?

– Quoi ? je demande, même si je n'ai pas besoin d'entendre la réponse.

J'ai un plan. Je vais trouver un assassin, récupérer sa clé et le tuer. Peu importe le temps que cela prendra. Et vu la vitesse à laquelle ils nous attaquent, je sais que ce ne sera pas très long.

– Chaque fois que j'ai récupéré une clé, je n'étais pas seule. J'avais des amis pour m'aider. Alors bonne chance. Je suis sûre que tu t'en sortiras tout seul. Mais ne t'attends pas à me voir dans les parages. Je sais ce que tu ressens maintenant et je comprends pourquoi tu ne voulais plus rien avoir à faire avec moi. C'est trop dur de voir ses *amis* aller au devant de la mort, que ce soit rapidement ou lentement.

La coque dorée du vaisseau est dégagée du vaisseau de Sky. Je m'apprête à fermer les portes, à l'enfermer ici avec moi pour terminer cette conversation, mais j'hésite. Que pourrais-je dire de plus ? Alors que j'hésite, elle saute dans un monde lumineux sans moi.

17

Ashmara

Le premier être que je vois lorsque je saute du vaisseau, c'est Reoran. Je laisse Jerrock derrière moi. En me voyant venir, les gardes tentent de barrer la route de la cheffe des Oosas qui s'avance vers moi. Ils essaient de la protéger, comme il se doit, mais elle pousse son grand corps bleu au-delà d'eux. Il entre en collision avec le mien et je la serre dans mes bras. Je la laisse m'attirer dans sa chaleur dans une étreinte à nulle autre pareille. Je suis à moitié enfoncée dans son corps quand j'entends un remue-ménage. J'ouvre alors les yeux et je vois les Oosas qui paniquent et s'entrechoquent à la vue de Jerrock dans l'embrasure de la porte.

Je lance les deux bras en l'air et crie :

– Hé, hé ! Il est avec moi !

Je traduis ce que je viens de dire en poussant des cris aigus d'Oosas et je laisse mes yeux s'illuminer d'émotions très spécifiques pour faire bonne mesure. Le Oosa est la langue la plus difficile que j'ai jamais essayé d'apprendre et je ne suis toujours pas sûre que mes tentatives de traduction fonctionnent vraiment. La moitié du temps, je n'arrive pas à contrôler mes émotions assez bien pour fabriquer les couleurs qui apparaissent dans mes yeux, mais j'essaie quand même. Je me tourne donc directement vers Reoran.

– Il est avec moi, je répète.

Elle hésite, puis décolle son corps en gelée du mien. Complètement sphérique, elle s'illumine de l'intérieur en trillant. Elle me demande en oosa si j'ai des ennuis et quand je lui réponds que non, elle s'écrie avec une pointe d'excitation :

– C'est *lui* ?

Je grimace. J'espère de tout mon cœur que Jerrock n'a jamais pris la peine d'apprendre la langue oosa. Je souris à Reoran d'un air sinistre et lui fais un signe de tête appuyé. Elle pousse un cri encore plus fort et roule devant moi. Elle manque me renverser, puis elle atteint le bord du vaisseau de Sky. Sa forme sphérique se distend, se moule au rebord de l'entrée avant de s'y appuyer de tout son poids. Jerrock s'est éloigné d'elle, on dirait qu'il veut se battre. Les gardes deviennent complètement fous et poursuivent leur cheffe en passant devant moi comme l'eau d'une lourde rivière bleue qui produit un vacarme assourdissant.

C'est risible. J'aurais pu franchement me marrer si mon regard ne s'était pas porté à ce moment précis sur Reoran et Jerrock à l'intérieur du vaisseau blanc comme de l'amidon. Ils portent deux couleurs contrastées et magnifiques. Le rouge et le bleu. Le feu et l'eau. L'eau englobe le feu et éteint complètement la flamme. C'est ce que fait toujours l'amour. Je me demande juste si Jerrock pourra un jour cesser d'être un feu de haine…

Je les regarde interagir jusqu'à ce que je sois sûre que

Reoran est en sécurité, puis je me déplace dans la foule. Je scrute, je cherche du regard celle que j'ai hâte de voir. Malgré mes efforts, je ne la vois pas tout de suite. Elle se démarque pourtant des Oosas d'habitude, une espèce par ailleurs homogène. Mais je sais qu'elle est là. Elle n'est jamais très loin de Reoran.

Pour l'instant, je respire.

Je prends mon temps, je me concentre sur ma respiration. Sans le muuir dans mon système, tout me semble...

Plus terne.

Je souffle et j'ébouriffe mes cheveux. Je meurs d'envie de fouiller dans mon sac pour récupérer le muuir qui n'est pas censé se trouver là. Surtout maintenant que je sais ce qu'il a prévu de faire. Sans moi. Maintenant que je sais qu'il veut partir...

J'inspire et j'essaie à nouveau de respirer sereinement. Je me dirige vers le bord du quai d'atterrissage. C'est une plateforme naturelle, du genre de celles sur lesquelles on atterrit quand on arrive sur Lemora, sauf qu'il n'y a pas de coussins d'atterrissage pour quitter le bas plateau. De plus, ce plateau n'est pas constitué de roches brunes, de mousse verte ou d'herbe, mais de rose.

Le rose et le bleu tourbillonnent ensemble dans la terre tassée sous mes pieds. Je les fixe, je les regarde se transformer en un orange plus vif avant de se fondre à nouveau dans le vert, le bleu et le violet. C'est magnifique ici. C'est incroyablement beau.

J'ai le souffle coupé lorsque j'arrive au bord du plateau et que j'appuie mes coudes sur la barrière en bois rose naturel. Le soleil est un bulbe jaune vif dans le ciel bleu. Le ciel est plus clair que le bleu des Oosas et il est totalement dépourvu de nuages. Le paysage d'Uoustar, la plus belle planète de tous les Quadrants, est presque insoutenable : sans nuages, il n'y a pas d'ombre pour cacher la beauté. Elle est simplement offerte aux yeux, sans rien pour l'entraver.

Le monde d'Uoustar est presque entièrement composé de bassins avec un labyrinthe infini de chemins entre eux. Chaque bassin est d'une nuance de rose, de violet, de bleu ou de vert plus ou moins chatoyant. Les bassins s'empilent les uns sur les autres. Des plateaux rocheux maintiennent les bassins à différents niveaux, l'eau se déverse de l'un à l'autre en créant des mosaïques de couleurs tourbillonnantes.

Les Oosas eux-mêmes remplissent de nombreux bassins en éclaboussant, en riant et en s'accouplant dans l'eau. On m'a dit que chaque couleur avait un effet différent sur le baigneur. Je n'ai jamais été dans les bassins moi-même – j'ai toujours pensé que le muuir ferait mauvais ménage avec n'importe quelle autre toxine naturelle, mais maintenant...

Maintenant, je n'en suis plus aussi sûre.

Eck. Je devrais peut-être me mettre en couple avec un Oosa dans l'un des bassins.

On m'appelle à droite et je me retourne. Une petite Oosa roule vers moi. Elle est entourée de deux fois plus de gardes que Reoran et est aussi excitée que moi par nos retrouvailles. Je cours vers elle. Elle roule vers moi. Nous nous heurtons dans un amas de membres liquides et de bras humains tremblants.

Je ne me sens pas très bien. Je crois que la putain de soupe que j'ai mangée il y a un petit moment déjà ne me réussit pas. Mais je m'en fiche. Je pourrais la serrer dans mes bras comme ça pendant encore une éternité.

– Tu m'as manqué, heelee.

Elle me répond à peu près la même chose, en m'appelant *brachard*, un mot Oosa qui signifie à peu près "être aimé". C'est ainsi que les Oosas nomment les membres de leur famille. Je suis touchée, comme toujours.

Je lui donne une petite tape et elle enveloppe ma main dans sa chair d'Oosa. Elle me demande comment je vais et je lui dis que j'ai trouvé celui que je cherchais et qu'il m'a aidée à me libérer du muuir. Son excitation agite les gardes dans son dos. Ils sont entraînés à réprimer leurs pulsions primaires pour ne pas être distraits, mais au son de son excitation, deux d'entre eux commencent à s'accoupler au vu et au su de tout le monde.

Reoran revient alors vers nous et percute la petite Oosa devant moi : Dloroora. Dloroora est la fille de Reoran et elle est considérée par la plupart comme la meilleure candidate pour remplacer Reoran lorsque les Oosas organiseront leur prochaine élection dans sept rotations. Les Oosas vivent si longtemps que sept rotations pourraient correspondre au mandat de trois Rakus de Voraxia.

Dloroora parle à sa mère de ce qu'elle appelle mes *accomplissements*. Le mot me fait rire. Si elles connaissaient le reste de l'histoire, elles chanteraient moins mes louanges.

Reoran répond avec autant d'excitation que de joie. Les Oosas sont toujours joyeux, excités ou agressifs. Ils sont vraiment sympas. Elle annonce à sa fille qu'elle a eu la chance de rencontrer le mâle en question et elle l'emmène voir de ses propres yeux le mystérieux assassin. Jerrock essaie de m'atteindre à travers une foule d'Oosas désireux de le toucher et de s'accoupler avec lui. Je ris. J'ai beau être en colère contre lui, je ne peux m'empêcher de rire. Je crois que je savais depuis le début qu'il avait prévu d'aller sur Sky seul, mais l'entendre dire qu'il avait l'intention de partir sans moi – à voix haute – m'a fait plus de mal que je ne l'aurais pensé.

Jerrock répond par des trilles et des grognements qui me surprennent, tout en écartant doucement ses membres des parties tendues des Oosas. Il est clair qu'il a appris *quelques* mots de la langue oosa, même s'il ne peut pas communiquer dans cette langue aussi bien que moi, puisque ses crêtes ont été enlevées et qu'il ne peut pas faire briller ses couleurs. *C'est de ma faute.*

Il vient vers moi, mais je ne veux pas le voir, alors quand Reoran et Dloroora nous invitent à nous joindre à elles pour un repas et nous offrent un endroit pour nous reposer ou nous détendre en attendant qu'il soit servi, j'accepte.

Jerrock me regarde par-dessus les corps des Oosas – certains sont presque aussi hauts que lui, mais la plupart atteignent la hauteur de ma poitrine. Son visage est impassible. Il ne me dit pas si ça lui plaît ou non. Je me fiche de savoir s'il reste ou s'il compte quand même partir. Qu'il ne s'attende pas à des adieux de ma part. S'il veut m'abandonner, il devrait partir maintenant.

Alors qu'on nous éloigne du vaisseau, les gardes qui nous encadrent me rapprochent de lui.

– Tu devrais partir maintenant, lui dis-je. Prends le vaisseau et pars. Ils ne t'arrêteront pas.

– Quel vaisseau ? me demande Reoran en menant le groupe sur le sentier qui mène à un énorme château à étages situé à flanc de colline.

Le château est bleu, de la même couleur que les Oosas, et il a la forme d'énormes parapets ronds. Il est orné de balustrades et de structures ovoïdes qui s'élancent dans le ciel. De loin, il ressemble à un château de poupée, mais au fur et à mesure que nous nous approchons, il devient gigantesque et nous engloutit.

L'intérieur est opulent, à l'image des Oosas. Contrairement à ce à quoi je m'attendais, nous ne dînons pas dans une grande salle bleue; nous nous retrouvons assis à une table basse orange. On nous sert tous les mets de la gastronomie Oosa, et même plus. À la fin du repas, je suis complètement rassasiée. Les serviteurs de Reoran doivent me porter pour me faire sortir de la salle de réception lorsque le solaire est terminé.

On me dépose dans une chambre bleue, seule, et on me promet que je pourrai rejoindre Reoran et Dloroora dans la piscine d'Heefeegee au prochain solaire. J'accepte, même si je n'ai aucune idée de ce que c'est, et je dors. Je dors d'un sommeil lourd, je dors du sommeil du juste. Je ne rêve pas ou si je rêve, je ne rêve que de belles choses, comme des piscines roses se détachant sur un horizon jaune et bleu.

Je ne rêve pas de Jerrock.

18

Jerrock

Je la regarde converser sans le moindre problème avec les Oosas tout au long du dîner. Le soleil ne se couche que quelques instants dans des tons de lavande sur cette planète; alors ce n'est pas vraiment un dîner, ce n'est qu'un repas. Elle se comporte comme si elle était l'une d'entre eux. Elle s'adapte sans problème. Elle parle l'oosa mieux que moi, et elle utilise les couleurs de ses yeux pour reproduire leurs trilles colorées. Je n'ai jamais vu un Voraxian ou un Drakesh faire ça.

Je n'ai pas le droit de m'asseoir à côté d'elle à table, je suis placé aussi loin d'elle que la longueur de la table le permet. Cela m'ennuie. Ce sont principalement des gardes de Reoran qui sont assis près de moi. Reoran et sa progéniture, Dloroora, s'occupent de ma femelle à l'autre bout de la table. Elles lui content des histoires à dormir debout sur les plaisirs qu'offre le cosmos. Reoran affirme même qu'elle est déçue que ses représentants aient perdu l'appel d'offres pour l'hybride humaine qui est devenue l'actuelle miriga du clan Raingar de Lemora.

Ashmara répond par des gestes tout aussi expressifs, en racontant ses propres histoires. À la fin du dîner, Ashmara a perd sa capacité à converser avec autant d'éloquence que précédemment. Je suppose que l'épuisement et le vin ayant fait leur œuvre, ses émotions sont plus brutes et ses couleurs sont moins stables. Les convives s'en vont ou s'installent en couple dans des alcôves contre les murs. Je suis le dernier à quitter la table. Je sors alors entouré de la garde privée de Reoran, qui me conduit à une chambre de repos. J'attends un moment qu'ils quittent les couloirs extérieurs et je me rends sans perdre de temps dans la chambre d'Ashmara, bien décidé à conclure notre précédente conversation.

Ma colère envers Reoran était déplacée et je veux aborder à nouveau ce sujet avec Ashmara. Je veux savoir pourquoi elle a menti sur ses relations avec la famille royale Oosa. Je veux savoir pourquoi elle a bu du vin Oosa ce soir et pourquoi elle les a laissés la porter hors de la pièce, heureuse et si bien rassasiée qu'elle ne semblait pas se soucier de sa propre sécurité. Certes, elle devait savoir que j'étais là et qu'il ne lui arriverait rien, mais elle ne semblait pas s'en soucier non plus.

Je n'ai pas aimé cela.

Elle ne m'a pas cherché du regard alors qu'on la sortait de la pièce dans un bassin flottant d'Oosa. Reoran semblait savoir qu'il y avait un froid entre nous. Elle ne m'a pas demandé ce qui *s'était passé*, elle m'a simplement dit de régler le problème et que, tant que je ne l'aurais pas fait, je serais dans une aile éloignée du château, loin d'Ashmara.

C'est astucieux, et je sais qu'elle a une idée derrière la tête car lorsque j'ai parcouru le château, je me suis rendu compte qu'elle m'avait mis dans la chambre voisine de celle de ma femelle.

Les portes de cette aile du château sont toutes verrouillées, mais je n'ai aucun mal à m'introduire dans sa chambre. Elle n'a pris aucune précaution. Pas même un simple cale-porte. Elle est simplement allongée dans son lit, lovée dans de somptueuses couvertures remplies d'une substance gélatineuse que les Oosas semblent apprécier. Elles l'enveloppent et la couvrent. Elle a l'air extrêmement contente, elle arbore un petit sourire qui s'étire sur ses joues.

Je connais ses sourires. Je connais *tous* ses sourires.

Je connais le sourire qu'elle me réserve.

Je connais le sourire qu'elle offre aux autres.

Je connais son sourire fatigué, son sourire courageux, son sourire dissimulateur, son sourire nerveux, son sourire arrogant, son sourire dur, son sourire amer aussi.

Ce sourire-là me rend voracement vengeur et glorieusement satisfait. Elle a l'air tellement en paix que je suis presque heureux de la laisser allongée ainsi. Je ne veux pas l'interrompre.

Ce sourire lui appartient. Je ne peux pas le lui enlever. Alors, même si je ne suis *pas aussi* heureux, je la laisse dormir.

Je m'assois à côté d'elle sur le lit, en faisant attention de ne pas la réveiller. Je m'aperçois bien vite que je n'aurais *pas pu* la réveiller même si je le voulais : la texture étrange, épaisse et charnue du lit la protège de mes mouvements. Je l'observe. Et pendant que je l'observe, j'élabore une stratégie, je prépare ce que je lui dirai quand elle se réveillera. Puis, quand cela devient ennuyeux, j'essaie d'imaginer ce dont elle rêve, ce qui lui donne une telle expression.

Je décide qu'elle rêve de moi. Elle rêve de Jerrock.

19

Ashmara

Je ne sais pas ce que les Oosas ont mis dans leur eau mais... Eck ! En fait, je sais ce que c'est, et en ce moment, je trouve ça merveilleux.

Je pousse un énorme soupir, la bouche ouverte. Je respire à pleins poumons. J'expire, je continue à expirer, puis j'inspire. J'étire mes bras, j'expire à nouveau et je laisse les picotements me parcourir. À l'inspiration suivante, je n'ai pas d'autre choix que de m'installer sur le dos et d'étendre ma main le long de mon corps. Entre mes cuisses, il y a une chaleur que j'ai déjà ressentie de nombreuses fois, mais que je n'ai pu contenter que quelques fois.

Je ne suis jamais seule en général. Il y a toujours des Eshmiris dans les chambres, les cabines et les modules qui m'environnent. Je ne suis seule que lorsque je me retrouve dans une cellule de détention quelque part. La dernière fois, c'était sur Sky et ce n'était pas vraiment agréable. C'est Jerrock qui m'avait emprisonnée. Mon corps souffre encore du souvenir d'avoir été plaquée au mur contre lequel il m'avait enchaînée. Ce n'est plus qu'un souvenir maintenant. Je ne pense plus au regard de Jerrock l'assassin, celui qui me *haïssait* mais était incapable de me donner le coup de grâce.

Je pense au regard du mâle, Jerrock, que j'ai libéré, et je déglutis difficilement. Je pense à son regard quand il m'a offert ce que j'ai reçu avec le plus grand plaisir. Il l'a fait pour me soulager, et avec tant de générosité, que j'en ai été gênée. Il n'était pas obligé de le faire, il n'était pas obligé de s'adonner à un acte aussi obscène. Je ne pourrai jamais oublier l'effet que m'a fait sa langue…

Je glisse ma main sous le tissu fin des vêtements Walreys que je porte encore et je touche mon bas-ventre. Il est chaud sous mes doigts. Cette sensation n'a rien à voir avec le plaisir que me procure le muuir. Je me sens maître de moi-même. J'ai encore les idées claires. Je me souviens de ses mots, de chacun d'entre eux.

Détends-toi. Je vais te faire crier, je vais te soumettre à la plus douce des tortures mais rassure-toi. Cette fois-ci, mon objectif n'est pas de t'éliminer, alors tu survivras.

C'est ce qu'il m'a promis, mais je ne suis pas sûre d'avoir vraiment survécu.

Enivrée par ce souvenir, je l'imagine au-dessus de moi, dans ce lit fait pour des Oosas, souriant et doux. S'il était là, il me demanderait si je veux plus de plaisir... « *Yeeshee* », je soupire.

J'agite mes doigts sous les boucles qui couvrent mon sexe, je touche ma peau douce et je ris un peu. Krakaw. Jerrock ne me le demanderait jamais aussi gentiment. Il est toujours brutal avec moi. Cela m'effraie et cela m'excite à la fois. Je suis surtout absolument terrifiée à l'idée de savoir comment il serait si nous étions réellement *ensemble*. Ma mémoire revient involontairement à cet *autre* solaire, mais je repousse ce souvenir. Je ne veux pas y penser alors que la sueur perle sur mon front. Je ne veux pas y penser mais mon esprit revient sans cesse au jour où j'ai perdu ma virginité avec un mâle dans une maison de plaisir.

Je pensais que le mâle que j'avais choisi serait gentil et doux. Je croyais qu'il me ménagerait, mais il a été brutal, à la limite de la cruauté… comme Jerrock. Ce souvenir me donne la nausée. Il agissait comme Jerrock mais ce n'était pas lui. J'ai l'impression qu'en me donnant à cet autre homme, j'avais renoncé à Jerrock. À ce moment-là, c'est un peu ce qui s'est passé. J'avais perdu tout espoir de le retrouver et de le sauver.

Maintenant que j'ai retrouvé Jerrock, ma plus grande crainte est qu'il découvre que j'ai couché avec un autre mâle. Ce nouveau Jerrock, le mâle que j'ai libéré, semble possessif et très jaloux. Je ne pense pas qu'il apprécierait de savoir qu'un autre mâle m'a donné du plaisir. Il pourrait ne pas me le pardonner.

Je beau être en colère contre lui, je ne veux pas qu'il soit en colère contre moi. Je ne veux pas qu'il apprenne ce qui s'est passé. J'aimerais pouvoir effacer ce souvenir de mon esprit, mais pour l'instant, je n'arrive pas à l'oublier. Il brûle, il veut exister, il veut être reconnu pour ce qu'il a été : une lune qui m'a marquée. Je me laisse enflammer par ce souvenir pour faire disparaître la frustration qui m'empêche d'atteindre l'orgasme, et je cède. Je revisite la maison des plaisirs et le mâle qui m'a prise dans ce nid, mais cette fois, je remplace son visage rouge de Drakesh par un autre à moitié recouvert de stalyx.

– Yeeshee, Jerrock…

Mes doigts frottent plus durement, mais je continue à

trébucher sur les souvenirs, incapable de maintenir l'illusion que c'est Jerrock qui se trouve dans cette salle de plaisir avec moi, horrifiée à l'idée qu'il puisse découvrir ce à quoi je suis en train de penser.

Je ne suis pas non plus très *douée* pour tout ce qui touche au sexe, même lorsqu'il s'agit de me faire plaisir. Je peux compter sur les doigts d'une main le nombre de fois où j'ai eu l'occasion de me masturber, et le nombre de fois où j'ai réussi à jouir est encore plus limité. La frustration bouillonne et je grimace. Les bonnes vibrations qui me traversent s'élèvent et filent vers l'inconnu et c'est là, dans cette zone inconnue, qu'elles plafonnent et dérivent.

– Argh.

La tension quitte mon corps. Je suis envahie par la frustration.

Je soupire vers le plafond, il brille d'un éclat bleu. Il n'y a pas de fenêtres, mais comme les murs eux-mêmes sont translucides, je peux voir que la lumière solaire est brillante, quelle que soit l'heure. Il est probablement temps pour moi de me lever. Plus je reste ici, plus il y a de chances qu'il attaque Reoran. Je ne veux pas la mettre en danger, ni elle, ni sa famille, ni les autres Oosas ici présents.

Rhorkanterannu n'est rien à côté de la menace que représente Jerrock.

J'ôte ma main de mon pantalon de soie au moment où des mots durs traversent l'air comme un fouet.

– Continue.

Je me fige. Mon esprit se heurte aux murs caoutchouteux des Oosas et rebondit.

– Krakaw, je halète en clignant des yeux vers le plafond, terrifiée à l'idée de regarder autour de moi et de faire face à l'horreur de ma nouvelle réalité.

La gêne s'est emparée de tous les pores de la femelle que je suis devenue. Eck ! C'est vraiment humiliant.

– Déshabille-toi !

Ma tête se vide tout d'un coup. *C'est exactement ce que m'a dit le mâle de la maison des plaisirs.* Je secoue la tête.

– Qu'est-ce que tu fais ici, Jerrock ?

Je suis fière de moi, j'ai momentanément réussi à parler avec fermeté. Je me redresse sur mes coudes, puis je sursaute en l'apercevant. Eck ! Il est tout près ! S'il tendait la main vers moi et si je faisais de même, nos doigts se toucheraient. Deux longueurs de bras nous séparent sur ce grand lit bizarre d'Oosa. Et il me regarde. Ses jambes sont tendues, son pantalon vert paraît terne dans cette étrange lumière bleue.

Mais pas ses yeux.

Son œil biologique brun est plein de feu. Sa mâchoire est dure et contractée. Ses cheveux blancs s'emmêlent sur son épaule et descendent sur le côté roux de sa poitrine. Ses muscles ondulent tandis que mon regard descend et arpente son corps avant de tomber sur l'énorme bosse sur le devant de son pantalon. Ma bouche salive. Je pense au mâle avec qui j'ai baisé dans la maison des plaisirs, c'est la bite de Jerrock que j'aurais aimé sucer.

– Déshabille-toi.

– Jerrock ! Arrête !

Je crie encore plus fort cette fois-ci, toute émue par l'intensité de ce souvenir.

Il penche légèrement la tête. Il a l'air sacrément énervé.

– À genoux.

Je cligne des yeux plusieurs fois, ébahie. Cette coïncidence est plus que troublante. Elle ne me dit rien qui vaille.

— Je ne plaisante pas, Jer. Sors de ma chambre. Je ne veux pas te voir maintenant.

— À genoux.

J'ai peur maintenant. J'ai vraiment peur. Je recule d'un coup, et j'évite de justesse son bras qui cherche à m'agripper. Comme je recule juste à temps, Jerrock n'attrape que la couverture du bout de ses doigts en stalyx.

— Tu es venue sur cette planète pour le plaisir, n'est-ce pas ? Tu veux donc passer un bon moment…

Il se lèche les lèvres. Les muscles de son cou s'épaississent par pulsations. Je commence à m'éloigner du lit alors qu'il se met à genoux et commence à se déplacer vers moi, avec l'air d'un prédateur. Pour la première fois depuis qu'il me poursuit, je me sens vraiment comme une proie.

— Tu vas passer un bon moment, murmure-t-il en rampant vers moi, et moi aussi, je vais passer un bon moment.

— Krakaw.

Mon visage s'enflamme. La gêne, la honte et la rage me frappent brièvement avant qu'une envie encore plus forte ne m'envahisse. Je dois m'en aller. La coïncidence est… Non, ce n'est pas possible…

— Yeeshee, me dit-il.

Je tombe du lit bas sur le sol et j'atterris durement sur mes poignets. Jerrock n'a aucune compassion. Il continue de marcher vers moi, comme un homme possédé.

J'arpente la pièce en essayant de trouver une arme pour me défendre. Mon sac se trouve à proximité. Il est toujours à proximité. Je m'élance vers lui, mais Jerrock me devance et s'en empare. Il le jette sur le matelas derrière lui, de sorte qu'il se trouve entre le sac et moi, aussi inébranlable qu'un mur.

– Regarde-moi, dit-il tandis que des larmes de colère coulent sur mes joues.

– Espèce de sale menteur.

J'étouffe de rage. Je ne me suis jamais sentie aussi humiliée. Ce n'est pas possible. Ce n'est tout simplement *pas possible.*

Jerrock marque une pause.

– Je suis beaucoup de choses; je suis un bâtard par exemple, mais je ne suis pas un menteur. De nous deux, tu es la seule à avoir menti. C'est toi qui as dit que tu n'avais jamais eu de relation sexuelle quand nous nous trouvions avec les Walreys. Pourquoi m'as-tu menti, Ashmara ?

Il faut que je sorte d'ici. J'ai besoin d'air. J'ai besoin d'une arme. Je dois le poignarder. Yeeshee. Si je le poignarde, je me sentirai mieux. Mais d'abord, j'ai besoin de m'assurer que...

– C'était bien toi dans la maison des plaisirs ou c'était un autre assassin de Sky ?

La fureur brûle dans son œil biologique. Sa mâchoire inférieure fléchit, tout comme son poing.

– Tu crois vraiment que j'aurais laissé un autre assassin te toucher comme ça ?

Eck. C'était vraiment lui. Le mâle qui hantait mes souvenirs, celui que je voulais remplacer par Jerrock, était en fait... Jerrock. Ma poitrine brûle au fur et à mesure que cette vérité se fait jour en moi. Je suis en colère, amère, ravie et effrayée, mais je suis surtout bouleversée.

Dans un tourbillon de mouvements impliquant mes bras et mes jambes, je glisse sur le sol avant de m'élancer vers la porte. Je referme la porte derrière moi juste au moment où j'entends Jerrock se cogner contre le mur. Eck !

– Qu'est-ce que tu fous, Jerrock ? je crie par-dessus mon épaule. Je ne suis pas un animal ! Arrête de me suivre à la trace !

Je fonce dans les couloirs décorés de divans Oosas et de sièges en peluche. Il n'y a absolument rien que je puisse utiliser pour mutiler ou ralentir cette brute.

J'arrive au bout du couloir quand Jerrock me frappe dans le dos. Je hurle alors que mes pieds quittent le sol et que l'avant de mon corps se heurte à un mur bleu caoutchouteux. Il m'emprisonne là, dans cet espace confiné, avec son dos aussi dur que de la pierre. Je suis piégée ! Je respire difficilement et mon adrénaline est élevée, mais mes membres fatigués et fragiles se contractent dans un ultime effort pour me sauver. J'utilise toute ma force pour pousser contre le mur, et gagner juste un peu plus d'espace, avant de relâcher la tension dans mon corps.

La poussée et le relâchement poussent Jerrock à s'arrêter un moment. Il ne me fera pas de mal, ça, je le sais. Ses bras se tendent pour m'empêcher de me blesser contre le mur. La cage dans laquelle je me trouve s'ouvre juste un peu. Je me laisse tomber au sol, hors de son emprise, et je me jette loin de lui avant de m'élancer vers les escaliers. Emportée par mon élan, je dégringole et tombe de marche en marche. Il y a beaucoup d'Oosas dans la grande entrée mais ils ne se soucient de moi que lorsque je les percute en rebondissant entre leurs corps.

– Jerrock a perdu la tête ! je crie lorsque j'aperçois Dloroora dans l'embrasure de la porte.

La lumière provenant de l'extérieur cascade à travers

sa chair translucide. Elle est d'un bleu plus foncé que les autres Oosas, à la limite du charbon. Les assassins qui la détenaient ont réussi à injecter un peu de yeeyar dans sa chair, mais ils n'ont pas eu le temps d'en mettre assez pour prendre le contrôle de son corps car les pilleurs et moi l'avons sortie du vaisseau. Elle n'est pas aussi lumineuse que les autres Oosas, mais ce n'est pas grave. Ce n'est vraiment pas grave. Ça ne l'empêche pas d'être spectaculaire, surtout quand elle répond :

– Faut-il le tuer ?

J'entends le bruit de ses bottes dans les escaliers. Il dévale jusqu'en bas et je pousse ce qui ne peut être décrit que comme un amalgame de cri, de rire et de pleurs avant de débiter sans prendre le temps de respirer :

– Krakawnonarrête !

Je ne veux pas qu'on lui fasse du mal. Quoi qu'il arrive, je ne veux pas le mettre en danger. Même s'il me blesse et arrache l'âme de mes os.

Je m'élance dans la lumière et m'arrête en glissant sur mon pied gauche. Je sens le feu embraser l'un de mes flancs : je me rappelle avoir reçu une balle à cet endroit lors de notre dernière altercation. Ce n'est pas lui qui m'a tiré dessus, c'est un autre assassin qui l'a fait et Jerrock m'a vengée. *Il ne me connaissait même pas à l'époque, mais il m'a quand même défendue.* Je ferme les yeux. Je sens la pression derrière mon sternum monter de plus en plus. Je dois trouver un endroit sûr où fuir avant d'exploser, mais il n'y a aucun endroit sûr ici. Il n'y a que des champs ouverts et des bassins roses et violets où les Oosas se baignent et se déplacent librement.

Je n'ai pas le temps de décider quoi faire ni où aller. Je me dirige vers la droite en m'engouffrant dans un sentier bien tracé. Je prends la première ramification, puis la suivante et encore la suivante et je me perds dans un labyrinthe de mares Oosas. Au bas d'une colline, les baigneurs Oosas se font plus rares. Les piscines situées au sommet des plateaux sont bien occupées, mais ici, l'eau ondule et tombe en cascades scintillantes ornées d'arcs-en-ciel. Je suis presque seule. Presque. Le mâle qui me poursuit est ici aussi.

Je me dirige vers la première des chutes colorées, avec l'intention de me cacher derrière. Je sais que ça ne marchera pas longtemps alors je scrute l'horizon. J'aperçois une pierre près du bord de la piscine. Je l'attrape en trébuchant car un vertige soudain me fait vaciller, mais j'ai de la chance et mes doigts se referment sur elle malgré tout.

Au moment où je l'attrape, je sens une présence s'approcher. Il est sorti de nulle part et maintenant il est si proche que je peux le sentir. Sa présence est plus forte encore que les minéraux qui irradient des chutes, des bassins ou des rochers qui les entourent. Sa présence est plus forte que l'odeur et l'attraction du soleil. Une fois debout, je m'apprête à me retourner et à fracasser sa stupide tête argentée avec ma pierre scintillante violette et verte, mais avant d'avoir pu prendre ne serait-ce qu'une inspiration, je suis saisie par derrière par des bras incroyablement forts.

Le rouge et le stalyx se superposent autour de ma taille tandis qu'il me hisse contre sa poitrine.

– Vas-y, fais ce que tu peux maintenant, donne tout, ma petite combattante, murmure-t-il à mon oreille, parce que quand tu auras fini, ce sera mon tour.

Je grogne en me jetant de tout mon poids en avant pour éloigner mes membres des siens. J'essaie aussi d'éloigner mon âme de la sienne. Cela ne sert à rien. Il est cent fois plus lourd et plus habile que moi; et en ce moment même, il est pressé contre moi à tous les bons endroits. Son autre main saisit mon poignet, le tord en arrière jusqu'à ce que je crie de douleur et lâche mon rocher.

Ses lèvres s'attardent sur le côté de mon visage.

– Tu croyais que tu avais le droit de t'offrir à un autre mâle ?

Il plaque mon bras plus haut dans mon dos, me tord l'épaule et me serre encore plus fort contre lui. Mon bras est coincé. Sa main désormais libre glisse de ma clavicule jusqu'à mon cou. Il me serre fort, très fort, et je me souviens de tout ce que j'ai essayé de refouler concernant ce solaire avec une clarté aiguë. Cependant, tout semble différent maintenant.

– Je n'arrive pas à croire que tu aies fait ça... Tu *t'es arrangé* pour que je me donne à toi et ensuite... tu as été brutal.

– *Tu* étais à moi. Tu as toujours été à moi. Tu l'as été dès ton premier souffle.

Sa voix dure et violente transperce mes mots.

– Tu méritais une punition pour avoir essayé de donner à un autre être ne serait-ce qu'une petite partie de toi. Je t'ai simplement punie, reprend-il.

Je secoue la tête en tordant mon cou autant qu'il me le permet, c'est-à-dire pas beaucoup, afin de pouvoir parler contre le côté argenté de son visage.

– Quoi ? Eck ! Va te faire enculer !

– Je me souviens bien de ce que j'ai ressenti en t'enculant, je me souviens de ton trou serré…

Sa queue s'enroule autour de ma cheville gauche, alors je lève le pied opposé et l'abaisse entre ses jambes. En même temps, j'utilise mon bras coincé entre nous pour toucher la peau de son bas-ventre, à la recherche de sa bite. Mais ça ne l'émeut pas, ce n'est que quand j'essaie de lui donner un coup de tête que j'obtiens une réaction de sa part. Je frappe ma tempe contre sa joue de stalyx, mais il s'écarte de moi avant que je ne puisse le toucher. Il me libère. J'aurais pu croire qu'il cherchait à se défendre mais force est de constater que mon coup aurait été plus douloureux pour moi que pour lui. Il cherche à me protéger. Comme toujours…

Je m'élance vers la piscine sans savoir pourquoi. Ce n'est pas un peu d'eau qui va l'arrêter. Toutefois, je plonge tout de même sous le rideau de la cascade. L'eau. Cette foutue eau Oosa me picote lorsqu'elle m'éclabousse. Elle est aussi fraîche, ce qui contraste avec la chaleur qui règne à l'intérieur de la petite grotte rose et jaune éblouissante. Je me tourne pour lui faire face et je regarde l'eau tomber en cascade sur ses cheveux. Ils sont tout mouillés. Les chutes s'écartent autour de lui comme un rideau.

Il s'avance vers moi et... je ne recule pas. Je ne veux pas reculer. Je veux courir vers lui, mais seulement s'il reste avec moi pour toujours. Son regard descend le long de mon corps, scrute ma peau jusqu'à ce qu'elle soit à vif et exposée, et quelque chose s'éclaire dans son expression. Ses lèvres s'écartent. Il s'approche de moi et lève les doigts vers mon menton, mais ne le touche pas.

– Je suis désolé, dit-il d'une voix grave.

Les mots semblent presque étranges, décalés, erronés. Ils sonnent faux. *Il* se trompe. Il fait erreur sur tant de choses.

Je n'en peux plus. Je ne sais pas quelles émotions j'éprouve en ce moment. Peut-être que *je les éprouve toutes*. Parce qu'il ne reste plus rien de moi. Ma poitrine se soulève et je me jette dans ses bras pour saisir son cou épais. Mes deux mains ne tremblent plus à cause du muuir, mais à cause de la façon dont il m'a submergée.

— Je devrais te tuer ! je hurle, les dents serrées.

Son expression se fige lorsqu'il dit :

— Yeeshee, c'est ton droit.

— Tu m'as violée… tu m'as violée ! Je pensais que tu étais quelqu'un d'autre.

Je serre plus fort. Ça ne m'apaise pas, ça ne fait que m'épuiser.

Il ne dit rien.

— Et tu as été tellement brutal que ça m'a terrifié. J'ai cru que tu allais me tuer.

— *C'est* ce que je comptais faire au départ. J'étais venu pour te tuer…

Je secoue la tête.

— Je n'aurais pas eu peur si j'avais su que c'était toi.

Je me lèche les lèvres et je finis par avouer :

— Je *voulais* que ce soit toi.

J'utilise mes deux mains sur sa gorge pour l'attirer vers moi. Je l'embrasse fort, je le mords encore plus fort, je le mords jusqu'à ce que je sente le sang sur sa langue. Il me laisse faire.

J'enfonce mes ongles de part et d'autre de son torse. Je les entends crisser contre le stalyx, mais je sens aussi sa peau biologique brûler sous les ongles de mon autre main. Ils ne sont pas pointus et ils ne le blessent pas vraiment, mais j'aimerais que ce soit le cas. Il mérite lui aussi d'être puni.

— Et dire que pendant tout ce temps…

Il répond à mon baiser féroce par un autre encore plus violent. J'ai à peine le temps de reprendre mon souffle, mais je parle en gémissant entre ses lèvres.

– Dire que tu m'as laissé penser...

Il se jette sur moi et me plaque contre la paroi chaude de la caverne. Ses bras m'emprisonnent. Il m'enserre le visage de ses avant-bras et enfonce son genou entre mes jambes pour les maintenir écartées. Un membre tendu qui m'effraie d'abord s'enroule autour de mon autre cheville. À l'aide de son genou et de sa queue, il écarte mes jambes.

– Et dire que... quoi ? Qu'est-ce que je t'ai laissé croire ?

J'ai le souffle court, je bégaie. Envahie par la peur, l'inquiétude, la terreur, l'amour et le désir; je lutte pour parler.

– Tu m'as laissé penser que j'avais fait une erreur.

– Une erreur ?

Ses lèvres s'arrêtent sur le côté de mon cou, là où elles ont mordu et sucé la peau sensible derrière mon oreille.

– Quelle erreur ?

Je lâche ses épaules et je fais glisser mes mains sur son torse avant de les poser sur son dos. Je veux le toucher partout, je veux redessiner chacune de ses cicatrices, je veux sentir l'endroit où le stalyx et sa peau biologique se rejoignent. Je veux explorer chacune de ses coutures.

– J'ai cru que j'avais offert à un autre mâle ce que je voulais te donner.

Il se crispe mais je ne me laisse pas distraire. Je veux aussi partager avec lui cette singulière vérité.

– J'ai eu beaucoup d'occasions de coucher avec d'autres mâles, mais je voulais le faire pour la première fois avec toi. Je suis allée à la maison des plaisirs quand j'ai perdu l'espoir de...

Tout se met en mouvement à une vitesse effarante. J'avais cru que j'avais une chance de me battre contre

Jerrock et de remporter la victoire pendant toutes ces rotations où nous étions enfermés dans notre combat mortel. Maintenant, je connais la vérité. Comme lorsque nous étions enfants : il m'a laissée gagner tout ce temps.

Il n'a jamais bougé aussi vite et aussi brutalement que maintenant. Un instant, mon dos est contre la roche chaude, mes vêtements humides collés à ma peau, l'instant d'après, je suis allongée sur le sol de la grotte et mes vêtements ont disparu quelque part dans le vent. Oh krakaw, ils sont là...

Il les place sous ma tête. Son pantalon aussi me servir d'oreiller car il ne le porte plus et je ne le vois nulle part. Tout ce que je vois, c'est son érection, longue et rouge, encerclée de peau brune. Elle est striée, épaisse et agrémentée d'une tête gonflée autour d'une petite fente luisante. Des perles de sperme blanc laiteux coulent le long de sa tige. Ma bouche se plisse brusquement sous l'effet de la prise de conscience qui m'envahit.

– J'aurais dû m'en douter.

– Te douter de quoi ?

– J'aurais dû savoir que le mâle de cette maison de plaisir n'était pas celui qu'il prétendait être. Sa semence était blanche, comme la tienne. Les Voraxians ont une semence bleue, n'est-ce pas ?

Il se fige et me fixe en s'agenouillant entre mes cuisses écartées. Il se redresse sur ses fesses et laisse son regard parcourir mon corps en absorbant chaque détail avec gourmandise. Je me fiche de ce qu'il pense, ou plutôt, je n'ai pas peur de ce qu'il pense de moi. Quand il s'agit de mon apparence, je n'ai jamais vraiment été confiante, mais ici, en cet instant, en observant le regard qu'il porte sur moi, je me sens belle, je me sens puissante.

Il me dévore du regard.

– J'aurais donc fait une erreur ?

Je tends la main vers lui, mais il la repousse, alors je touche le centre de ma poitrine. Il observe les mouvements du bout de mes doigts avec une telle avidité que je le mets à l'épreuve en caressant doucement l'espace entre mes seins. Sa tête pivote d'un côté à l'autre pour suivre le mouvement. Je frotte mon auréole gauche et je crie silencieusement victoire lorsque sa queue se focalise et s'enroule autour de sa bite. Alors qu'il commence à se branler avec sa queue, je ne me sens plus aussi confiante. Ma gorge est complètement sèche et je recommence à transpirer. Je n'ai jamais rien vu d'aussi érotique. Heureusement que le jet d'eau frais de la cascade voisine me rafraîchit la peau car je suis en feu.

– Krakaw, je murmure.

Son regard et ses caresses n'acceptent pas d'autre réponse.

– C'est bien ce que je pensais. Je ne fais pas d'erreurs.

– J'en fais assez pour nous deux.

– Fais-en autant que tu veux. Je trouverai toujours une solution.

Son dos s'incline, son menton se relève. Ses narines s'évasent et ses mains s'emparent de mes genoux avec adresse, même les yeux fermés. Il soulève mes jambes et les écarte. Mon coccyx ne touche plus le sol. Sa queue se resserre autour de sa bite, ce qui semble douloureux, et je me lèche les lèvres par inadvertance lorsqu'une plus grande quantité de sa semence jaillit.

Eck ! Par les étoiles et toutes les comètes…

Yeeshee.

Krakaw.

Une soudaine crise de terreur m'assaille et me heurte, comme la pierre que j'avais dirigée vers le crâne de

Jerrock, mais cette fois-ci, je ne peux pas l'éviter. Il utilise sa queue pour guider sa bite vers ma chatte. J'ai chaud. J'ai chaud et j'ai peur. Le bout de son érection est moitié rouge, moitié marron, les couleurs s'entrechoquent et forment un contraste surprenant. Tout va changer. Peut-être pas pour lui, mais pour moi, oui. Il bouleversera mon univers sans m'accorder un regard.

– Attends, dis-je à bout de souffle.

Sa queue se déploie. Il enfonce juste le bout de sa bite en moi.

– Attends ! je crie.

Le mot se répercute bruyamment sur les parois de la grotte. J'ai du mal à respirer. J'ai l'impression que je vais éclater en sanglots, mais je ne sais pas trop pourquoi et je ne sais pas trop pourquoi j'attends. Qu'est-ce que j'attends ? *J'attends que la peur me quitte. J'attends que l'impression d'être la seule à tomber m'abandonne.*

– Jerrock, attends ! Attends, Jerrock, s'il te plaît, attends…

Il n'a pas attendu la dernière fois. Dans la maison de plaisirs, je l'ai supplié d'attendre, car au dernier moment, j'ai voulu faire machine arrière. Après coup, je suis contente qu'il ne m'ait pas écoutée, mais cette fois-ci, je veux que les choses soient différentes.

– Jerrock.

Ses yeux s'ouvrent. Ses narines se dilatent à nouveau. Il a l'air un peu fou. Une incroyable tension habite chaque muscle de sa poitrine, de son cou, de ses bras, de ses cuisses, de son visage et du bout de ses doigts.

– Yeeshee ? grogne-t-il.

Sa voix est si comprimée qu'il est à peine intelligible. Ses dents se déplacent d'avant en arrière. Il les brandit vers moi comme un animal. Si j'attends trop longtemps pour le faire – pour réparer son erreur – il va me prendre comme un animal. Ce sera merveilleux, je le sais – je m'en souviens – mais ce ne sera pas nous.

Ce ne sera pas nous.

Il me faut énormément de force et d'efforts, plus que je n'en ai, pour me hisser sur un coude. La position est inconfortable, mes fesses pendent à quelques centimètres du sol de pierre dure. Il a l'air furieux et terrifiant. Il me dévisage, son sourcil unique relevé vers son front de stalyx. Il observe mon autre bras que je libère en faisant reposer tout mon poids sur un seul coude alors que je m'étire vers l'avant, vers lui.

Son regard est distrait par ma poitrine. Il jette un coup d'œil à mes seins et un grognement sourd s'échappe de lui et me fait tressaillir. Je touche son bas-ventre. Il se crispe et sa queue claque autour de mon poignet en éloignant ma main de sa peau. Il veut tout contrôler. Il veut prendre et dominer, mais je ne suis plus celle qu'il a connue. Je suis quelqu'un d'autre sans muuir comme colonne vertébrale. Je suis moi.

– Ashmara,ne bouge pas...

– Krakaw.

Je secoue la tête.

– Je suis sûre que tu as déjà fait ça avec d'autres femmes.

Il tressaille et je n'ai pas besoin d'en savoir plus. Je n'accorde pas d'importance à l'affaissement de mon estomac. Je dois aller à l'essentiel.

– Je sais que tu as été formé par Sky sur la façon de donner du plaisir aux femmes. Je le sais parce que je... j'en ai fait l'expérience. Tu m'en as fait une démonstration. Et j'ai aimé ça. J'ai beaucoup aimé, vraiment, mais je...

Je tremble. J'essaie à nouveau d'atteindre son estomac, mais sa queue pare mes tentatives pour le caresser.

– J'aimerais essayer.

– Ashmara… grogne-t-il, d'une voix basse et profonde.

Ses mains glissent de mes genoux à mes chevilles. Il les tire vers l'avant et je glisse sur la pierre lisse en retombant sur le dos. Il se penche vers l'avant pour me couvrir en s'appuyant sur un bras près de mon visage et en glissant son autre main sous mes hanches pour les soulever.

– Je ne suis pas un jouet, Jerrock.

Je saisis l'extérieur de son bras et le serre aussi fort que possible.

– Et je veux participer, être *présente*; mais je ne pourrai pas y arriver si tu es partout et si tu fais tout. Je ne peux pas me concentrer. Je suis submergée.

– Plus tard, souffle-t-il, comme s'il allait exploser.

On dirait qu'il est à la limite de la douleur.

– Cette première fois, c'est moi qui guiderai… ajoute-t-il.

– Je sais que tu pourrais nous faire jouir en un clin d'œil, mais laisse-moi essayer la première fois, *s'il te plaît*. La deuxième fois, tu pourras me faire ce que tu veux.

Son œil brille. Son cou est tendu comme une corde. Son regard se pose sur moi et il a l'air furieux.

– Pourquoi ? demande-t-il.

– Je veux y aller doucement.

– Krakaw. Je ne *peux pas*, déclare-t-il en secouant la tête brutalement. Maintenant que je suis libre de faire ce que je veux, je ne peux pas me retenir. C'est toi que je veux plus que tout au monde. Je veux te *dévorer*. Je ne pourrai pas me retenir, pendant que tu essaies…

Il pousse contre mon monticule de plaisir, qui est lisse, chaud et si gonflé qu'il me fait mal. Sa bite s'agite contre mon clitoris et nous sifflons tous les deux.

– Jerrock.

Lorsqu'il croise mon regard, je vois le feu et la fureur brouiller son expression. Il va s'enfoncer en moi – je le sens – et je vais adorer. Ce sera rapide, revendicatif, brutal; comme lui.

Mais je voudrais que ce moment soit le mien, je voudrais faire ce qui me semble naturel, ce qui me vient à l'esprit.

Ma main s'agrippe à l'extérieur de son bras comme s'il s'agissait d'une bouée de sauvetage lancée à une victime perdue en mer. Elle se déplace ensuite vers le côté en stalyx de son visage. Je frotte mon pouce sous son œil, j'observe le yeeyar qui s'y agite et je respire profondément. Je me concentre sur son visage avec toute mon âme.

– D'accord, prends-moi.

Une expression passe sur son visage alors qu'il me fixe entre les deux yeux, mais elle disparaît trop vite pour que je puisse la saisir et, dans l'instant qui suit, la bite de Jerrock s'enfonce en moi et je gémis sauvagement. Il me soulève.

Ma tête tombe en arrière momentanément avant que je ne parvienne à en reprendre le contrôle alors qu'il fait basculer nos corps en arrière. Il me place de façon à ce que je sois assise sur lui, une position dans laquelle je suis empalée sur sa longueur chaude et dure. Il me remplit avec tant d'avidité que j'ai du mal à respirer. Je cesse totalement de respirer quand il continue de nous faire pivoter en arrière jusqu'à ce qu'il soit allongé à plat sur le sol lisse de la grotte. Il me fixe.

Il pose ses mains sur mes hanches et les serre assez fort pour laisser des bleus. Je crie lorsque son érection m'empale complètement et je m'enfonce dans le plaisir de ce nouvel angle, merveilleux et magnifique. Je vois des étoiles et j'hallucine la fin de leurs vies explosives avant de revenir à moi.

– Vas-y Ashmara.

Sa voix me ramène au présent et je baisse les yeux vers lui. Son visage et son expression expriment la douleur. Il me montre les dents comme une bête enfermée dans une cage avant de dire :

– Tu ferais mieux de bouger.

Je m'assois plus haut sur sa bite avant de laisser retomber tout mon poids. Les ondes de plaisir qui irradient dans tout mon corps s'amplifient de façon exponentielle lorsque sa tête s'enfonce dans la pierre. Je répète le mouvement. Les mains de Jerrock sur mes hanches serrent mais ne guident pas les mouvements de mon corps de haut en bas et de bas en haut. Il me laisse faire ce que je veux.

Il ne me faut pas longtemps pour commencer à haleter et pour que mes genoux commencent à me faire mal, alors je glisse mes pieds sous moi et je me mets en position accroupie. Je me sens peu sexy ainsi, jusqu'à ce que l'œil de Jerrock s'ouvre et que sa main s'élance pour toucher mon clitoris. Il fait *vibrer* ses doigts et je crie comme si on m'égorgeait.

Revenir à la réalité après un tel orgasme, est, d'une certaine manière, plus difficile qu'une descente de muuir, mais c'est tellement mieux qu'il ne me viendrait pas à l'idée de me plaindre. Je suis rassasiée et lourde, mais je suis aussi électrique et vivante. Je réalise alors que je suis complètement affalée sur sa poitrine : mon front moite est appuyé sur sa clavicule.

– Ashmara.

Sa voix se brise et je dois me servir de mes deux mains pour décoller mon torse du sien.

Son visage est... méconnaissable. Il est complètement contracté, son œil yeeyar est entièrement noirci, tandis que son autre œil semble purement paniqué. Il a l'air *sous pression*.

– Ashmara, *s'il te plaît*, laisse-moi prendre le relais. Tu es trop lente.

– Je peux aller plus vite... Attends…

Je rebondis sur lui tandis que ses hanches se soulèvent et que sa bite glisse facilement en moi et hors de moi.

– Laisse-moi te baiser, je déclare.

Ce n'était pas exactement ce que je voulais dire, mais ça fera l'affaire.

– Dis-moi ce que tu veux que je fasse, je poursuis.

– Je veux…

Sa main se tend vers mon visage. Ses lèvres tremblent. Il ne semble pas savoir quoi dire.

– J'ai mal, finit-il par dire.

– Où ?

– Ici.

Il touche le centre de sa poitrine, à l'endroit où ses moitiés argentée et rouge se rejoignent.

Mon cœur. Mon faible cœur humain fond.

Je hoche la tête, je sais exactement ce qu'il veut dire.

– Le muuir était la seule chose qui m'aidait à faire passer cette douleur... jusqu'à ce que je te trouve.

Il gémit même si j'ai cessé de bouger. Il se tord comme s'il était torturé. Je me penche et lèche l'espace qu'il vient de désigner, puis je remonte le long de sa poitrine. Le stalyx n'a aucune saveur, mais sa peau rouge a un goût de sel et d'épices, d'orage et de tonnerre vicieux. Je poursuis ce goût jusqu'à son cou et le mords avant de me frayer un chemin sur sa mâchoire et enfin jusqu'à ses lèvres. Je l'embrasse, pas trop fort cette fois-ci, au contraire, je l'embrasse tout doucement.

Sa bouche s'ouvre il gémit comme la bête qu'il est. Le son se répercute contre la paroi de la grotte et ses hanches se soulèvent simultanément. Il frappe le sol d'une main avant de me donner une claque sur le cul.

– Hé !

Je couine et ris alors qu'il se raidit soudainement, puis se vide en moi dans un accès désir fou.

Il se vide et se vide, le corps tremblant, la poitrine convulsive comme un robot court-circuité avant de trouver enfin la paix. Je peux le lire dans les lignes de son visage. Savoir que c'est moi qui l'ai mis dans cet état me procure une sensation de plénitude que le muuir n'aurait jamais pu m'offrir.

Jamais.

Je suis la vague de sa poitrine alors qu'il prend de profondes inspirations qui finissent par se calmer mais ne s'apaisent jamais complètement. Il ouvre un œil et grogne :

– Arrête de sourire.

– Je ne souris pas, je mens.

Il rit mais le rire s'estompe, tout comme la paix, jusqu'à ce qu'il ne reste plus que de la violence.

– Très bien, tu as passé un bon moment. Maintenant c'est mon tour.

Il m'entraîne dans la cascade et nous jette dans la piscine qui se trouve au-delà. Dans les eaux oosas chatoyantes, nous nous débarrassons de notre douleur jusqu'à ce qu'il ne reste plus qu'une seule chose.

Je n'ose y songer, j'ai bien trop peur pour nommer ce qu'il y a entre nous.

20
Jerrock

Sa chatte mouillée serre ma bite dans son étau. C'est trop fort. C'est trop bon. Ce n'est pas assez. Je l'ai baisée neuf fois, dans six piscines différentes, et maintenant nous sommes allongés ensemble dans un lit du château, les membres emmêlés, les yeux dans les yeux.

Pour être plus précis : elle, elle regarde mon seul œil bio. Moi, je lis son âme. Ses yeux brillent de toutes les couleurs de l'univers. Cela me donne envie de me blottir en elle une fois de plus, mais... et je suis presque gêné de l'admettre : je suis complètement vidé. Elle a épuisé mon sac et, bien que mes hanches se contractent, désireuses de pénétrer son corps, ma bite ramollie a besoin d'une pause. Il m'est déjà arrivé de baiser plus longtemps, mais pas comme ça.

Ça n'a jamais été comme ça.

Je n'ai jamais auparavant eu la chance d'être caressé par ses lèvres et ses mains maladroites, bercé par son rire de biche qui m'entraîne sur des chemins que je ne peux pas situer. Je suis perdu dans son oubli et j'aimerais rester ici, perdu.

Je touche sa tempe. Ses paupières s'abaissent. Le soleil s'est couché et la seule lumière qui éclaire cette pièce est celle de la lune. Elle traverse le plafond translucide et fait virer ses cheveux blancs au bleu clair.

Je murmure dans l'étreinte fraîche de la lune :

– Pourquoi ne m'as-tu pas dit que la femelle oosa que tu as sauvée de Sky était la petite fille de Reoran ?

Elle baille de contentement et sourit doucement en s'installant sur le matelas. Je remonte la couverture sur son épaule. A-t-elle assez chaud ? Je la rapproche et goûte à nouveau ses lèvres. Elles sont gonflées et probablement meurtries. Je m'en fiche. Je devrais m'en soucier, mais elles sont trop belles, et je suis un mâle égoïste.

– Je ne sais pas, répond-elle.

Sa réponse m'agace. Je place ses cheveux derrière son oreille. Ses boucles s'allongent. Elles lui tombent presque sur le menton. Je tire sur une boucle pour la simple satisfaction de la voir remonter.

– Ils avaient déjà commencé à faire des expériences sur elle lorsque tu es arrivée à bord du vaisseau ?

Elle acquiesce.

– Ça n'a pas de sens.

– Hmm ?

– Sky n'expérimente pas sur une cible parmi d'autres, et les Architectes n'opèrent pas à bord d'un vaisseau normal.

– C'est cool.

Je souffle. J'apprécie ses expressions douces. C'est une femme si douce. J'aime que sa réputation parmi les Quadrants soit toute autre. Elle passe pour une sauvage, une délinquante et une imprudente. Personne ne connaît sa douceur. J'ai beau avoir envie de l'étrangler, je dois le reconnaître : elle est douce. Ça ne l'empêche pas d'être agaçante cela dit. Je suppose qu'elle a cet effet sur beaucoup d'êtres. Mais je suis le seul à connaître sa vraie nature.

– Ce n'est pas *cool*. Cela signifie que tu m'as menti. Soit tu as attaqué un vaisseau de Sky avec des installations d'expérimentation, comme celui sur lequel j'ai tenté de te mettre en quarantaine avec les deux autres femelles hybrides, soit…

– Seule Manila est une hybride. Nalia est une humaine à part entière, interrompt-elle.

Je m'arrête, interloqué.

– La femelle avec les taches est entièrement humaine ?

– Yeeshee. C'est cool que les humains puissent tous avoir l'air si différents, hein ?

Cool. Cool. Un qualificatif si léger pour quelque chose de tout à fait merveilleux. Très peu d'espèces peuvent se vanter de présenter une telle diversité. Il y a de quoi se réjouir, en effet.

– Tu ne réponds pas à ma question, je murmure en secouant la tête.

Elle me distrait trop facilement. Je m'accroche à chaque mot qu'elle prononce.

Ses bras tournent en rond tandis qu'elle se libère des couvertures et tente de se trouver encore plus près de moi. Elle ne peut aller nulle part, à moins que je ne défasse les coutures de mon âme et que je ne l'attire à l'intérieur. Cela ne marchera pas. J'ai essayé.

Au lieu de cela, je l'attire aussi près de moi que possible, je place sa tête sous mon menton et je respire l'odeur des minéraux sur sa peau. Je m'enivre de sa peau délivrée du muuir. Mmmm. J'inspire plus profondément.

– Alors, qu'est-ce que c'était ? Tu t'es attaquée à un centre d'expérimentation, ou ce sont deux...

– J'y suis retourné pour elle.

Je ne bouge pas. Mes mains, qui faisaient des cercles doux entre ses épaules nues, sont maintenant immobiles.

– Tu as fait quoi ?

– Je suis retournée sur le vaisseau de Sky… dit-elle en baillant. Ils avaient déjà séparé Dloroora des autres et l'avaient emmenée ailleurs. Luzu, Retro, Uuni, Gibli, Hunhun et moi sommes partis à sa recherche. Tintin, lui, est resté en arrière pour s'assurer que les Oosas pourraient nous retrouver. Nous l'avons sortie de là.

– Tu as affronté un autre assassin ?

– Krakaw. Nous l'avons juste assommé avec le dispositif que nous avons utilisé sur toi. Ça ne marchait pas très bien à l'époque, mais on l'a perfectionné depuis.

La fureur emplit ma poitrine. La fierté aussi. Je remonte la couverture jusqu'à son cou. Je veux l'étouffer; mais je décide de positionner le tissu autour d'elle pour former un cocon.

– Tu te fiches donc de mourir ?

– Je ne suis pas allée à Dloroora parce que je voulais obtenir quelque chose de Reoran, soupire-t-elle. Je l'ai fait parce que c'était la seule chose à faire. C'est ce que j'aurais aimé que quelqu'un fasse pour toi.

Elle lance ses mots dans la pièce comme s'ils étaient dénués de sens. Comme s'ils ne me déchiraient pas en lambeaux. Je n'ai jamais affronté un tel adversaire, une telle arme.

– Tu es une imbécile.

– Mmm.

– Tu es si fragile, Ashmara, dis-je, bien que j'aie failli l'appeler Rook. Si tu continues à faire preuve d'une telle stupidité, d'un tel *altruisme*, je ne pourrai pas te protéger.

Elle soupire à nouveau, si endormie, si contente, si inconsciente que mon cœur fait un bond et menace de pulvériser ma poitrine en s'échappant.

— C'est ce qu'il y a de bien avec le cosmos, Jerrock. Tu n'as pas à faire quoi que ce soit seul. Et j'ai des amis.

Elle rit légèrement dans son sommeil.

— Je t'enchaîne à moi. Tu ne me quitteras plus. Plus jamais, je souffle.

— C'est toi qui me quitteras pour aller sur Sky tout seul.

Elle commence à s'éloigner de moi, les deux paumes contre ma poitrine. Je ne la laisse pas partir, mais je la laisse pivoter pour que son dos et ses fesses soient pressés contre mon torse et mes hanches. Le mouvement fait frémir ma bite. Peut-être que je devrais...

Krakaw. Chut...

J'appuie mon nez sur l'arrière de sa tête, je respire le parfum de ses cheveux. Elle a une odeur incroyable qui n'est plus celle de muuir : c'est son odeur.

— Tu vas avoir des ennuis si je t'abandonne, n'est-ce pas ?

— Hmmm ?

— Peut-être que ton insouciance m'a donné une raison de changer d'avis.

Elle sourit. Je ne vois pas son visage, mais je le sens dans tout mon corps.

— C'est vrai ? Tu vas rester avec moi ?

Rien ne nous séparera. Je trouverai un autre moyen de la sauver. Je sais que c'est une erreur – je sais que mon plan est le seul moyen d'assurer sa sécurité – mais peut-être que nous pouvons trouver un autre moyen ensemble.

– Yeeshee.

– Quelqu'un m'a dit un jour de ne jamais croire un assassin, dit-elle.

Je ricane.

– Tu as oublié que je ne suis plus un assassin ?

Elle rit et je me crispe, craignant qu'elle n'insiste davantage, mais elle n'en fait rien. Au contraire, elle se blottit davantage contre mon corps. C'est une manœuvre intelligente, car après ce geste, la quitter devient vraiment inconcevable. Mon esprit s'agite à cette idée.

– Détends-toi. Je ne peux pas dormir quand tu es tendu comme ça.

Elle serre ma main entre ses seins. Ma main est en stalyx, mais elle se fiche qu'elle ne soit pas réelle.

– Est-ce que mon apparence… te gêne ?

Je regarde mon bras de stalyx qui brille au clair de lune et je ressens... quelque chose à son égard.

– Krakaw, soupire-t-elle. Krakaw. Mais parfois, elles me manquent...

Sa respiration s'adoucit, puis s'essouffle à mesure que le sommeil s'empare d'elle. Mais je la veux ici, avec moi. Comme je l'ai promis, rien ne nous séparera. Je veux exister partout où elle est, même dans le sommeil.

Je la titille en lui donnant des coups dans le ventre. Ses muscles sont doux maintenant. Tout à l'heure, je l'ai goûtée et léchée.

– Quoi ? Ma chair humaine ? Elle est de la même couleur que la tienne.

Je trace un chemin sur son épaule avant de ramener la couverture sur son cou, puis sur nous deux.

– Krakaw, dit-elle en se débarrassant à nouveau de la couverture. Tes crêtes me manquent. Tu les contrôlais toujours mieux que moi, mais parfois tu dévoilais tes couleurs.

– Hmm.

Un grondement s'échappe de ma bouche. Il est profond et vient de la poitrine. *Je ronronne à nouveau pour elle.* Je me sens...

C'est trop. Je ressens beaucoup, beaucoup trop pour qu'elle tente d'attribuer une telle profondeur à quelque chose d'aussi insignifiant qu'un mot.

Au lieu de cela, je la presse contre moi, je la tiens et je la serre jusqu'à la douleur. Elle grogne, mais me laisse faire ce que je veux d'elle. Elle est à moi et ne se plaint pas. J'embrasse sa nuque.

– Je vois tes couleurs. J'aime voir tes couleurs. J'aime les faire naître dans tes yeux. J'aime les voir briller comme un phare pour ton compagnon Xiveri.

Ashmara tressaille dans mes bras et lorsqu'elle me regarde par-dessus son épaule, son regard est lumineux et scintillant. Elle doit voir ses couleurs briller dans l'obscurité, car elle ferme les paupières en faisant battre ses longs cils blancs. La dernière couleur que je peux apercevoir est celle de sa gêne jaune.

Je veux la faire disparaître.

– Tu n'as aucune raison d'être gênée.

– Mon… mon... toi...

Elle renifle et enfouit son visage dans les oreillers sous nos pieds, mais je redouble de force pour écarter ses bras de son visage et la forcer à me regarder. Je me redresse sur un coude, je la surplombe et glousse par le nez. J'embrasse son front, puis je prends sa main et place sa paume sur ma joue. Je guide ses doigts sur mon visage yeeyar et stalyx, à l'endroit où se trouvaient mes crêtes.

– Ne t'inquiète pas. Mes crêtes brilleraient tout autant pour toi, si je les avais encore.

Elle inspire si fort que je ne peux m'empêcher de rire aux éclats. Elle tressaille, à cause de ma réaction ou peut-être à cause de mes mots, et balbutie :

– Tu dis que…

– Tu en doutais vraiment ?

Elle renifle et reprend son air doux, elle ouvre mon âme et fait ce qu'elle veut de ce qu'elle trouve, de ce qu'il reste.

– Je suis une création de la science des Architectes de Sky. Seule une chose plus puissante que la science aurait pu m'empêcher d'agir et d'accomplir ma mission. J'aurais dû te tuer. Mais aucun Xiveri ne peut tuer sa moitié…

J'ai à peine fini de parler qu'elle éclate en sanglots.

Je me mets à rire à gorge déployée alors que je me laisse tomber sur les couvertures et que je la blottis contre ma poitrine. Je l'écrase là, où j'ai l'intention de la garder pour toujours. Aussi longtemps que l'éternité le permettra. Aussi longtemps que je pourrai repousser la mort. Mais je ne veux pas penser à ça maintenant.

Maintenant, je veux penser au rire.

Je ris dans ses cheveux, et j'embrasse tous les endroits qui me plaisent.

– Qui aurait cru qu'Ashmara l'Eshmiri, Ashmara l'intrépide, succomberait un jour à ses émotions comme ça ?

– Pourquoi ne puis-je pas te faire succomber aux tiennes ? souffle-t-elle.

Je fixe ses yeux multicolores et je ressens... je ressens tout simplement. Je secoue doucement la tête.

– Ashmara, tu l'as déjà fait et tu le fais encore. Chaque solaire, ce que je ressens pour toi n'a pas de limites.

21

Ashmara

Je prends une dernière fois Reoran et Dloroora dans mes bras, puis je rejoins Jerrock sur le vaisseau de Sky. Jerrock, très surpris, était persuadé que les Oosas voleraient le vaisseau, le vendraient ou le dépouilleraient, mais j'ai ri et je lui ai dit que l'amitié ne fonctionnait pas comme ça. Il en est de même pour l'amour. Les Oosas ne nous prendraient pas le vaisseau juste parce qu'ils le peuvent. Et puis, de toute façon, c'est le vaisseau donjon sexuel qui les intéresse le plus. Le vaisseau de Sky, en comparaison, est incolore et laid, il est fait pour emprisonner et tuer. Quel intérêt présente-t-il pour une race d'êtres colorés, libres et seulement occasionnellement violents ?

Notre vaisseau de Sky décolle et se dirige vers les étoiles. Les coordonnées entrées dans le système sont celles de Kor. Jerrock se tient à mes côtés et nous regardons la carte stellaire hifelai illuminer les différentes constellations, les astéroïdes, les comètes et les autres corps célestes qui composent les quadrants et les zones grises qui les séparent. Jerrock me montre certains corps célestes tout en contant des anecdotes et des faits sur les planètes que je n'ai jamais vues auparavant.

– Alors, qu'as-tu pensé d'Uoustar ? Je lui demande quand nous sortons enfin du huitième quadrant et de la sécurité du territoire Oosa.

L'amitié ne nous mènera pas plus loin, du moins pour l'instant.

Il se place derrière moi et m'entoure de ses bras. Je laisse mon sac à dos glisser de mon épaule et tomber sur le sol, à côté de nos pieds, pour qu'il puisse me serrer plus fort.

– C'était… mémorable.

– Mémorable, je répète en riant. C'est tout ce que tu as à dire ?

Il rit aussi de son drôle de rire.

– Qu'est-ce que tu en as pensé toi ? demande-t-il.

– C'était amusant. Je me suis bien amusée. Pas toi ?

Je me retourne et je passe mes bras autour de son cou. Je lui souris et je demande, à moitié taquine, à moitié sérieuse :

– Sais-tu au moins ce que c'est que s'amuser ?

Il continue à sourire, mais quelque chose dans ma poitrine se serre parce qu'il marque une légère pause.

– Sais-tu ce que c'est que l'amusement ou le plaisir ? Sais-tu profiter des bonnes choses ?

Son sourire change, se transforme. Il scintille maintenant d'une lueur mortelle, mais c'est seulement parce qu'il est si sincère. Il fait briller mes couleurs et ce, avant même qu'il se mette à me regarder avec douceur et à parler d'une voix encore plus douce.

– Le seul plaisir que j'ai jamais eu, c'est toi.

Je le repousse et je m'essuie rapidement les yeux. Je *refuse* de pleurer. J'emporte mon sac sur le bord de la pièce et je fais semblant de le réorganiser pour la troisième fois.

– Je sais que tu me taquines et...

Il rit de cette façon bourrue qu'il a de rire, puis il vient s'accroupir devant moi.

– Pourquoi ? Parce que je ne ressens pas le besoin de te mentir ? Contrairement à toi qui mens comme tu respires ?

– Je ne suis pas une menteuse, dis-je en posant la main sur le muuir qui se trouve au fond de mon sac.

Je sais qu'il en a encore une bande dans sa poche. Je l'ai vu ranger cette poche là ce matin. Je ne sais pas où il l'a cachée pendant que nous étions dans les piscines, elle devait être quelque part dans ma chambre, mais ce qui me préoccupe le plus, c'est la raison pour laquelle il l'a gardée.

– Menteuse, ricane-t-il.

Je lui souris et lui fais un autre clin d'œil. Il me demande ce que signifie ce geste et je hausse les épaules, puis je lui tends ma boîte de yamar en disant :

– C'est un truc que font les humains.

– Je suppose que j'ai beaucoup de choses à apprendre sur les humains. Quelqu'un m'a dit un jour qu'il existait un manuel humain contenant un guide qui m'aiderait à apprendre à courtiser ma compagne humaine, déclare-t-il en me souriant.

Je lui lance un regard acerbe.

– Je sais de source sûre que celle qui t'a dit ça est une imbécile.

Il hoche la tête, réfléchit, et balance légèrement la

boîte de yamar dans son poing.

– C'est vrai. Mais même une imbécile peut avoir raison à l'occasion.

– Tu es insupportable.

– Ça ne t'empêche pas de m'aimer.

J'ouvre la bouche, mais je vacille au son de ce mot qui sort de sa bouche. Il semble... *scandaleux...*

Il est *merveilleux.*

Je ne sais que dire, alors je continue à lui sourire. Il continue à me sourire, et nous sommes en train de nous sourire l'un à l'autre quand le hifelai commence à émettre un bip.

Le visage de Jerrock se transforme si soudainement que je n'ai même pas le temps de dire au revoir au Jerrock des pluies de Quizzar et des cascades d'Uoustar, celui qui était si heureux. Jerrock l'assassin a refait surface en un clin d'œil. Son aura de danger l'envahit comme une cape, il se lève et se dirige rapidement vers les commandes.

– Ils n'arrêtent pas de nous trouver, siffle-t-il, et mon âme s'affaisse.

Je pensais que nous aurions plus de temps, mais je suppose que l'univers a d'autres projets pour nous.

J'ai dans l'idée que je devrais me sentir coupable, mais je mets de côté ce ressenti. En réalité, je ne me sens pas vraiment coupable, même si, à ma place, une femme plus honnête le serait probablement. Je suis surtout surprise qu'il me fasse confiance alors que je lui ai menti et que je continue à lui mentir. Il ne m'a pas demandé pourquoi ou comment Sky nous retrouvait si vite et il n'a même pas pensé à me le demander. Pas une seule fois.

Je le regarde prendre le contrôle de la navigation à partir du pilote automatique et allumer les systèmes de blaster.

– Combien sont-ils ? je lui demande.

Le fait qu'il ne laisse transparaître aucune émotion sur son visage en dit long.

– Ils sont plus nombreux que toutes les autres fois, répond-il.

Ah. Alors, c'est la fin.

– Ils nous attendaient à la limite de la zone grise, n'est-ce pas ?

– Il semblerait que oui.

Le vaisseau tangue. Il va essayer de déjouer leurs attaques. Je ne doute pas de ses capacités, mais je sais aussi qu'il ne faut pas douter de celles des autres assassins. Ils sont beaucoup plus nombreux.

Et je savais qu'ils viendraient.

Je les attendais, en fait.

– Eh bien, il était temps, je souffle en heurtant son épaule avec la mienne.

Je lui offre un sourire, un sourire bien différent du dernier. J'ai l'impression d'être redevenue l'ancienne Ashmara. Celle qui existait avant que je libère Jerrock et avant que je me libère du muuir. *Je nous ai libérés tous les deux en fait... mais seulement parce qu'il m'a sauvée en premier.*

Son œil biologique s'arrondit. Les muscles de sa joue se contractent. Il sourit, mais ce n'est pas très joli à voir. Il a l'air stressé.

– Ne t'inquiète pas, Jer, dis-je avec un petit rire désinvolte.

Je n'aime pas le voir stressé, alors j'essaie de détendre l'atmosphère.

– Tout va bien se passer, j'ajoute.

Ses mains se détachent des commandes. Ses épaules

s'inclinent pour me faire face. Il est intimidant, mais ça, je le savais déjà. J'ai toujours eu un peu peur de lui. Mais j'ai surtout peur de l'ampleur et de la profondeur de mon amour pour lui. C'est un puits sans fond, dans lequel on peut puiser à volonté toutes les merveilles de l'univers.

J'y puise maintenant la force de rester debout et de rester ferme face à sa colère.

– Ne t'énerve pas. Tu savais...

– Qu'as. Tu. Fait ?

Il ponctue chaque mot d'un grognement et colle son nez au mien. Le gentil mâle que je connaissais n'est plus. Il avance et ne me laisse pas d'autre choix que de reculer.

Je recule d'un pas et il continue d'avancer vers moi.

– Jer…

– Ne m'appelle pas comme ça.

L'alarme du vaisseau retentit. Je me demande ce que cela signifie.

– Combien de temps nous reste-t-il ?

– Comment ça ?

– Combien de temps avons-nous avant qu'ils montent à bord, ou qu'ils nous fassent exploser ?

– Ha.

Ce n'est pas du tout un rire. Je trébuche encore et encore jusqu'à ce que je heurte le mur et que ma tête s'y heurte sourdement. Mes pieds trébuchent sur mon sac. Ah. Mon petit sac chéri.

– Tu crois qu'ils veulent nous faire exploser ?

Je ne crois pas. Je sais ce qu'ils veulent.

– Krakaw.

Son œil large et stressé se rétrécit jusqu'à devenir une fente. La partie noire au centre du brun est à peine plus grande qu'une piqûre d'épingle.

– Tu sais ce qu'ils veulent, n'est-ce pas ?

– Tu me l'as dit, tu ne t'en souviens pas ?

La surprise traverse son regard, il arbore maintenant une expression sinistre.

– Je te l'ai dit à bord du vaisseau, quand nous étions sur Evernor, juste avant de t'enlever, murmure-t-il, comme s'il essayait de se souvenir de lui-même.

– Tu essayais de me faire peur.

– J'essayais de te prévenir, siffle-t-il.

– Peu importe.

Je hausse les épaules en feignant la nonchalance. Entend-il mon cœur, l'entend-il battre la chamade ? J'espère que non.

– Qu'est-ce que tu caches ?

– Rien.

– Pourquoi n'as-tu pas peur ?

– De quoi dois-je avoir peur ?

– De tout. De ce qu'ils veulent nous faire.

Nous. C'est drôle. Il n'y a pas de nous. Il n'y avait que cet adorable, cet inestimable entracte.

– Bien sûr.

– Qu'as-tu fait, Ashmara ?

J'entends le son d'une baguette de gravité qui arrache notre vaisseau à sa trajectoire. Plusieurs baguettes de gravité seraient nécessaires pour écarter un vaisseau aussi puissant de sa trajectoire, mais je ne doute pas qu'ils en aient suffisamment.

– Avais-tu l'intention de me tuer depuis le début ? demande-t-il.

Il appuie sa main sur mon cou, mais il n'a pas l'intention de me faire mal.

– Te tuer ?

Je retire sa main de ma peau et j'enjambe mon sac avant de glisser le long du mur vers les cellules de détention. Je n'ai pas oublié à qu'elles font aussi office de nacelles d'évacuation. Il y en a deux. Nous avons de la chance.

– Qu'est-ce qui te fait penser que je veux te tuer ?

– Ils vont monter à bord de ce vaisseau et je me battrai jusqu'au bout pour que tu vives.

– Combien sont-ils, Jer ?

Son expression se crispe. Ok… Ils doivent être encore plus nombreux que je ne le pensais. Je souris :

– Combien ?

– Tu n'as pas changé du tout.

Je souris.

– Toi, tu as beaucoup changé.

L'alarme retentit plus fort et Jerrock se lève et s'éloigne de moi. Le regard qu'il porte sur moi suinte de dégoût, et est teinté d'une pointe de désespoir.

– Ne te mets pas en travers de mon chemin.

Il se dirige vers le panneau des armes. C'est bien. C'est ce que je veux. Je veux qu'il soit là.

Ce vaisseau est plus petit que les autres vaisseaux de Sky, ce qui est également une bonne chose. Ça va simplifier les choses. Ha. De quoi je parle ? Ce ne sera jamais simple, mais ce sera toujours facile, tant que je me laisserai aimer et être aimée.

Je me place devant lui et je m'appuie contre le mur. Mes bras nus sont croisés. Je porte un vêtement que les Oosas m'ont donné après que Jerrock a pratiquement détruit les soies Walreys que je portais. C'est une combinaison intégrale – bleue, bien sûr – faite d'un tissu synthétique caoutchouteux. Il se resserre à la taille, n'a pas de manches, mais possède un col haut avec un petit V. Le pantalon descend jusqu'à mes chevilles. Jerrock porte un vêtement presque identique, sauf que le sien est plus bleu-vert que bleu-violet.

Il sort une ceinture d'armes du conteneur de stockage. Elle lui va bien et il l'enfile. Il commence à y accrocher des armes, des blasters de différentes tailles et des couteaux, beaucoup de couteaux, puis un bâton de foudre. C'est mignon. Je grogne.

– Reste près des nacelles et prends-en une si les choses semblent tourner à l'avantage des assassins, dit-il.

Je grogne à nouveau. Il me lance un regard noir. Je sens qu'il se passe quelque chose au-dessus de nous.

– Ils sont là, n'est-ce pas ? Ils utilisent des bottes à gravité ? Est-ce qu'ils vont se frayer un chemin ou essayer de passer outre tes contrôles yeeyar ?

– Ils ne peuvent pas passer outre les commandes d'un assassin tant qu'il est en vie. Pas depuis l'extérieur du vaisseau, en tout cas.

Parce qu'ils ont besoin du code d'annulation de l'hifelai. Je souris, je le savais déjà.

– Ah. Alors, ils vont utiliser la manière forte ?

Il ne répond pas.

– Approche-toi des nacelles. Mieux encore, entre dans l'une d'entre elles.

Il se lève de toute sa hauteur et vient m'attraper par le bras.

– Tiens-toi prête.

Je regarde les deux tubes transparents nichés dans une petite pièce – on peut à peine appeler ça une pièce, d'ailleurs, c'est plutôt une petite alcôve en retrait. Ils brillent d'une lumière blanche. J'examine celui de gauche et décide de l'utiliser.

– Comment ouvre-t-on la porte ?

Je fais un signe de tête.

L'oreille de Jerrock se dresse. J'imagine qu'il entend

quelque chose que je n'entends pas. Puis vient un bruit sourd. Ils doivent être sur le toit. J'entends le bruit du forage et je sais que les assassins en question seront bientôt à l'intérieur. Nous avons peut-être quelques instants à perdre. Des battements de cœur.

Un grincement résonne sourdement autour de nous lorsque Jerrock m'attrape par le bras et me pousse vers les caisses de détention. Il se dirige vers celle de droite et y fait glisser son doigt en suivant un symbole spécifique de Sky qui ressemble à une étoile à sept branches avec trois points en bas et deux en haut. Je le mémorise, ainsi que tout ce qui le concerne, tout ce que je ne veux jamais oublier. Il se tourne vers moi lorsque la porte translucide s'ouvre avec fracas et il penche la tête dans sa direction.

– Entre.

Je soupire. Le bruit de la perceuse résonne de plus en plus fort.

– Est-ce que je t'ai déjà dit à quel point tu es beau ?

– Ce n'est pas le moment.

Il hésite, l'air étrangement timide, même avec un arsenal d'armes à la ceinture.

– Tu me le diras plus tard.

Je ris. Je ris de si bon cœur que le son fait exploser la pulsion meurtrière de Jerrock et le rend momentanément docile. J'utilise ce moment à mon avantage et j'avance sur lui. Je passe mes paumes sur son torse et je passe mes ongles sur son cou. Je sais qu'il adore ça.

Il frissonne.

– Ashmara…

Je me penche vers lui et il réagit avec avidité. Il pose ses mains sur mes hanches et me serre contre sa poitrine. Je tire sur ses cheveux assez fort pour lui arracher un souffle. Il m'embrasse fort. Je l'embrasse plus fort. Nous

nous embrassons tous les deux comme si notre intention était de finir avec des bleus. Je veux savourer ce moment pour toujours, mais le bruit de la foreuse s'intensifie et je sais ce qu'il me reste à faire.

Je descends ma main le long de son torse, gratte la peau rouge et pas la peau argentée. Je suis la couture qui réunit les deux couleurs jusqu'à son abdomen, jusqu'à son nombril. Il contracte ses abdominaux tandis que j'en fais le tour près du tissu bleu d'Oosa.

– Ashmara… souffle-t-il. Attends-moi dans le module de détention. Nous reprendrons quand j'aurai tué ces seize assassins.

Il y en a seize. Si mes lèvres n'étaient pas déjà occupées, j'aurais sifflé de surprise. Seize combattants, ce n'est pas rien; seize assassins, c'est… terrible. Mais dans l'état actuel des choses, ça m'arrange.

Je glisse ma main sous le rideau de ses cheveux et lui pince la nuque. Je l'attire encore plus bas, je le serre contre moi tandis que mon autre main trouve le rabat de sa combinaison et se glisse entre les plis, je cherche…

– Ashmara, arrête de me distraire.

Je ris contre ses lèvres.

– J'aime te distraire.

– Monte dans le module maintenant, s'il te plaît.

– S'il te plaît, je répète en souriant. Je ne t'ai jamais entendu dire ça avant…

– Si.

– Pas comme ça…

Je lèche sa lèvre supérieure et ma main se déplace subtilement du rabat central de sa combinaison vers la poche gauche. Il ne réagit pas lorsque je trouve le petit billet froissé, plus léger et plus fin qu'une feuille de papier. Plus personne n'utilise de papier.

– Tu ne l'entendras plus jamais.

– Je ne l'oublierai jamais.

Je l'embrasse profondément, je refuse qu'il réponde. Je l'embrasse de tout mon être, j'espère lui communiquer la profondeur de mon adoration par ce seul et dernier contact. Je me retire et n'essaie pas de réfréner ce que mes yeux sont en train de crier. Je n'en suis pas capable. Je laisse jaillir l'arc-en-ciel d'émotions que je ressens pour lui, je laisse cette lueur brillante émaner de moi.

J'attends qu'il se concentre, j'attends qu'il sourie légèrement à l'éclat de mes yeux, qu'il se détende... puis je lui donne un coup de genou dans l'aine aussi fort que possible.

Il plie, mais seulement un peu. Je pense que c'est la surprise qui l'a le plus touché. Il siffle entre ses dents et je m'empresse d'arracher le bâton de foudre de sa ceinture et de le poignarder dans l'estomac. Son poids glisse sur ses talons.

Il ne perd pas l'équilibre, mais c'est suffisant.

Je repousse ses épaules et lui donne un coup de pied dans le haut de la cuisse. Il a l'air choqué et recule. Je savais que je ne pourrais jamais vraiment avoir le dessus si nous devions nous battre. Mais je compte sur lui pour me laisser gagner, parce qu'il me laisse gagner à chaque fois. Il recule, directement dans la cabine, et au moment où son poids s'inscrit sur la balance, la porte se referme en un clin d'œil.

Il secoue la tête, se lèche les lèvres et me regarde. Il me fixe. Il a l'air si mignon quand il se sent un peu perdu. Il lève les poings et frappe inutilement l'intérieur de la nacelle. Il frappe un peu plus fort contre la vitre. Je panique. Je sais que je dois le libérer, mais d'abord...

Je cours jusqu'à mon sac contre le mur et le hisse sur

mon dos après avoir récupéré deux choses à l'intérieur. La première de ces choses est la clé de Sky que je porte sur moi depuis le début.

– Putain de eck… commence Jerrock en me regardant la retirer. Tu l'avais sur toi depuis le début ?

Sa voix est étouffée par la vitre, mais je peux tout de même entendre sa fureur.

– Bien sûr.

Je prends la clé lumineuse de Sky dans ma main et je la soupèse. Elle a la forme d'une petite étoile : des pointes sortent d'une sphère avec des angles bizarres et irréguliers. Chaque clé a une forme différente. J'en ai vu trois jusqu'à présent et celle-ci semble la plus tordue. On dirait que la création de cette clé s'est effectuée dans la peine. On dirait que la porter a dû être douloureux, et maintenant toute cette douleur va être effacée. Il n'en restera plus rien.

– Pourquoi l'as-tu gardée avec toi, imbécile ? Pourquoi ne pas l'avoir laissée sur ton vaisseau avec Gibli, Tintin et les autres pilleurs ?

Je ris.

– Tu n'as pas toujours pas compris, Jerrockounet ? Ces pilleurs sont *ma famille*. Et ce n'est pas comme ça que fonctionne l'amour. Je ne leur aurais jamais laissé la clé. Ils ont essayé de se battre pour l'avoir, mais je l'ai volée en retour.

J'imite le dessin qu'il a fait sur la surface de la nacelle à sa gauche, puis je jette la clé à l'intérieur. Pendant ce temps, derrière moi, le bruit du broyage devient assourdissant. Je sais que si je regarde par-dessus mon épaule, je verrai l'arme qu'ils utilisent. Je sens la pression à l'intérieur de la cabine augmenter et je m'empresse de prendre un masque à oxygène dans le compartiment situé près de l'aire de repos.

Au même moment, j'entends les coups de poing de Jerrock à l'intérieur de son module. Il va le briser, je n'en doute pas. Je dois agir *immédiatement*. Je n'ai que quelques instants. Quelques battements de cœur. Je me place devant lui et j'appuie ma paume sur l'extérieur de la cage dans laquelle je l'ai enfermé.

Il cesse de se battre un instant, le temps de demander :

– Pourquoi est-ce que tu ne t'en es pas débarrassée ? Pourquoi ne l'as-tu pas jetée dans l'espace ?

– Tu étais tellement déterminé à partir, à rejoindre les Architectes, que je devais m'assurer que j'aurais un moyen de te traquer si jamais tu le faisais. D'ailleurs, tu crois que tu es le seul à vouloir détruire Sky ? je réponds en secouant la tête. Tu n'as pas eu à vivre avec le regret de les avoir laissés te prendre la première fois. J'ai toujours voulu tuer tous ceux qui se trouvaient sur Sky. Tous. Pour ce qu'ils t'ont fait et pour ce qu'ils m'ont fait aussi. Certes, j'avais espéré être un *peu* mieux préparée quand ils viendraient me chercher, mais bon. Je dois travailler avec les outils qu'on me donne.

Je hausse les épaules et glousse un peu. Oh oui, je vais mourir. Je voulais combattre Sky, mais je ne suis pas sûre d'avoir jamais pensé que je pourrais gagner. Je voulais juste libérer Jerrock. Tout ce que je voulais, c'est qu'il vive, et je dois m'assurer qu'ils le voient mourir, qu'ils le croient mort, pour y parvenir.

– Tu aurais pu la donner aux Oosas. Sky ne se frotterait pas à eux.

– Ce n'est pas comme ça que fonctionne l'amour.

Il se moque, exaspéré :

– Tu ne peux pas aimer toutes les créatures de l'univers.

— Pourquoi pas ?

Il fulmine, il lutte contre la rage, il lutte contre ce qu'il ne comprend pas.

— Tu aurais pu me la donner pour que je la porte. Ils n'auraient jamais soupçonné qu'elle avait été enlevée...

J'éclate d'un rire mouillé et négligé. Je regarde la cage dans laquelle je l'ai enfermé.

— Ce n'est pas comme ça que fonctionne l'amour, Jerrock. Au cas où ce ne serait pas clair : j'aime peut-être toutes les âmes oubliées de l'univers, mais c'est de toi dont je suis éperdument amoureuse...

— Eck ! Ashmara, espèce de rat, gronde-t-il en remplissant tout le cadre de la nacelle semblable à un démon en cage. Quand je pense que tu étais furieuse contre moi parce que j'ai dit que je devais t'abandonner pour aller sur Sky alors que tu avais l'intention de me quitter depuis le début !

Je lui fais un sourire. Puis je lui fais un clin d'œil.

— Ça craint, hein ?

— Quand je sortirai d'ici, je tordrai ton petit cou.

Je souris et sors de la petite alcôve. Au même moment, j'entends un bruit sourd derrière moi. Même sans le son, je sais qu'un assassin, au moins, a réussi à entrer dans le vaisseau. Je le sais à l'expression du visage de Jerrock. Je vois sa panique. Je perçois sa douleur.

— Tu vas avoir une longue vie, Jer. Ne perds ton temps à me chercher. Tu ne pourras pas me trouver sans clé.

— Ashmara, espèce d'imbécile. Tu crois que je vais arrêter de te chercher ?

— Tu ne pourras pas me trouver. Tu n'as pas de clé et tu n'as pas d'amis qui ont des clés, tu te souviens ?

Je ris gaiement et jette un coup d'œil par-dessus mon épaule pour observer la seule personne à laquelle je tiens.

– Je vais faire un aller simple, ne l'oublie pas. Ne me cherche pas, car si tu me trouves un jour – ce dont je doute – je serai déjà loin.

Je lève la main, je lui montre le muuir que j'ai volé dans sa poche et qui est maintenant coincé entre mes doigts. Je hisse mon sac plus haut sur mes épaules. J'ai prévu d'emporter le muuir de Jerrock avec tout le reste du muuir que je possède déjà. Quitte à mourir, autant partir en planant.

– Ashmara, pourquoi tu fais ça ? Tu me punis ? Tu veux me faire payer ce que j'ai fait il y a des rotations ?

– Te punir ? Tu es fou, Jerrock ? Je ne cherche pas à te punir, je cherche à me racheter.

Je lui tourne le dos au moment où le deuxième assassin descend dans le vaisseau. Puis le troisième, puis le quatrième. Il y en a de toutes les formes et de toutes les tailles. Mais je me fiche de leur apparence. Je tends la main vers l'hifelai. Manila m'a appris les schémas et les formes. Je peux piloter un de ces appareils maintenant, je ne me débrouille pas aussi bien que Jerrock, mais je me débrouille assez bien pour ce que j'ai à faire.

– Au revoir, mon Xiveri, lui dis-je.

Le claquement de son poing sur la vitre m'indique que mon temps avec lui touche à sa fin. Je passe ma main sur le hifelai et touche le motif sur le yeeyar. Il ne réagit pas, pas tout de suite, mais j'entre le code d'annulation quand je sens que Jerrock essaie d'exercer un contrôle à travers son propre yeeyar, même à distance.

Mon monde est empli de bruits sourds. Les assassins tombent par le trou du plafond, renforcé par un bouclier eshmiri qui empêche le vide spatial de nous aspirer tous. Avec la gravité artificielle du vaisseau, les pieds des assassins résonnent extrêmement fort lorsqu'ils avancent en trombe et se rapprochent pour essayer de m'arrêter. Je ne peux pas les laisser faire.

J'appuie sur les commandes et les deux nacelles se libèrent. Celle de Jerrock passe en premier. La seconde contient la clé de Sky. Je l'ai réglée pour qu'elle explose et elle le fait en cinq, quatre, trois...

L'explosion ébranle le vaisseau et en perce une partie. Je crie des jurons en commençant à glisser vers le vaisseau. La bouteille d'oxygène s'envole de mon visage et l'attraction de l'espace me serre la gorge avant d'arracher l'air de mes poumons. Je n'arrive déjà plus à respirer lorsque le premier assassin m'atteint et m'attrape par la taille. Il me jette par-dessus son épaule puis il repart avec les autres. Les assassins se déplacent en une unité solide, si synchronisée que c'en est presque effrayant. Ils me transportent à travers le trou qu'ils ont créé et je me retrouve dans un vaisseau où je suis déposée dans une capsule de détention semblable à celle avec laquelle je viens de faire partir Jerrock.

J'espère qu'ils ne m'ont pas pris au mot, ces assassins. J'espère qu'ils ne se rendent pas compte que la clé de Sky a été retirée de sa peau et qu'ils supposent que, lorsque la clé de Sky a explosé et s'est désactivée, elle était à l'intérieur de lui. J'espère qu'ils laisseront la seule capsule intacte flotter dans l'espace. J'espère qu'ils l'oublieront, tout comme j'espère qu'il finira par m'oublier, parce qu'il avait raison depuis le début. Un voyage vers Sky est un voyage à sens unique, une histoire qui n'a qu'une seule fin.

Les assassins se détournent de moi et commencent à discuter entre eux. Ils disent très peu de mots. Quelques-uns seulement. Vaisseau-mère, Sky, race et horlax.

Je tiens la petite bande de muuir entre mes doigts et me concentre sur elle, plutôt que sur la vue des assassins aux formes brutales de l'autre côté de la vitre trouble. J'hésite, puis je me ravise. Je repense à ce qu'ils ont dit. Je n'ai pas besoin de le prendre tout de suite. J'attendrai de rencontrer le monstre que tout le monde craint. D'ici là, je vais me détendre, fermer les yeux et faire ce que je sais faire le mieux. Je vais rêver de Jerrock.

22

Jerrock

L'explosion de l'autre nacelle engloutit complètement la mienne. Je dois reconnaître que son plan est génial. Ou incroyablement stupide.

Elle pense vraiment que Sky ne sait pas que je suis encore en vie ? Elle est marrante avec ses illusions.

Elle pense vraiment que je ne viendrai pas la chercher ? Ha. Haha. Elle en a de bonnes.

Et pourtant...

C'est grâce à elle que j'ai pu en arriver là.

Je regarde les vaisseaux de Sky converger et former un arc de sécurité autour du vaisseau central transportant Ashmara. Maintenant qu'ils ont capturé la femme la plus recherchée du cosmos, ils ne risquent pas de la perdre. Ils ne feront pas la même erreur que moi.

Je me désactiverais moi-même, si je n'étais pas le seul être à pouvoir empêcher Ashmara de rencontrer la Mort. *Elle est déjà morte. Je me fais des illusions.* Je l'ai sous-estimée et je l'ai laissée me piéger. Elle m'a *poussé,* et comme je *l'ai laissée* faire, elle est condamnée.

J'aurais aimé que ce soit aussi simple.

Ils ne veulent pas seulement la tuer. S'ils voulaient la transformer en assassin, je pourrais m'en accommoder. S'ils avaient prévu de la tuer, et de renoncer à leurs véritables et infâmes désirs, ce serait aussi supportable. Mais ils l'ont capturée pour la donner au horlax. Les Architectes essayent depuis longtemps de trouver une femelle capable de s'accoupler avec cette monstruosité. Il s'agissait autrefois d'un géant Egama, mais il s'est depuis mélangé à tant d'espèces différentes que ses origines ne sont plus du tout identifiables. Les Architectes ont créé un monstre révoltant, violent et sans âme.

Je frappe mon front contre la vitre, ne serait-ce que pour tenter de chasser de mon esprit l'image de cette chose grimpant sur elle, en vain. Cela ne marche pas. Je regarde et j'attends. Je me demande si l'un des vaisseaux de Sky prendra la peine d'essayer de me faire exploser depuis l'espace et de mettre fin à mon tourment ici et maintenant.

Ils ne le font pas. Au lieu de cela, ils partent. J'ai du mal à y croire. Le plan stupide d'Ashmara aurait-il fonctionné ? Ce ne serait pas la première fois qu'un plan aussi stupide fonctionne contre un assassin. Tous ses plans, et ils étaient stupides, il faut le dire, ont fonctionné contre moi. Quelle qu'en soit la raison, ils ne viennent pas me chercher. Peut-être hésitent-ils à me piéger parce que, pour cela, ils devraient me faire monter à bord du vaisseau. Ils savent, compte tenu de ma réputation, que le risque serait trop élevé. Ou peut-être que la réponse est encore plus simple : ils ont dû comprendre que me laisser ici, conscient qu'Ashmara est sur le point d'être torturée, est une punition bien plus grande que celle qu'aurait pu me réserver la Mort.

La Mort… J'ai prévu de la rencontrer de toute façon.

En bordure de la Zone Grise, il n'y a pas de routes commerciales, pas de voyageurs. Je n'ai aucune balise pour demander de l'aide. Même si j'en avais une, personne ne s'arrêterait pour moi. Personne n'irait chercher ou aider un assassin de Sky, et encore moins un assassin qui a failli à sa mission. Et je n'ai pas d'amis.

Je regarde la flotte de Sky partir avec la seule personne qui compte plus que tout à mes yeux et je complote des meurtres. Je me prépare à tuer. Dans mon esprit, je tue tous ceux qui me l'ont enlevée encore et encore. Je revois le mercenaire qui l'a jetée par-dessus son épaule – un hybride de Tevalope avec des bras de Niahhorru – et je m'imagine en train d'enfoncer ma lame entre les muscles tendineux de ses bras inférieurs. Dans ma tête, je les coupe et je le bats à mort avec.

Puis je m'imagine en train d'étrangler Ashmara… Yeeshee. Je vais l'étrangler pendant que je lui fais l'amour. *Yeeshee…*

Ma respiration devient irrégulière. Je la calme en fermant les yeux et en inspirant et en expirant superficiellement. J'ai une réserve d'oxygène limitée – j'en ai assez pour seulement huit solaires. J'ai huit solaires pour trouver un plan qui me mette à proximité d'une autre planète.

J'ouvre les yeux et j'utilise ma vue yeeyar pour scanner mon environnement. Le vaisseau de Sky sur lequel nous avons voyagé est inutilisable, même si je pouvais y retourner. La coque a été détruite. Le seul autre objet utile à portée de main est… Ma main descend jusqu'à la poche inférieure de mon pantalon et j'en saisis le tissu bombé.

J'ai toujours la boîte de yamar d'Ashmara. Sa boîte de yamar complètement dépassé.

Je la sors de ma poche et la fixe un instant. Noir, il peut servir d'appareil de communication, mais il ne répond qu'à sa signature. Mon pouls s'accélère. L'*espoir* renaît; mais je l'écrase. Il n'y a plus d'espoir possible, mais il y a quelque chose.

Il y a quelque chose.

Je regarde la boîte sous toutes ses coutures, je cherche comment je pourrais déverrouiller l'appareil sans le casser. Cela demande peu d'efforts. Il suffit d'un peu de sang. Je m'entaille le poignet pour permettre au yeeyar de s'échapper sous sa forme la plus pure et je l'utilise pour m'insérer dans l'appareil et le déverrouiller de l'intérieur. Je tire sur le communicateur et prononce le nom de Gibli.

La réponse est immédiate.

– Ashmara ? Tu n'es pas Ashmara.

Son visage s'incline vers la gauche.

– Gibli...

Je calme ma voix, mais rien n'y fait. Je suis en colère, et ma fureur n'est contenue que par cette nacelle dans laquelle Ashmara m'a enfermé.

– Viens me chercher.

– Je suis en train de récupérer tes coordonnées, me dit-il. J'arrive tout de suite !

Il fait un signe de la main, sourit et disparaît. Je me retrouve seul, enveloppé par le silence, complètement stupéfait. Il... il vient m'aider.

J'oscille entre le choc, parce qu'il a accepté de venir me chercher et la fureur : parce qu'il met un temps fou à arriver. Mais je ne panique pas. Krakaw, je ne panique pas. Un assassin ne panique jamais.

Toutefois, je ne suis plus un assassin, n'est-ce pas ? Je suis un fou, je suis possédé.

Je tape ma paume contre la vitre. Cela fait un solaire que le soleil brille. L'oxygène dans ma capsule se raréfie. Je dois faire quelque chose. Mais quoi ? Je dois…

Qu'est-ce que…

Qu'est-ce que c'est que ça ?

Ma vue yeeyar se concentre bien au-delà de la portée de mon œil biologique. Mon œil *humain*. Je vois des étoiles, des constellations infinies, mais en me rapprochant, je commence à voir quelque chose que je ne m'attendais pas à voir... Au-delà des débris qui jonchent cette petite partie de l'espace, je vois... quelque chose qui bouge.

C'est un vaisseau. Je sais que c'est un vaisseau. Et je sais exactement de quel vaisseau il s'agit, mais j'ai du mal à y croire. Mon cœur bat la chamade. Ils arrivent. Les pilleurs d'Ashmara sont venus m'aider. Personne d'autre qu'Ashmara n'a jamais fait ça pour moi auparavant. Pourquoi sont-ils venus ? Ils auraient pu m'abandonner. Ils aiment Ashmara, mais ils ne sont pas mes amis, ils devraient...

Ce n'est pas comme ça que fonctionne l'amour.

Les mots tournent en boucle dans mon esprit, puis ils tournent encore et encore lorsque le vaisseau des pilleurs eshmiris se positionne juste au-dessus de moi. Un portail au fond du vaisseau s'ouvre. Le son résonne alors que je suis englouti à l'intérieur du grand trou noir et dans leur baie de chargement.

J'entends un bruit sourd. Le bruit de ma capsule qui s'écrase sur le sol en contrebas. Je n'attends pas, je me bats pour en sortir. Je finis les articulations sanglantes et le dos de ma paume de stalyx égratigné. Je me sens à nouveau gonflé de rage lorsque je sors des fragments fracturés de la nacelle de Sky et que je pénètre dans la baie de chargement du vaisseau Eshmiri décrépit.

Ma main tremble autour de la boîte de yamar, la balise qui m'a sauvée. C'est aussi la balise qui la sauvera parce que je vais la chercher. *Je viens te chercher, Ashmara, tiens bon...* Combien de temps vont-ils lui laisser ? *Très peu.* L'air de ce vaisseau est dense et humide, l'odeur de la rouille, du métal et de l'huile imprègne tout; et pourtant, il y a une odeur qui est distinctement absente de cette constellation d'odeurs, une odeur qui m'est aussi familière que la puanteur maladive et sucrée du yeeyar injecté directement dans la veine.

Son odeur.

L'odeur d'Ashmara était autrefois douce comme du muuir, mais au cours des derniers solaires, j'ai réalisé à quel point elle était parfumée. Elle dégage un arôme profond, qui donne la chair de poule. Elle a le parfum d'une planète que je n'ai jamais visitée. Elle a un parfum qui n'appartient qu'à elle.

Et il me manque.

Un chaos de bruits de pas retentit tout autour de moi, d'abord derrière et en-dessous de moi, puis directement au-dessus de moi, puis un peu plus loin avant qu'ils ne s'amplifient à nouveau. Une horde d'Eshmiris que je connais de nom mais pas de visage apparaît devant moi. J'ai toujours pensé qu'ils se ressemblaient tous, je n'ai jamais pensé à les distinguer. Je n'ai jamais eu de contrat avec un Eshmiri. Peu de gens veulent assassiner des Eshmiris. Ils font rarement du grabuge, ils préfèrent s'en tenir à leurs planètes anarchiques dans les couloirs extérieurs du cosmos. Tous, sauf ces imbéciles. Ces imbéciles à qui il manque une femelle, la plus imbécile d'entre eux.

Je regarde leurs visages, leurs expressions. Je les vois changer sous mes yeux. Ça me prend aux tripes, ça m'ouvre le cou jusqu'au nombril. Je ne m'attendais pas à cette réaction, mais la déception que je perçois venant d'eux dépasse momentanément ma rage. Je les ai déçus. J'ai déçu ses pères, les mâles qui se sont occupés d'elle quand je ne le pouvais pas, les mâles qui continuent à s'occuper d'elle parce que j'ai échoué.

L'un des deux Eshmiris que je reconnais s'avance devant les autres. Il tient un blaster sur sa poitrine, mais il ne le pointe pas sur moi comme les autres. Cela m'interpelle. Pourquoi ne m'attaque-t-il pas ? Que voit-il en moi maintenant ? Un ami ? J'ai du mal à y croire.

– Ashmara ? s'exclame-t-il, le regard rivé sur sa boîte de yamar.

Il me faut un moment pour réaliser que je l'ai toujours en main.

Mes doigts se crispent. Pour la première fois, le stalyx est incertain.

– Elle…

– Tu l'as abandonnée ? demande un autre pilleur.

Son expression devient meurtrière lorsqu'il fait pivoter son arme dans ma direction.

– Je n'ai *pas été à la hauteur*, je réponds.

J'aimerais être face à un Architecte; si ça avait été le cas, il aurait pu me causer une douleur incommensurable.

Collectivement, leurs épaules s'affaissent et, pendant un moment, nous restons tous debout. Personne ne dit un mot.

Le temps semble suspendu un moment avant de reprendre, et quand il reprend, c'est le plus petit des

Eshmiris qui s'avance à grands pas. Il a toujours son blaster pointé sur moi pendant qu'il parle, mais son regard oscille entre ses camarades. Je sais que la menace qu'il m'adresse n'est qu'à moitié sincère et cela me fait encore plus mal au cœur.

– Nous allons la récupérer, dit-il. Elle ferait la même chose pour n'importe lequel d'entre nous.

L'Eshmiri le plus proche de moi laisse échapper ce qui ressemble à un rire, même si l'ambiance le rend trop sinistre pour que ce bruit soit perçu comme un rire.

– C'est ce qu'elle ferait, c'est sûr; mais nous n'avons pas assez d'armes. Nous avons dépensé nos derniers jetons pour le libérer, *lui*.

Je me sens éviscéré, les entrailles aux pieds. La blessure se rouvre sans jamais se refermer complètement. Ma mâchoire se referme et je montre les dents aux pilleurs qui tentent de parler tous en même temps. Ils crient et discutent de leurs plans, des caches d'armes qu'ils pourraient piller, des vaisseaux de commerce qu'ils pourraient prendre d'assaut, des tentatives de vol de la clé de Sky aux Niahhorrus, des tentatives de vol de la clé de Sky aux Lemorans, mais moi, dans ce moment où la concentration est primordiale, je ne pense qu'à une chose : ce qu'a dit Ashmara.

Elle m'a parlé de l'amour. *Et ce n'est pas comme ça que fonctionne l'amour.*

Elle m'a parlé des amis. *Tu n'as pas à faire quoi que ce soit seul. Et j'ai des amis.*

Je pense à ces choses encore et encore jusqu'à ce que je me rende compte que j'ai décidé de la voie à suivre avant de trouver les mots nécessaires pour l'exprimer. Lorsque j'y parviens, je rassemble mes forces, tout mon courage, et je parle au-dessus de la horde de pilleurs Eshmiris. Ils ne sont pas seulement des amis d'Ashmara, ils sont sa famille, une famille qui l'aime. Elle avait raison de dire que ce n'est pas comme ça que fonctionne l'amour, et je crois que je commence un peu à comprendre. Dans cette affaire, la raison n'a pas d'importance. En fait, il serait tout à fait inutile d'indiquer des raisons, car ce n'est *pas* ainsi que fonctionne l'amour. Et ce n'est pas ainsi que fonctionne mon amour *pour elle*. Ce n'est pas la raison qui a fait reculer ma main à chaque occasion que j'avais de l'anéantir. Et ce n'est pas la raison qui m'a convaincu de retourner la chercher. Mais je le ferai.

Et j'aurai besoin d'aide pour le faire.

— Nous ne volerons personne pour récupérer Ashmara.

Ils se taisent, puis deux d'entre eux, à l'arrière, ricanent sauvagement en entendant ces mots, avant de se joindre à ceux qui se sont tus.

Une nervosité que je n'ai pas l'habitude de ressentir me prend aux tripes. Je fais un pas en avant. Huit blasters pivotent dans ma direction, soutenus par cinq paires de bras. Détail qui a son importance : Gibli n'a toujours pas pointé son arme sur moi.

— Nous ne volerons pas. Nous ferons *appel* aux amis d'Ashmara.

J'essaye de bien prononcer le mot, mais j'ai l'impression que je ne parle plus Eshmiri. Mes mots sonnent *faux*.

— Quels amis d'Ashmara détiennent actuellement une clé de Sky ?

— Nalia, dit lentement Tintin.

— C'est la compagne d'Herannathon le Niahhorru, ajoute un autre pilleur.

C'est une bonne chose.

– Il y en a d'autres ?

– Un chef de clan lemoran en détient une autre.

Cela me surprend.

– Lequel ?

– Raingar.

C'est une mauvaise nouvelle. Une très mauvaise nouvelle. Je grimace, mais je ne me laisse pas décourager.

– Nous aurons besoin de puissance de feu, même avec une clé en notre possession. Les Niahhorrus n'offriront pas la leur gratuitement et les Lemorans ne font pas la guerre pour n'importe quelle raison. Ils ne défendent que leurs donjons, c'est bien connu. Nous aurons besoin que les Voraxians s'allient à notre cause. Y a-t-il des raisons de penser qu'ils pourraient le faire ? Ashmara considère-t-elle certains d'entre eux comme des amis ?

– Krisxox ! s'écrie l'un d'eux.

Les autres rient aux éclats.

– Ashmara et Krisxox sont les meilleurs amis du monde.

Les Eshmiris poussent des cris de joie.

Je sens percer une pointe d'ironie, mais je n'ai pas le temps d'éclaircir ce point.

– Les Lemorans pourraient nous apporter leur soutien s'ils savent que les Voraxians sont impliqués. Ils ont déjà coopéré par le passé. Les Niahhorrus vont poser problème, mais peut-être que… puisqu'ils ont aidé à sauver la miriga du chef de clan Raingar, ils pourraient aussi...

Gibli me coupe la parole.

– Nous sommes des pilleurs. Les pilleurs ne demandent pas d'aide parce que personne n'aide les pilleurs, dit-il en haussant les épaules.

– Sauf s'il s'agit de voler. Les Niahhorrus aiment nous

aider à voler.

– Ils sont bien les seuls. Les pilleurs et les pirates ne peuvent pas affronter Sky seuls. On ne peut pas compter sur des amis. Les pilleurs travaillent seuls.

Ils se remettent tous à parler, les voix s'élèvent. Je crie au-dessus d'eux.

– L'amitié, dis-je, n'est peut-être pas un concept que les assassins, les pirates ou les pilleurs connaissent bien, mais il existe une race qui accorde beaucoup d'importance à ce concept.

Les pilleurs se regardent sans comprendre et gloussent légèrement de confusion.

– Les humains.

Le « *oooohhhh* » collectif que les pilleurs émettent est si coordonné qu'il me fait presque glousser moi-même. Je le ferais si je le pouvais, mais je préfère imaginer quelles horreurs je pourrais infliger à ceux qui détiennent ma...

– La miriga du chef de clan Raingar est une hybride humaine, tout comme la Rakukanna de Voraxia. La Hu'Raku de Voraxia est aussi une humaine, il se pourrait que nous puissions faire appel à une race qui croit aux amis. Et malgré ce qu'Ashmara peut dire à voix haute, elle n'est pas seulement Eshmiri. Elle est aussi une humaine, quelque part sous sa carapace de pilleuse. N'agissons pas comme des pilleurs, cette fois-ci, pensons comme des humains.

Le silence accueille ma remarque.

C'est Tintin qui le rompt. Il rit et me propose un haussement d'épaules.

– Par où commencer ?

Je lui fais un sourire, la poitrine gonflée par l'émotion la plus accablante et la plus audacieuse qui soit : *l'espoir*.

– On commence par les Niahhorrus.

23

Jerrock

— Intéressant.

Le chef Niahorru à quatre bras regarde fixement l'holo-écran tandis que le vaisseau pilleur trace sa route vers Voraxia.

— Je ne pensais pas avoir un jour le plaisir de parler avec un assassin de Sky aussi... amical.

J'agrippe le dossier du fauteuil de commandement en essayant de me contrôler. Je ne veux pas qu'on voie à quel point je suis furieux. Je doute que cela fonctionne et c'est confirmé lorsque j'arrache accidentellement la pièce du métal qui le fixe. Je continue malgré tout.

— C'est exactement pour cela que je t'ai contacté. Dans l'espoir que ce rapport.. amical puisse s'étendre à notre situation actuelle.

— *Accepte, comme ça on pourra le massacrer*, dit une voix.

Le visage de celle qui vient de s'exprimer n'est pas visible dans l'écran, mais que je l'identifie facilement. C'est la voix de Deena, la compagne du roi des pirates

Niahhorrus : Rhorkanterannu. Sa voix est plus aiguë que celle des Niahhorrus et elle s'exprime dans un meero légèrement accentué.

— *C'est le salopard qui a kidnappé Nalia, c'est bien ça ?*

Rhorkanterannu sourit légèrement. Sa visière retombe pour protéger ses yeux. Il est prêt à se battre et nous ne sommes même pas dans la même pièce. Nous ne sommes même pas dans le même quadrant.

— Oui, répond-il en se frottant le menton.

— *Je ne sais même pas pourquoi tu as accepté de lui parler.*

— Par curiosité, répond-il, distrait. Je me suis dit que ça pourrait être intéressant. Ce ne serait pas la première fois.

Puis c'est le silence. Je me demande ce qu'il veut dire, je trouve sa formulation curieuse, mais je n'ose pas lui demander de clarifier. Il y a trop en jeu en ce moment : tout est en jeu. Tout.

— Alors comme ça, tu veux ma clé de Sky, dit-il. Et tu affirmes qu'Ashmara a été enlevée par des assassins.

— *C'est exact. Ontte.*

— *Il l'a probablement tuée et maintenant, il essaie de nous atteindre.*

Rhorkanterannu affiche un sourire un peu plus large.

— Ce serait une stratégie insensée d'utiliser Ashmara pour essayer d'atteindre qui que ce soit. Elle a plus d'ennemis que d'amis...

— Mais vous, vous êtes ses amis.

— Nous...

Rhorkanterannu réfléchit ; toutefois, c'est la voix en arrière-plan qui déclare :

— *Pourquoi hésites-tu ? Bien sûr que nous sommes ses amis ! Ashmara est peut-être une chieuse, mais c'est notre chieuse à nous.*

Je grogne en entendant l'insulte, yeeshee, mais plus encore plus en entendant le pronom possessif.

– Elle est à moi.

Rhorkanterannu cligne des yeux, sa visière s'agite. Il penche la tête presque imperceptiblement et ses lèvres se serrent plus fermement. Je doute que quelqu'un d'autre aurait perçu ces détails, mais ce sont des réactions que moi, je ne manquerais pas. J'ai été formé pour ça. Cependant, dans ce cas précis, je ne comprends pas ce que que je vois.

– Très intéressant, dit-il.

– Ce n'est pas si intéressant, roi des pirates.

L'insulte sort de ma bouche avant que je puisse la retenir. Tout le monde sait que le chef des pirates méprise les rois. L'insulter maintenant, c'est...

– Imbécile, me dit-il, mais il me surprend alors d'une manière que je n'avais pas prévue.

Il rit.

– Être en couple avec une humaine, ça rend fou, reprend-il. Crois-moi, je sais ce que je dis.

Je serre les dents et tente de faire preuve de patience. Les Eshmiris massés derrière moi sont plus impatients et parlent ouvertement d'attaquer Kor, la base des Niahhorrus, pour le simple plaisir de tout détruire, parce que Rhorkanterannu les fait attendre.

Le regard de Rhorkanterannu se porte sur les Eshmiris qui m'entourent et qui parlent tous fort dans leur langue aiguë. Il semble peser le pour et le contre. C'est toujours ce que font les Niahhorrus. Finalement, il expire brusquement :

– Je ne peux pas t'aider.

– Si, tu peux, mais tu as choisi de ne pas le faire.

– *Non, mais il ne manque pas d'air, lui !*

Je grogne encore plus fort et Rhorkanterannu s'assoit plus en avant sur son siège. Il n'aime pas mon irritation à l'égard de sa femelle. Je déteste ça, mais je dois avouer que je peux le comprendre – et je peux même éprouver de l'empathie.

– Tu reconnais qu'Ashmara est ton amie, mais tu refuses de l'aider quand elle est dans le besoin.

– Ce n'est pas elle que nous refusons d'aider, c'est *toi*.

Le visage d'une femme humaine apparaît sur l'holo-écran, il est plus grand que celui du mâle. Elle a l'air absolument furieuse de me voir.

– Le résultat est le même : si vous ne m'aidez pas, vous ne l'aidez pas.

Les deux bras inférieurs de Rhorkanterannu éloignent la femme de l'écran. Il la ramène contre sa poitrine et inspire longuement contre le côté de son cou. Sa visière palpite sur une expiration. J'aimerais moi aussi serrer ma compagne près de moi, j'aimerais la tenir, la toucher, la savoir en sécurité. Mes orteils se recroquevillent dans mes bottes Eshmiris abîmées. J'ai envie de les tuer tous les deux, et pourtant je dois rester assis ici et m'abaisser à demander leur aide pour savoir où se trouve la seule personne à laquelle je tiens dans tout cet univers.

– Le résultat est le même, je répète.

Les yeux de la femelle humaine se fixent sur moi alors qu'elle serre les mains inférieures de son compagnon autour de son ventre, comme si, investies de la puissance de la gravité, elles lui servaient d'ancrage.

– Si on refuse de t'aider, va-t-elle devenir un assassin, comme toi ?

– Je ne suis plus un assassin. J'ai été libéré. Et ce qu'ils lui réservent est bien pire...

– Qu'est-ce qu'ils...

– Deena, centare, interrompt Rhorkanterannu avant de reporter son attention sur moi. Nous ne pouvons pas t'aider. Nous n'avons pas assez de puissance de feu et nous prendrions trop de risques.

La fureur me ronge. Je me range à l'avis des Eshmiris qui m'entourent. Moi aussi, je me mets à jurer silencieusement de me joindre à leur quête de vengeance.

– Alors donnez-moi au moins la clé de Sky.

– Ça te coûtera cher.

J'hésite. Je me demande ce que j'ai à offrir. Je constate que je n'ai rien à proposer. Puis je me demande ce qu'une personne comme Ashmara, une personne qui a des *amis*, répondrait à ça, ce qu'elle pourrait offrir. Peut-être qu'elle n'aurait rien eu à offrir parce qu'elle aurait déjà rallié plusieurs pirates de Niahhorrus à sa cause. Elle aurait même réussi à se faire des amis sur cette planète remplie de lézards...

Je sais ce qu'il me reste à faire.

– Je sais où se trouvent actuellement trois pirates enlevés par Sky.

Rhorkanterannu marque une pause.

– Où sont-ils ?

Je n'exige pas de promesse de me donner la clé en échange de leur localisation. Je ne le fais pas, parce qu'Ashmara ne le ferait pas. C'est une femme stupide. Elle s'en moquerait. Elle lui dirait simplement où ils sont. Alors c'est ce que je fais. Je parle à Rhorkanterannu et à Deena de la planète, je leur explique comment la trouver et je leur décris ses habitants. Alors que je termine, les Eshmiris m'avertissent que nous commençons à approcher du quadrant quatre.

– Pourquoi les avez-vous abandonnés là-bas ?

demande Rhorkanterannu.

– C'est moi qui les ai abandonnés. Ashmara m'a dit de revenir, à plusieurs reprises. Nous les avons abandonnés parce que je ne lui ai pas permis de faire un autre choix.

Ma franchise pourrait le détourner de moi mais je continue, je lui dois bien ça.

– Si c'était à refaire, j'agirais de la même façon. Je suis content qu'on les ait laissés là-bas. Ils voulaient organiser un shekkur avec Ashmara.

Rhorkanterannu rit et Deena aussi.

– Je dois dire que je te comprends, affirme-t-il avant de retirer les longs cheveux de Deena de son cou et de poser son menton sur son épaule. Qu'en penses-tu, ma petit pirate ? Devrions-nous l'aider ?

Deena fait semblant de réfléchir, mais seulement le temps d'embrasser son compagnon sur la joue.

– Je suppose qu'il peut avoir notre clé. C'est techniquement celle de Gibli, de toute façon.

– Chut ! Ne lui dis pas ça.

Il sourit, puis redevient un peu plus sombre en reportant son attention sur l'holo-écran devant lui.

– La clé de Sky est à vous, mais je ne peux pas vous offrir de combattants. J'ai trop de choses à protéger, et quitter Kor est difficile en ce moment…

– Pas pour moi. Moi je peux venir sans problème.

Une nouvelle voix se fait entendre et je vois la porte de la pièce d'où Rhorkanterannu et sa femme me parlent s'ouvrir.

Une femme humaine aux cheveux couleur de flamme s'approche de l'holo-écran. Elle porte une armure de combat impressionnante, mais ce n'est pas ce qui me surprend. Ses yeux sont noirs, brillants. Elle s'avance à côté de Rhorkanterannu. Un second pirate Niahhorru que je sais être son compagnon se trouve derrière elle. C'est Herannathon.

Il me jette un regard noir, et en me voyant, ses quatre mains se forment des poings.

— Mon compagnon rêve de te tuer; mais moi, j'aimerais t'aider.

Elle croise les bras sur sa poitrine et je remarque des armes inhabituelles à sa ceinture. Elles ressemblent à des bâtons de mok biz, mais ils ont des pointes différentes, certaines dentelées, d'autres électriques. Elle porte aussi des blasters. Elle n'a que des armes mortelles sur elle.

— Manila et Ashmara sont mes amies. Je connais le passé de Manila, je ne te reproche pas ce que tu as fait. Ashmara est la femelle la plus cinglée de tous les quadrants, mais … Shrov ! Elle nous manquerait si elle venait à disparaître. Alors, nous venons avec vous.

Elle donne une tape sur l'épaule de son mâle, qui grogne avec fureur.

— Herannathon va réunir une équipe. Dis-moi où tu seras et je t'apporterai moi-même la clé de Sky, ajoute-t-elle.

Ses yeux deviennent noirs et je me demande de quelle sorte de transformation il s'agit. Ashmara semble penser qu'elle est purement humaine, mais de toute évidence, elle est différente.

Quoi qu'il en soit, je la remercie d'un signe de tête. C'est une sensation inhabituelle pour moi, je ne sais pas si je l'ai déjà ressentie auparavant.

— Bon, eh bien, on dirait que les Niahhorrus sont de ton côté après tout, assassin, déclare Rhorkanerannu. Herannathon et Nalia arrivent en renforts. Nous nous coordonnerons avec Gibli sur la destination de notre rendez-vous. Il a accès à notre canal privé. Deena et moi te soutiendrons d'ici. Une dernière chose, assassin, laisse-moi te dire que si tu penses rallier les Lemorans à ta cause, c'est que tu es encore plus cinglé que la femelle que tu as l'intention de secourir.

Je ne réponds pas. Je me contente de lui adresser un autre signe de tête tandis que Gibli se détourne de moi et commence à tracer une route vers notre point de rendez-vous – l'endroit où nous nous retrouverons après avoir embarqué les Voraxians et les Lemorans qui veulent se joindre à nous.

– À bientôt, Nalia et Herannathon.

Juste avant que la ligne de communication ne se ferme, j'entends la femelle appelée Deena répliquer à son compagnon :

– Si Nalia part, je pars aussi. Y a pas de raison qu'elle aille s'amuser sans moi.

24

Jerrock

Quelques heures plus tard, je me fraye un chemin jusqu'à la petite planète Heimo et j'obtiens une audience avec l'humaine Hu'Raku de la planète. Son compagnon, Krisxox, est assis à sa droite. Sur l'holo-écran qui occupe la totalité du petit foyer majestueux de cette maison relativement petite, se trouvent les Raku et Rakukanna de Voraxia et leur petite fille, une hybride à la peau mauve. Elle est plus âgée que les deux autres hybrides qui sont assis devant moi et rebondissent sur l'un des genoux de Krisxox.

J'ai beau essayer d'être direct et clair, les enfants me distraient. Avec leur peau marron et rouge tourbillonnante, les deux petits me ressemblent. Ils sont comme je l'étais autrefois. C'est comme si je me regardais dans un étrange miroir, c'est comme si je voyais ce que ma vie aurait été si j'avais eu deux *parents*, si j'avais été aimé.

Toutefois, je ne changerais rien à ce qu'est ma vie

aujourd'hui, car dans cette réalité imaginaire, Ashmara et moi n'aurions peut-être jamais partagé le même souffle.

Je fais mes demandes, j'exprime mes requêtes et je lance mon appel. Puis je m'assois et j'attends. La Hu'Raku est la première à prendre la parole. Elle se lève rapidement en attirant l'attention des deux petits qui la regardent avec fascination et admiration. L'une a des cheveux blancs et crépus, l'autre des cheveux bruns qui descendent sur ses épaules.

— Nous viendrons en aide à Ashmara, bien évidemment. Elle a fait de même pour nous, elle a même fait plus. Quant à Sky... bien que je n'approuve généralement pas la guerre, il me semble que les Architectes de Sky sont des serviteurs de la douleur et que leurs créations n'ont pas été faites de plein gré et devraient donc être libérées. Les Architectes eux-mêmes devraient être jugés...

— Il n'y a pas de cage capable de les contenir, déclare son compagnon. Si nous allons sur Sky, c'est pour les éradiquer.

Sa femelle grimace. Elle acquiesce tout de même.

— Que le Triple Dieu me pardonne, mais je ne vois pas d'autre solution.

Le Raku, la Rakukanna commencent à réagir.

— Si Sv... Si la Hu'Raku est prête à engager des vies humaines pour sauver l'une des nôtres, c'est que la bataille en vaut la peine, affirme la Rakukanna.

Elle acquiesce et se tourne vers son compagnon. Tout est censé reposer sur sa parole, mais cela semble discutable. Sa Rakukanna a déjà décidé pour lui.

Il acquiesce, un petit sourire se dessine sur ses lèvres.

— Tu as parlé d'*amitié*. C'est un concept dont nous n'avions jamais entendu parler avant de rencontrer ces humains. Mais Ashmara est bien une... *amie*. Tu ne l'es pas, mais ce n'est pas important. Ma Rakukanna et la Hu'Raku de notre peuple ont déjà parlé. Vous avez notre allégeance. Qui d'autre avez-vous rallié à votre cause ?

Je profite de ce moment pour rajouter un écran projetant l'image de Rhorkanterannu. Krisxox gémit à la vue du mâle qui apparaît sur l'holo-écran à sa gauche.

– Toi ! siffle-t-il.

– *Seigneur* Krisxox, répond Rhorkanterannu.

Avant que l'un ou l'autre ne puisse commencer ce qui serait certainement une bataille d'insultes, j'allume les autres holo-écrans, pour révéler les visages des cinq chefs de clan lémorans, de l'Oosa Dua Reoran, d'un groupe d'Oroshis contactés par Gibli, d'une meute de Tevalopes qui doit une faveur à Tintin, et de la femelle hybride Hypha Manila.

– Et c'est sans compter les innombrables bandes d'Eshmiris qui feront tout pour nous aider. D'après le dernier décompte de Tintin, nous disposons de deux cent soixante navires transportant plus d'un millier de guerriers, sans compter les renforts de Voraxia.

– Tu as accepté d'aider l'assassin de Sky, Raingar ? demande Raku en s'adressant directement au chef de clan de Lemora.

Le mâle maugrée dans sa barbe tandis que sa miriga rayonne à côté de lui. Elle brille comme une étoile.

– Bien sûr que nous avons accepté. Nous aimons Ashmara, dit-elle.

L'amour. Encore ce mot. Les humains l'utilisent si librement, avec insouciance même, et pourtant ils semblent toujours être sincères quand ils l'emploient.

– Les chefs de clan de Lemora haïssent les pratiques de Sky. Nous avons perdu de nombreux membres précieux de notre communauté à cause de cet endroit maudit, déclare la cheffe de clan Reyna. Il est temps de mettre de côté nos différences et d'y mettre un terme.

– Et il est temps de mettre le passé derrière nous, dit la miriga du clan Raingar. Nous devons travailler ensemble.

Je me demande si elle comprendra un jour à quel point ses mots résonnent en moi. Son compagnon se contente d'émettre un doux grognement :

– Argh...

Les Hu'Raku et Rakukanna de Voraxia sourient. Finalement, la Rakukanna reprend la parole :

– Je suppose que vous avez maintenant deux cent soixante-deux vaisseaux.

Alors que je lui jette un regard inquisiteur, la Hu'Raku ajoute :

– La Xhea et l'Okkari de Nobu ne voudront pas manquer une telle bataille, et je suis sûre qu'ils auront eux aussi des guerriers désireux de se joindre à eux.

– Ces effectifs sont suffisants. C'est plus que ce que j'aurais pu demander, c'est plus que ce que *nous* aurions pu espérer, dis-je en faisant un geste vers Gibli et Tintin à mes côtés.

Occupés sur leurs boîtes de yamar, les deux pilleurs discutent avec nos *amis* de la façon de procéder, en essayant d'en enrôler d'autres à notre cause.

– Nous avons trouvé la planète de Sky grâce à la clé que les Eshmiris nous ont vendue, déclare la cheffe de clan Bebette, avant d'être interrompue.

– C'est à *moi* qu'ils ont vendu cette clé. C'est *moi* qui ai payé...

Raingar grommelle et ne se calme que lorsque sa miriga pose sa main sur son bras. Elle semble incroyablement petite à côté de lui, mais lorsqu'elle lui sourit, il devient clair que cette femelle possède aussi un mâle qui serait prêt à plier des champs gravitationnels pour elle.

– Nous avons également les coordonnées de la planète. Nous allons les diffuser maintenant, dit Herannathon.

– Il n'y a qu'un seul problème, j'interviens.

Mon attention se porte à nouveau sur le Raku de Voraxia. Il se penche en avant sur son siège, qui ressemble maintenant à s'y méprendre plus à un simple morceau de bois werro qu'à un trône.

– Avec une armée de cette taille, Sky nous verra arriver de loin.

Rhorkanterannu sourit dans son holo-écran, se lève et frotte les avant-bras de ses bras inférieurs avec ses mains supérieures.

– Je me charge de ça.

25

Ashmara

Je passe des solaires dans une obscurité complète. Un tube planté dans mon bras me nourrit. Je n'ai pas besoin d'uriner ou de déféquer, ce qui devrait m'effrayer, mais rien n'est plus terrifiant que l'obscurité. Le temps cesse d'exister quand on est plongé dans sa froide étreinte.

J'ai cherché dans ma poche le sac de muuir, celui que Jerrock avait conservé, un nombre incalculable de fois. J'ai aussi cherché le muuir dans mon sac plus de fois que je ne saurais le dire. J'ai même sorti les patchs du sac, rien que pour les toucher, pour les compter. Il y en a trente-quatre. Mais je n'en ai pris aucun. Je me dis que c'est parce qu'il n'est pas agréable de prendre du muuir dans l'obscurité – c'est une substance lumineuse, solaire, destinée à être appréciée sous le soleil, ou au moins sous la lumière crue d'une torche Eshmiri. Toutefois, je ne suis pas sûre que ce soit la véritable raison pour laquelle je compte les patchs sans rien consommer.

Je dérive vers le sommeil, puis vers le désespoir. Je

dérive dans et hors du désespoir. Je me laisse aller à des rêves, mais au bout d'un certain temps, je mets fin à tous ceux dans lesquels Jerrock apparaît. Je ne veux pas qu'il soit ici, sur Sky. Je ne peux pas l'emmener avec moi. Je dérive jusqu'à ce qu'au moment tant attendu de ma libération.

Je hurle lorsque le tube se rétracte violemment de mon corps. Je tombe. Le fond de la cellule tombe et moi avec. J'atterris douloureusement sur ma jambe gauche. Eck ! Je ne me sens pas bien. Je ne me sens pas bien du tout. Je tends la main et touche le sol sur lequel je me trouve. Il n'est pas rugueux et texturé, mais dur et lisse. Il n'est pas froid, même s'il pourrait l'être. Tout ici est impitoyable, pourquoi le sol ne serait-il pas froid lui aussi ?

J'ouvre les yeux. La pièce dans laquelle je me trouve est blanche et ressemble à la plupart des vaisseaux de Sky que j'ai eu le plaisir de visiter.

– Ce vaisseau-là est vraiment chouette, dis-je en toussant. Même si le décor mériterait d'être rafraîchi.

Je grimace grimace en prononçant ces mots, tandis que j'enfonce mes mains sous ma poitrine pour me redresser.

La pièce sphérique est bien plus grande qu'un vaisseau. Il n'y a rien d'autre que moi et aucun signe qu'on me laissera bientôt sortir. Des lumières blanches brillent au sommet des murs. Elles illuminent les surfaces et leur donnent une lueur éthérée, presque jolie, avant de les réduire, sous leurs rayons crus, à des murs solides. Lorsque je me racle la gorge, des taches noires de yeeyar les traversent à intervalles réguliers. Le plus effrayant, c'est que j'ai aussi la sensation d'être observée. C'est surtout ça qui me fait peur.

Je me demande quand j'aurai enfin la chance de voir la sale gueule des Architectes. Comme Jerrock a refusé d'en parler, je n'ai aucune idée de ce à quoi ils ressembleront. Je ne sais pas à quoi s'attendre. Je m'*attends* à voir des assassins, mais je n'en vois pas non plus. Je suis juste entourée de yeeyar qui court à travers les murs et parfois le sol et le plafond.

On ne me laisse pas attendre trop longtemps cependant. J'ai juste un peu de temps pour me familiariser avec ma nouvelle cellule de détention. Plus je la fixe, plus elle ressemble moins à une cellule qu'à une *arène*.

Je ne veux pas penser à ça maintenant, surtout quand ma main, qui s'agite pour trouver le muuir dans mon sac, se fige lorsqu'un pan de mur auparavant immaculé se remplit soudainement de noir.

Comme de l'encre, le liquide noir se déplace, s'accumule dans une zone concentrée puis se répand à *l'intérieur*. Il se déplace comme si une main puissante le tirait hors de l'eau, comme un seau d'huile que l'on sort d'un puits. Sinueux comme un muscle et lisse comme la peau, il ondule hors du mur comme de l'encre vivante. Ça ne m'inspire rien qui vaille. Rien du tout. Et mes doutes se trouvent confirmés quand la… chose *me parle*.

– Prépare-toi à t'accoupler au horlax, dit la chose.

Ce truc parle un Eshmiri guindé mais avec un accent que je n'ai jamais entendu. Son accent est si distrayant que le sens de ses paroles m'échappe d'abord. Puis, je prends conscience de ce qui vient d'être dit.

– Quoi ? Attends, tu… tu n'as même pas de visage, et tu veux que je couche avec une tache d'encre ?

J'éclate de rire en me serrant le ventre et me tapant la cuisse pour faire bonne mesure. Monsieur Tache – ou peut-être Madame… – ne répond pas, si ce n'est en se déplaçant et en scintillant dans l'air. D'autres traînées noires qui ressemblent aussi à du liquide traversent les murs. Les lumières de la pièce s'éclaircissent puis s'affaiblissent avant qu'une sensation de picotement ne me fasse dresser les cheveux sur la nuque.

Je me retourne à temps pour voir les murs de cette blanche et noire se refermer. L'arrivée de cette créature colorée me cloue sur place.

La bête a une énorme tête jaune, sans lèvres, qui révèle une bouche pleine d'éclats dentelés de dents d'un blanc éclatant. Entre les deux, une langue noire pend sur près d'un mètre cinquante de long. Elle fouette l'air comme si elle le sentait, et lentement, elle s'avance le long du chemin odorant qui l'attire. La créature n'a pas d'oreilles et la moitié de son crâne chauve est recouvert du même stalyx renforcé que celui de Jerrock. Son œil a été retiré et remplacé par un bouclier de yeeyar qui couvre tout son front. Son nez est une paire de fentes serpentines qui me rappellent tant les lézards qui m'ont capturée – que j'en frémis. Son cou est aussi épais que ma taille. Il fait deux fois ma taille. Ce n'est qu'une masse de muscles.

Les muscles de la créature sont si colossaux qu'ils semblent l'alourdir. Elle est, en plus de cette masse de muscles, presque entièrement couverte de stalyx. La plus grande partie de ce stalyx est couverte de pointes et la plupart de ces pointes sont barbelées.

– Par tous les soleils…

Je reste bouche bée pendant bien trop longtemps, alors que je n'ai pas une minute à perdre. Monsieur Tache, lui, ne perd pas une seconde. La tache d'encre disparaît à nouveau dans le mur. Je la poursuis.

– Yeeshee ! J'adorerais baiser une tache d'encre ! Une tache d'encre, ça me va ! Attends !

Je me heurte au mur si fort que mes poignets se déforment. Je rebondis sur la surface dure et m'efforce de rester debout malgré ma cheville gauche blessée. J'ai mal. *Putain, tu as des soucis bien plus urgents Ashmara…* Je me maudis. Je ferais mieux de me concentrer sur mon adversaire.

Je me retourne pour faire face à la créature qui pourrait hanter bien des cauchemars.

– Vous devez être euh… Monsieur Horlax – je peux vous appeler monsieur ?

Cette marque de respect n'a pas très bien fonctionné avec la tache d'encre, je devrais peut-être essayer autre chose.

– Seigneur ? Vous préférez que je vous appelle Seigneur ?

Il pousse un rugissement qui me fait sursauter. Le son est horriblement fort, fracassant. Il brouille mes pensées et je trébuche alors que rien n'a bougé. Est-ce que quelque chose a bougé ? Je ne sais pas exactement où je me trouve. D'après ce que Jerrock m'a décrit, je dois être dans l'une des tours du ciel qui surplombent les terres de Sky.

– D'accord, je ne vous appellerai pas Seigneur. Pourquoi pas Sire ? Ou roi ? Roi Horlax ?

La chose me suit avec son œil géant de yeeyar. Je n'avais pas réalisé à quel point je m'appuyais surtout sur l'œil biologique de Jerrock jusqu'à maintenant. Le yeeyar ne trahit rien. Je me demande ce que le horlax voit dans mes yeux maintenant. De la peur ? J'en doute. Je devrais avoir peur, mais je n'ai pas vraiment peur.

Je savais, lorsque j'ai poussé Jerrock dans cette nacelle,

que ma fin serait brutale, quelle qu'elle soit. Je n'ai vraiment pas envie de coucher avec cette chose et je n'ai aucunement l'intention de donner naissance à des petits dans cet univers, encore moins les petits d'un roi horlax. Je trouve mon sac. J'y plonge la main et me sens presque soulagée.

Enfin.

Cela fait trop longtemps, me répond le muuir, comme un vieil ami. *Mais le muuir n'a jamais vraiment été un ami, n'est-ce pas ?*

J'attrape le sac de muuir et je le déploie, sans jamais quitter le horlax du regard. Non pas que je puisse voir autre chose. Il couvre soudain la moitié de la distance de la pièce en quelques enjambées. Il utilise ses deux bras charnus et ses jambes étrangement courtes pour marcher. Je n'identifie aucune espèce en lui, mais je sais qu'il a dû être quelqu'un, autrefois. Je me sens mal pour lui. Je me demande si, en le libérant, on pourrait y trouver des souvenirs d'une autre vie.

Il rugit à nouveau et son hurlement me déchire. Mon esprit devient noir et je manque de lâcher mon muuir. Non, pas le muuir ! Je me précipite, je l'attrape et je le serre contre ma poitrine. Je commence à décoller la pellicule adhésive de la face active de chacun des patchs et je m'apprête à les appliquer. Tous en même temps.

Par toutes les comètes, oh, mon muuir… comme tu m'as manqué. Les petites bandes sourient contre ma paume. Elles n'ont pas besoin de répondre, je sais que je leur ai manqué aussi. *Mais ce n'est pas de l'amour. Pas du tout.*

La langue du horlax s'élance, s'étend sur un mètre et frappe l'air près de mes mains tendues.

– Eh ! Offre moi d'abord un verre au moins ! je crie en revenant sur mes pas.

La langue se met à nouveau à battre et je vois que de minuscules pustules d'un vert éclatant la recouvrent en grande partie. Un peu comme celles qu'il a sur sa bite.

Il est nu. Son abdomen en métal hérissé, par endroits biologique, descend vers des hanches étroites qui finissent sur une bite si fine et si longue qu'au début, je n'ai pas compris ce que c'était. Sa bite pyramidale a une pointe étrangement étroite. Des pensées me traversent fugitivement l'esprit : je me demande jusqu'où elle me pourrait me pénétrer, si ça ferait mal, ce qui se déchirerait… Je recule. Je ne veux pas avoir les réponses à ces questions, je ne veux pas le découvrir. Je ne le permettrai pas. *Je ne suis pas obligée de céder… Je pourrais me battre.*

Cette idée saugrenue me traverse l'esprit au moment où je libère enfin le trente-quatrième morceau de pellicule de muuir. Maintenant, toutes les bandes trônent magnifiquement dans la paume de ma main. Je dois procéder ainsi, car si je les appliquais une par une, je ne serais jamais assez sobre ou consciente pour appliquer le reste après un certain temps; toutefois, quelques unes ne me tueront pas, ou ne m'assommeront même pas assez pour éviter de ressentir ce que le horlax me réserve. Par contre, trente-quatre… Yeeshee, trente-quatre, c'est assez pour me tuer. En fait… je cherche dans ma poche… Oui, j'en ai trente-cinq…

Krakaw, celle-là est à Jerrock.

Jerrock. Ma main se crispe. La chose pousse un nouveau rugissement. Des pensées se font jour dans mon esprit : je vois le visage de Jerrock, je revois le monstre de métal, l'hybride à la peau brune qu'il était avant, je nous vois tous les deux quand nous étions petits, quand il me laissait gagner.

La peau en sueur, je lève les yeux à temps pour voir le horlax me foncer dessus, toutes dents en métal et toutes griffes dehors. Mes pensées s'effacent et je souris.

J'avais raison depuis le début, pas besoin de me laisser distraire par ces images du passé.

Il est temps de faire un dernier voyage au muuir, il est temps de partir en beauté.

26

Jerrock

La machine des pirates me coupe le souffle. Je n'ai jamais vu une telle prouesse et je compte bien, dès que j'aurai retrouvé Ashmara, la leur voler.

– Éteignez les moteurs. S'il y a trop de signaux, ils créeront des interférences avec le vaisseau mère. Toutes les clés yeeyar en dehors du vaisseau mère Niahhorru doivent être éteintes.

Tebvarannos, un membre de l'équipage de Rhorkanterannu, transmet les ordres à travers notre haut-parleur, ainsi que les haut-parleurs à bord de tous les autres vaisseaux de l'armada. Nous avons cinq cent quatre-vingt-neuf navires. Chaque navire a une forme et une taille différentes de celles de son voisin.

– C'est trop, Nikkowerranorru. Nous n'avons jamais fait fonctionner la machine avec autant de vaisseaux, fait-il remarquer.

Il est clair qu'il ne s'adresse pas au reste d'entre nous. Il obtient une réponse en sourdine.

– C'est pas grave. Si certains vaisseaux dysfonctionnent, on s'en fiche. On continue.

Je ne suis pas d'accord et je leur aurais dit le fond de ma pensée si les Niahhorrus n'avaient pas astucieusement désactivé toutes les émissions entrantes. Maintenant, tout ce que je peux entendre, c'est leur ingénieur en chef, un mâle appelé Gerannu, qui tente d'apaiser Deena et de tirer sur l'appareil, ce qu'il fera dans...

– Cinq, dit une voix humaine, celle de Nalia. Quatre... trois... Sky a rappelé un grand nombre de ses assassins. Nous allons rencontrer deux cent quarante-neuf assassins dans l'espace aérien entourant Sky. Soixante-trois autres sont concentrés sur la planète elle-même... Deux... Tout le monde est prêt ? Oui, tout le monde est prêt. Un.

Soudain, mon corps ne fait plus partie de moi-même. Je ne vole pas, je ne bouge pas du tout, je ne suis tout simplement plus à l'endroit où j'étais un instant plus tôt.

La nausée me prend aux tripes, mais elle passe rapidement. Elle disparaît complètement quand des tirs de blaster atteignent le tas de ferraille dans lequel je me trouve.

– Uuzu, Retro, les boucliers ! je crie.

Ils m'ont devancé. Les Eshmiris travaillent comme un seul homme : ils foncent autour de leur vaisseau décrépit, ils tirent sur les canons et les blasters, ils activent les boucliers et les impulsions. Je suis aux commandes et mon pilotage est impeccable, contrôlé, ciblé. Par contre, les Eshmiris, de leur côté, tirent à volonté.

Des vaisseaux Niahhorrus, Oosas et Oroshis m'encadrent tandis que je me fraye un chemin à travers d'épais nuages violets et que j'entre dans l'atmosphère de la planète. Le monde bleu-vert scintille loin en dessous. Sa courbe élégante est déformée par les tours de stalagmites noires qui marquent son horizon. Je me dirige vers la plus haute, celle qui est la mieux gardée.

La bataille qui se déroule dans le ciel est un véritable carnage. Un vaisseau Eshmiri à côté du nôtre tombe, suivi de près par un vaisseau Oosa. Notre vaisseau ne survivra pas non plus à la bataille, mais ce n'est pas grave, nous n'avons pas besoin de repartir avec. Il doit juste nous amener sur cette dernière plateforme.

Boum.

Une explosion secoue l'aile du vaisseau. Je saisis les commandes et nous pousse vers le haut, juste un peu plus loin, avant que le moteur ne cède. Nous traversons la plate-forme d'amarrage de Sky et nous percutons la tour. Le poids du vaisseau fait vaciller la tour. Le yeeyar renforcé ne se brise pas et ne brûle pas : il absorbe le chaos qui le frappe. Le siège dans lequel je me trouve se détache de son socle et je m'en extirpe juste avant qu'il ne passe à travers un trou sur le côté de la coque et n'explose dans l'espace vide.

Je me tourne vers l'arrière du vaisseau, actuellement en flammes, et je fonce droit dans cette direction. J'envoie une série d'explosions coordonnées, je transperce le flanc du vaisseau et je plonge dans la tour.

Nous nous sommes écrasés dans une salle d'entraînement, le lieu où les assassins créés vont s'affronter. Le statut d'assassin s'obtient après avoir survécu à l'entraînement. Si un assassin est jugé défectueux, la partie défectueuse de son corps est remplacée. S'il est jugé inutile, il est déclassé et son corps est incinéré.

Les souvenirs me frappent comme des couteaux et me font trébucher sur le sol blanc immaculé. Je lance une commande mentale. Le yeeyar dans mon système réagit et fait ce que je lui dis de faire. Il ouvre une porte à l'extrémité de la salle d'entraînement. Je la laisse ouverte au cas où l'un des Eshmiris parviendrait à quitter le vaisseau et... et quoi ? Ce serait peut-être un plus grand risque pour les Eshmiris de la laisser ouverte que de la fermer…

J'entends un bruit sourd. Une lame me frôle le visage alors que je m'engage dans le couloir. Je me baisse et évite de justesse qu'elle ne transperce ma joue biologique. Un vacarme assourdissant emplit les couloirs. Je lève les yeux et aperçois trois assassins qui foncent sur moi. L'un d'entre eux fait un bruit insupportable avec sa bouche.

La tension s'empare de mon corps tandis que la douleur me transperce les oreilles comme des aiguilles. Je grimace et lutte contre la souffrance. Je m'approche du premier assassin. Nos lames s'entrechoquent, ainsi que les parties de nos corps en stalyx. Je tressaillis lorsque la créature derrière lui recommence à pousser son hurlement terrible. Tout devient flou. Je me prends un coup de lame dans la cuisse. J'ai du mal à rester debout. Krakaw... Krakaw, ce n'est pas possible. Je suis arrivé jusqu'ici et le horlax...

Une arme s'abat sur le visage de la créature hurlante, c'est un long bâton lisse. Un grognement animé retentit derrière moi, suivi d'un cri guttural :

– Jerrock, à terre !

J'obéis et je me baisse, bien que je ne sache pas pourquoi. Une position plus basse me désavantagerait par rapport à l'assassin que je combats, mais... je me bats avec des *amis* cette fois... alors je me baisse.

Je touche le sol et, au-dessus de ma tête, je vois des gerbes de tirs de blaster frapper la poitrine des assassins, encore et encore et encore, accompagnées de cris perçants :

– Shrov ! Prenez ça, sales assassins aux yeux morts et sans cervelle ! Ha ha ha ha ha !

Ces exclamations sont suivies du ricanement profond d'une autre femme.

– Deena, assomme les assassins. Nous sommes censés les *assommer*.

– Oh shrov.

Une accalmie dans les tirs de blaster permet à l'un des assassins les moins blessés de se lever et de se glisser vers l'avant sur des jambes d'Oosa et une queue de Voraxian. Il lance sa queue vers l'assaillant au-dessus de ma tête, mais je lève mon bras stalyx, j'attrape la queue et la sectionne avec mon épée voraxiane. C'est un modèle de Nobu, elle a un tranchant courbé et dentelé. Elle coupe admirablement bien. Je n'ai jamais utilisé d'arme qui puisse rivaliser avec elle. Elle est simple, mais propre, froide et mortelle.

– Oui ! Ça y est.

Une explosion retentit et j'esquive à nouveau. Une sensation de brûlure effleure l'extérieur de mon bras Drakesh tandis qu'une pluie d'étincelles s'abat sur moi.

Les assassins dans la salle rugissent sous le coup de la douleur et de la défaite. J'imagine qu'ils se seraient tous les trois désactivés à ce moment-là, s'ils avaient été capables de bouger. Je me lève d'un coup de pied. Les trois assassins sont collés au sol et aux murs par une toile collante et lumineuse faite d'un matériau que je n'ai jamais vu auparavant.

Je me retourne. Deux femmes humaines, minuscules comparées aux assassins qu'elles combattent, se tiennent dans le hall et me sourient. L'une porte ce qui ressemble à un bâton mok biz, l'autre, un blaster presque aussi grand qu'elle. C'est cette dernière qui me fait signe.

– Jerrock, c'est ça ? Enchantée de te rencontrer. Maintenant, est-ce qu'on peut passer aux choses sérieuses avant que mon compagnon ne me retrouve ? Il ne me laisse jamais utiliser les gros blasters.

Je n'arrive pas à savoir si cette femme est folle ou simplement idiote et je décide que tant qu'elle ne pointe pas son blaster sur moi, je n'ai pas besoin de m'en soucier. L'autre femme, en revanche, me regarde avec plus de méfiance et je sais pourquoi : je lui ai fait beaucoup de tort.

– Merci d'être venue, dis-je.

Je n'arrive pas moi-même à en croire mes oreilles. Je n'ai jamais *remercié* personne pour quoi que ce soit auparavant. *Je n'ai même pas remercié Ashmara de m'avoir libéré. Mais je le ferai. Oui, je le ferai. Par les étoiles, faites en sorte que j'aie l'occasion de la remercier.*

– J'ai une dette envers Ashmara, alors je n'ai pas besoin que tu me remercies, dit Nalia.

Deena acquiesce.

– Je n'en suis pas fière, mais moi aussi j'ai deux dettes envers elle, c'est pour ça que je suis là.

J'acquiesce, car je sais aussi que l'amour ne fonctionne pas comme ça. Même si elles ne leur devaient rien, je suis sûr que ces humains se sacrifieraient pour elle.

– Il faut continuer.

Je me détourne d'elle et je commence à descendre le couloir, mais Nalia me rappelle.

– Il y a un chemin plus pratique. Il n'y a que deux

assassins de ce côté, pas huit.

La surprise me laisse sans voix, mais je fais suffisamment confiance à la femme pour la suivre lorsqu'elle fait demi-tour dans le couloir avant de prendre le suivant. Elle suit un chemin que je n'aurais jamais pensé à prendre, mais qui nous mène néanmoins sur des routes entièrement dépourvues d'assassins.

– Qu'est-ce que c'est ? je lui demande.

Ma question n'est pas très bien formulée, mais elle comprend tout de même ce que je veux dire.

– Quand tu m'as emmenée sur un vaisseau de Sky, tes copains ont inséré du yeeyar dans mon système. Apparemment, ça n'a pas eu l'effet escompté. Mais maintenant, je peux suivre les clés de Sky. Elles apparaissent dans mon champ de vision aussi clairement que des coordonnées. C'est pour ça que je sais qu'il y a onze clés de Sky actives à cet étage. Huit de ces clés sont derrière nous, mais elles se rapprochent. L'une est au bout de ce couloir.

Je me crispe, distrait par sa fascinante biologie et par ce que cela signifie.

– Tu peux sentir d'autres types de présence ?

– Centare, dit-elle en hésitant. Mais il y a une clé de Sky active dans cette pièce et elle semble... étrange.

Elle a l'air inquiète. Son inquiétude se lit sur son visage. J'ai du mal à garder mon calme.

Krakaw. Krakaw, krakaw, krakaw. Elle ne peut pas avoir déjà été donnée au horlax, c'est impossible. Les Architectes ont dû la garder pour faire des tests, pour s'assurer qu'elle serait capable de porter le petit de cette abomination... Pourtant, alors que je fonce dans le hall, l'odeur de muuir doux et sucré dans l'air se fait plus épaisse. C'est un parfum que je connais bien, c'est son parfum.

Krakaw. Elle m'a caché qu'il lui restait du muuir. Elle en avait encore avec elle. *Maudite pilleuse*. Si elle a pris trop de muuir pour échapper au horlax, je ne lui pardonnerai jamais. Je ne lui en voudrai pas parce qu'elle a trouvé un moyen de s'échapper, je lui en voudrai parce qu'elle m'a abandonné. Elle pensait que je ne viendrais pas la chercher. Elle pensait que je n'en serais pas capable.

Je défonce la porte de l'arène d'entraînement au bout du couloir et je m'engouffre dans l'ouverture créée par mon yeeyar. Un corps gît au centre de la pièce, c'est celui d'une créature massive recouverte de métal et de rage. Il est six fois plus grand que moi et plus grand qu'aucun Egama ne l'a jamais été, mais cela ne m'empêche pas de lui foncer dessus, car je ne vois pas Ashmara. S'il s'est couché sur elle, il l'a tuée, même si on lui a dit de ne pas le faire, et je ne la vois pas dans la pièce.

Où est-elle ? Les architectes l'ont-ils emmenée ? A-t-elle déjà couché avec lui ? Est-elle morte ? Peu importe, je la libérerai d'eux et de tout cela. Je ne laisserai pas son corps être utilisé par ces êtres malveillants. Sa vie lui appartient et si elle choisit de me haïr à jamais parce que je n'ai pas su la protéger, alors je la libérerai de moi aussi.

Même si cela doit me tuer.

Je bondis et je m'apprête à abattre ma lame sur la nuque du horlax quand, tout à coup, une arme vole dans les airs vers la peau rouge qui recouvre mon cœur battant. C'est un couteau. Un couteau au radium. C'est celui que j'ai utilisé pour tuer des lézards sur cette planète étrangère il y a seulement quelques solaires. J'ai l'impression que c'était il y a une éternité. Seule une personne pourrait l'avoir en sa possession…

Elle est en vie.

Elle vise juste, fermement et férocement, et moi, je suis tellement surpris par cette révélation que je ne réagis pas assez vite pour l'empêcher de me frôler.

– Jerrock ! crie-t-elle.

Sa voix n'a pas changé, elle n'a pas été affectée par la douleur ou par la consommation de muuir.

Je sens le frôlement du métal contre ma poitrine, je sens le couteau percer doucement ma peau... avant que la lame ne soit détournée de sa trajectoire par un bâton mok biz. Mes pieds touchent le sol, le bâton touche le sol, la lame touche le sol et Ashmara se lève.

Cachée derrière l'énorme horlax, Ashmara était invisible de là où je me trouvais. Mais maintenant, en la regardant de là où je suis accroupi, je scrute chaque centimètre de son corps, sans trouver la moindre égratignure.

– Co... Comment as-tu.. ?

Je bégaie. C'est bien la première fois.

– Tu es vivante... je reprends.

– Bien sûr que je suis vivante, dit-elle en souriant aux femelles qui sont entrées dans la pièce derrière moi.

Je les regarde se rassembler autour de leur amie, je les regarde s'étreindre et se dire des choses gentilles que j'aimerais pouvoir lui dire aussi. Elles lui font savoir qu'elles sont heureuses qu'elle soit saine et sauve.

Son regard se pose sur moi. Elle fait un pas dans ma direction et trébuche. Ce petit geste me donne envie d'arracher mon cœur de ma poitrine. Je me précipite et la rattrape. Elle rit en pesant de tout son poids sur moi et me laisse l'attirer contre mon corps. Je veux que nous nous déshabillions. Je veux sentir ses formes.

– Alors, je t'ai manqué ? dit-elle en essayant d'être

désinvolte.

Je ne réponds pas. Je ne peux pas répondre.

– Jerrock ? Tu trembles ?

J'écrase mes lèvres sur les siennes, je l'embrasse avec toute mon âme. Krakaw, je lie nos deux âmes dans un baiser. Je ne cesse de l'embrasser que lorsque je sens qu'elle doit reprendre son souffle. Je serre son visage dans mes mains et je lui fais solennellement cette promesse :

– Je t'aurais suivie jusqu'à la mort. Je te punirai pour avoir songé à partir sans moi.

Elle sourit simplement, tend la main, et me touche le nez du bout du doigt.

– Dans ce cas, on est quitte.

Elle se hisse sur la pointe des pieds et respire dans mon cou.

– Mais je te laisserai me punir comme tu veux... ajoute-t-elle.

J'éclate de rire.

– Shrov ! s'écrie Deena. Est-ce qu'il est en train de rire ? C'est flippant...

Je l'ignore et demande à Ashmara :

– Comment as-tu tué le horlax ?

– Oh, il n'est pas mort, dit-elle en donnant un léger coup de pied à l'un des membres de la créature. Il est juste en train de prendre son pied. Je suis sûre qu'il prend son pied. Il finira par se réveiller. La quantité de muuir que je lui ai donnée ne le tuera pas. J'espérais juste que le temps que ça se dissipe, nous serions devenus bons amis. Pendant qu'il est défoncé, je lui raconte des blagues. Jusqu'à présent, je pense qu'il les trouve plutôt drôles. Le plan B, c'était de lui couper la bite. Il ne pourra pas coucher avec moi sans...

Mon incrédulité se mêle à ma fierté.

– Tu es une pilleuse stupide…

– Et toi, tu es un bien mauvais assassin, fait-elle remarquer en souriant. Je croyais que les assassins n'étaient pas du genre à avoir des amis. Pourtant, tu les as tous amenés.

Je lui souris et lui touche doucement la joue.

– Et même un peu plus.

La voix de Deena se fait entendre.

– Euh… les gars ?

– Deena, recule ! hurle Nalia.

Je me retourne à temps pour voir un Architecte sortir du mur et foncer sur Deena. Je me jette dans sa trajectoire et il entre en collision avec mon torse en stalyx. Il l'érafle assez profondément pour laisser des cicatrices, même dans le métal. Je rugis et roule sur le dos, puis sur mes pieds. Je me bats contre l'Architecte, je l'éloigne des femelles en utilisant chaque once de concentration que j'ai pour ne pas être empalé par chaque éclat de yeeyar qu'il me lance.

– Qu'est-ce que c'est ? s'écrie Deena.

– Un Architecte, je réponds entre deux respirations.

L'Architecte a fait couler le sang quatre fois et il ne s'est toujours pas manifesté.

– C'est quoi ce bordel ? Il n'est même pas solide ! s'écrie Nalia. Comment on peut le tuer ?

– Autrefois, il avait un corps entièrement biologique.

J'esquive, je plonge, je coupe et j'esquive.

– Il a encore… un cœur. Il faut le transpercer.

– Les filles, dit Ashmara, ne laissez pas cet architecte toucher le horlax. Il est *à moi*.

Le temps passe. La bataille continue. Nous faiblissons toutes les quatre, mais pas l'Architecte. Nous avons réussi à faire trois tentatives pour atteindre le cœur, qui s'est révélé quatre fois, mais aucun de nos coups, que ce soit avec des poignards ou des lances, n'a atteint sa cible.

– On ne va pas y arriver, souffle Ashmara à mes côtés.

Elle se faufile là à chaque fois que j'essaie de la placer dans mon dos. Les munitions de Deena doivent être à court. Deux des bâtons de Nalia ont été détruits.

– Nous devrions nous replier et rejoindre les autres, dit Deena.

– Oh shrov... Je crois que cette horrible créature a appelé ses potes.

Je me retourne. L'évaluation de Nalia est correcte. Un pan de mur devient noir et une forme yeeyar apparaît... puis une troisième.

– Eck, Jerrock... combien y en a-t-il ?

– Six.

– Six ?

La panique que je perçois dans la voix d'Ashmara n'a rien de rassurant. Elle me gagne aussi. La panique s'est emparée de moi depuis que nous avons vu le premier.

Tous ceux qui ont affronté des Architectes sont morts.

Les Architectes commencent à se déplacer en synchronisation les uns avec les autres. Ils nous entourent, ils nous forcent à nous serrer de plus en plus les uns contre les autres, jusqu'à ce que nous soyons tous les quatre debout, presque dos à dos. Nous sommes débordés et dépassés. Il nous faut...

Le premier Architecte attaque. C'est le moment. Mon heure est venue. Je bondis pour me jeter devant Nalia, mais au moment où je pose un pied sur le sol, le mur à ma gauche explose.

L'Architecte se retourne et s'élance à travers la fumée. J'entends un juron prononcé en Meero, suivi de près par un cri :

– Putain de shrov ! Deena, t'es là ? Je te cherchais partout ! Ne t'avise jamais de... Shrov ! Nikko, attrape ce...

– Poignardez-le dans le cœur ! hurle Deena.

Nalia hurle, son bâton vole alors qu'un autre Architecte tente de se rapprocher de nous par la droite. Ashmara la pousse hors de la trajectoire de l'Architecte juste à temps pour éviter qu'elle ne soit blessée. Je fonce sur l'Architecte, je reprends ma place dans la danse qu'est cette bataille mortelle, et Ashmara se place à ma droite. Je constate que nous nous déplaçons de façon synchronisée et qu'ensemble, nous parvenons à déconcentrer l'Architecte.

– Ashmara, centare ! s'écrie Nalia.

Ashmara s'avance et elle est attaquée par derrière. Je me retourne. Un Architecte que je n'avais pas vu me frappe de toute la force de son yeeyar et je m'envole. Je percute le mur opposé et je me heurte au sol. De là, je regarde, impuissant, deux Architectes se rapprocher de ma femelle... Je rugis juste au moment où un autre trou dans le mur apparaît. Là, se tient une femme que je reconnais : Manila. Elle a le bras tendu. Comme moi, elle peut commander le yeeyar de cet endroit avec précision. Deux Eshmiris se trouvent à ses côtés : Gibli et Tintin. Une douzaine d'Eshmiris que je ne reconnais pas sont derrière elle.

Ils font irruption dans la pièce, des fléchettes à la bouche, et ils commencent à tirer sur toutes les entités sombres qu'ils rencontrent tandis que, au milieu d'eux, Manila commence à souffler dans un sifflet. Je grimace et je ris presque en même temps, malgré la douleur qui me traverse et la panique qui affecte mon pouls, car je sais que les Architectes ne s'attendent pas à ça. Jamais ils n'auraient pu se préparer pour une telle attaque. Cet outil aussi rudimentaire, manié par un groupe aussi rusé, les hypnotise.

Les Architectes touchés par les fléchettes commencent à se *désintégrer* autour de la zone impactée par des fléchettes. Les mailles du yeeyar qui les maintiennent ensemble s'effilochent et dévoilent leurs cœurs.

L'un d'eux est transpercé par une explosion. L'arme qui a tiré est celle de l'un des pirates de Rhorkanterannu, peut-être que c'est le *roi* lui-même qui l'a éliminé. Je m'élance sur Ashmara, je la prends dans mes bras et je l'éloigne d'un Architecte qui tombe en cherchant à s'agripper à n'importe quoi dans son dernier accès de désespoir. Je sors le couteau au radium de la poche arrière d'Ashmara et poignarde le cœur maintenu en l'air par quelques ficelles noires seulement. Ce cœur d'Architecte a une forme étrange, il ressemble à une étoile grumeleuse.

C'est un cœur voraxian, ou drakesh. Tandis que le yeeyar s'effondre dans une flaque d'encre renversée autour d'une clé de Sky désactivée et d'un cœur biologique enveloppé d'une coque protectrice, j'ai l'impression, à bien des égards, d'être en train de mourir. Pas totalement; mais j'ai l'impression qu'une partie de moi s'éteint. Je regarde l'organe, luisant de sang cuivré, battre une dernière fois. Cet architecte n'est pas né comme ça. Il a été créé. Ça aurait pu être moi...

Une main trouve la mienne dans l'obscurité et me tire en arrière. Je me trouve face à deux yeux rayonnants de lumière et d'amour ornant un visage brun foncé éclaboussé de sang et je souris.

Krakaw, ce n'est pas possible.

27

Jerrock

Il nous faut la majeure partie d'un solaire pour éradiquer tous les Architectes de Sky et deux autres solaires de plus pour capturer les assassins survivants. Même sans les Architectes pour les guider, ils ne déposent pas les armes. Nous nous battons toute la lune, nous nous battons le solaire qui suit, nous tenons bon…

Et tout à coup, c'est fini.

Les Voraxians s'efforcent d'entrer en contact avec les créatures de cette planète afin de leur apporter de l'aide. Les pilleurs fournissent des antidotes aux assassins, un par un. Ils les libèrent jusqu'à ce que leur stock d'ionine s'épuise. Les Lemorans interviennent à ce moment-là pour les réapprovisionner. Les Oosas sont retournés dans le Quadrant 8 en emmenant les Oroshis avec eux. Les pirates sont occupés à fouiller les tours à la recherche de pièces de technologie qu'ils pourraient conserver.

Je grogne en voyant Nikkowerranorru qui tente de sortir un kit complet d'armes de Sky quatre fois plus grand que lui.

– Éloigne-toi de ça avant de faire exploser Sky ! crie Gerannu en s'approchant de lui.

Je me tiens au bord de la plateforme et regarde les formes accidentées des tours brisées enveloppées de vents orangés. Une brise mauve et nuageuse passe. Je n'entends que le chaos. Tout ce que je ressens c'est...

Une petite main se glisse dans la mienne mais il y a quelque chose entre nous, quelque chose sépare sa peau de la mienne.

– Tiens, c'est à toi.

Je baisse les yeux et vois un morceau de muuir contre ma paume. C'est celui que je possédais. Je le jette au vent, puis je l'attrape par la taille et je la tire rapidement devant moi contre le bord de la plateforme. Si je la lâchais, elle tomberait dans les bras de la Mort. Mais elle n'a pas l'air d'avoir peur. Peut-être que je devrais aussi cesser d'avoir peur.

Parce que l'amour et la vie sont plus intéressants que la Mort.

– Nous n'en avons plus besoin, lui dis-je en la rapprochant encore de moi.

Je veux la serrer contre moi, je veux la sentir, la caresser, bien au delà de ce que la décence autoriserait. Je veux la sentir contre mon côté biologique, contre la chaleur de ma peau.

– C'est vrai. Après avoir vu à quel point le horlax avait l'air mal en point quand il planait grâce au muuir, je me demande comment j'ai pu prendre ce truc de mon plein gré. Il avait l'air anéanti.

Elle glousse, passe ses bras autour de mon cou et nous restons là à nous tenir l'un l'autre, tandis que le yeeyar se dérobe sous nos pieds.

Je grimace en pensant à la créature et a tout ce qu'elle a dû subir pour devenir cette monstruosité.

– Il est en paix maintenant.

– Je l'espère.

Nous restons encore un moment debout, à penser à tout, et à rien. L'épuisement et l'adrénaline se livrent un combat sans merci dans mon corps, mais ils perdent tous les deux, et ce sera toujours le cas. Parce quand elle est avec moi, j'ai tout ce qu'il me faut, et même plus.

– Je n'arrive pas à croire que tout le monde soit venu et ait combattu Sky pour moi, dit-elle.

Elle a l'air sincèrement surprise. Je m'éloigne et j'examine son visage. Elle n'a pas compris à quel point elle était magnétique. C'est une facette de son caractère à la fois adorable et fascinante. Elle se fait remarquer partout où elle va, et pourtant, dans tous les contextes, elle reste naturelle.

Elle est sauvage.

Elle est douce.

Elle constitue un concentré de pure perfection.

Et ce qui est clair, c'est que, où qu'elle aille, elle est aimée. Tous ceux qui ont croisé sa route l'aiment infiniment.

– Ce sont tes amis. Ils sont prêts à tout pour toi.

– Mes amis ? J'ai déjà essayé de tuer au moins la moitié de ces créatures. Demande à Krisxox, si tu ne me crois pas. Il te dira à quel point nous sommes « amis ».

Je glousse. Hunhun et Uuni m'ont déjà raconté toute l'histoire.

– Ce qui devrait t'étonner, c'est qu'ils se soient ralliés à *moi* pour venir te chercher, alors que tout le monde te déteste.

Ashmara me sourit. Son sourire est aussi blanc que

ses yeux jusqu'à ce qu'ils brillent de toutes les couleurs, toutes à la fois. Pour moi. La toile du ciel n'a rien à envier à une telle majesté.

– Tout le monde te déteste ? Toi ?

Elle fait claquer sa langue contre l'arrière de ses dents.

– Krakaw, tout le monde t'aime.

Après cette simple déclaration, elle place ma main sur sa poitrine, au-dessus de son cœur, et je suis emporté vers de nouveaux lieux, de nouveaux mondes, de nouvelles galaxies. Soudain, elle se met à rire et je vois bien que c'est à moi qu'elle s'adresse cette fois.

– Jerrock l'assassin serait-il en train de pleurer ?

Elle essaie de frotter son doigt sous mon œil biologique, mais je la devance. Je saisis le bout de ses doigts et je les embrasse tous.

– Bien sûr que non.

Elle se contente de me serrer plus fort autour de la taille lorsque la prochaine brise violente se lève. Elle vacille sur sa jambe droite, car sa jambe gauche est blessée. Je la guérirai. Je vais tout arranger pour elle, pour l'éternité. Pour toujours. Et de temps en temps, je la laisserai me guérir aussi.

– Krakaw ? Ce n'est pas une larme ? J'ai dû me tromper, c'était peut-être un peu de couleur. Juste une tache de bleu sans doute, dit-elle d'un air taquin.

Je me fiche de la couleur qu'elle prétend voir. Pour elle, je peux porter toutes les couleurs sous les étoiles et à l'intérieur d'elles. Pour elle, je peux être en apesanteur. Parce qu'elle est tout pour moi.

– Peut-être, mais seulement un peu, alors.

Elle plisse les yeux et penche la tête sur le côté. Je peux alors voir sa famille eshmiri se disputer avec un groupe de pirates pour savoir quel vaisseau de Sky ils doivent dépouiller. Pour des raisons que je peux à peine comprendre, malgré l'état actuel de leur tas de ferraille, les Eshmiris veulent le réparer. Ils ne veulent pas d'un nouveau vaisseau.

Ils disent que leur vaisseau fait partie de la famille.

– Je suppose que je vais devoir faire plus d'efforts pour susciter une réaction de ta part, alors.

Ses yeux deviennent violets.

Ma bite, déjà gonflée par la chaleur de son corps, commence à s'épaissir, à se raidir et à la désirer.

– Qu'est-ce que tu as prévu de faire ? je demande.

Son sourcil gauche se soulève et elle se mord la lèvre inférieure. Je suis instantanément en pleine érection. Puis elle se penche en avant sur la pointe de ses pieds et déclare avec enthousiasme :

– Gibli dit qu'il y a une grosse affaire de kintarr entre les Lemorans et les Walreys à propos de ce miel dégoûtant que tu m'as servi une fois. Nous pourrions aller en voler. Ou nous pourrions aller voir Deena et Nalia, elles organisent un grand tournoi de mok bir sur Kor. Il est censé être encore plus attractif que celui d'Evernor.

Ses sourcils s'agitent, toute suggestion coquine a disparu. Je me mets à rire.

– Pourquoi tu ris ? C'est vrai ! Les enjeux sont élevés. La moitié des quadrants connus a déjà misé sur un possible vainqueur. Nalia est en lice. Je vais parier sur sa victoire. C'est une gagnante.

– Je ne parierais pas contre elle, en effet, je confirme.

Je place les boucles imbibées de sang d'Ashmara derrière son oreille. Heureusement, une grande partie du sang qui les couvre ne lui appartient pas, il provient de créatures qui ne peuvent plus lui faire de mal. Elles sont loin maintenant, et le horlax... a été désactivé.

– Manila m'a aussi parlé d'une nouvelle planète. Une planète petite et lointaine. Ceux qui s'y rendent peuvent assister à des fêtes extraordinaires, s'ils survivent aux serpents géants, bien sûr.

Je m'apprête à poser une question sur cet endroit mystérieux, mais elle poursuit avec enthousiasme :

– Nous pourrions aussi aller voir la planète plage de Deena. Euh… Heqama ? Hebama ? Je ne me souviens plus du nom qu'elle lui a donné, mais il y a des humains qui y vivent maintenant. Ils ne sont pas très nombreux et il y a encore des parties inhabitées, des endroits sauvages que nous pourrions explorer ensemble. Nous pourrions aussi rejoindre les pirates lors de leur prochain raid. Ils ont dit qu'ils récoltaient une sorte de substance censée être encore plus rare que le kintarr et aussi puissante. La planète est petite et hostile. Elle n'a accès à aucun des autres quadrants, mais apparemment, certains des êtres qui y vivent peuvent cracher du feu. Ça pourrait être cool à voir, krakaw ?

– En effet.

Je passe mon pouce sur son front et sur la peau lisse de sa poitrine. Je sens les battements de son cœur. Boum, boum, boum, boum… Le son est régulier et bien ancré.

Elle ouvre grand les yeux, ils brillent de malice dans des tons argentés et verts.

– Nous pourrions aussi essayer de trouver la Terre, la planète d'où viennent les humains, et voir ce qu'il en reste. Ou nous pourrions...

– Yeeshee, lui dis-je.

– Yeeshee quoi ? Qu'est-ce que tu veux faire ? Nous avons beaucoup de temps à rattraper, dit-elle en me serrant très fort contre son corps.

Je souris, parce qu'elle a raison et parce qu'elle a tort. C'est ma compagne xiveri. Nous avons tout le temps du monde. Nous avons des éternités à notre disposition, des éternités logées dans chaque vie née de nous dans ces Quadrants et au-delà. Je me penche et effleure ses lèvres, contre lesquelles je murmure :

– Yeeshee pour tout, ma petite combattante. Je ferai tout cela avec toi.

C'est la fin ! La saga de la passion Xiveri s'achève avec l'histoire d'Ashmara et Jerrock. Vous l'avez appréciée ? Ecrivez un avis sur Amazon, ou vous pouvez me contacter sur:

Instagram: @estephensauthor
TikTok: @elizabethstephensauthor

Vous pouvez également faire partie de ma mailing list à www.booksbyelizabeth.com

Vous aimeriez lire d'autres histoires comportant des âmes-sœurs Xiveris ? Visitez Revatu en lisant la nouvelle : Pourchassée par le dragon de Revatu.

Au plaisir de vous retrouver, mes amis !
Elizabeth

¤º´*`º¤,¸¸,¤º*º¤,¸¸,Ø

Pourchassée par le Dragon de Revatu

Dixième tome de la passion xiveri, une nouvella (Latanya et Grizz)

Lorsqu'elle atterrit sur une planète étrangère où tout semble vouloir la tuer, Latanya constate rapidement que le pire dans tout ça, c'est le mâle avec qui elle s'est écrasée. Elle préférerait sauter du bord de la falaise plutôt que de céder à ses exigences, même si cela signifie atterrir dans les bras d'une énorme bête verte qui déclare qu'elle lui appartient.

Disponible en livre relié et en version ebook sur Amazon ou sur toute autre plateforme proposant des ebooks.

1

Grcyxz

Je regarde les débris spatiaux traverser le ciel vert parfait de Revatu dans de grandes boules de feu bleu. C'est magnifique. Je pose la noix de chrxzyt que j'ai séparée de sa coque charnue et je regarde Bebetu et Orick dans le petit verger. La lèvre supérieure d'Orick se retrousse encore plus, révélant l'extrémité de ses défenses. Il porte sa lame de cisaillement en bandoulière. Je plante la mienne dans le sol – c'est un défi. Je n'ai pas besoin d'une lame pour le battre et prendre tout ce que cette cargaison de déchets spatiaux nous apporte.

Bebetu ricane. Ses défenses jaillissent de sa mâchoire inférieure pour s'enfoncer dans sa lèvre supérieure – une version miniature de mes propres défenses, qui sont parmi les plus épaisses et les plus acérées de notre clan. Les grands rabats de ses oreilles tressaillent d'irritation, ou peut-être d'anticipation.

Je m'élance. J'arrive au bord de Revatu avant eux et je saute du bord de l'île.

2
Latanya

Rax ! Rax, rax, rax.

– Rax ! je crie le mot qui tourne en boucle dans mon esprit.

Il m'a coincée. Je vois ces rochers et cette nature hostile d'un autre œil maintenant. Les rochers ne sont pas un problème.

C'est Negunn mon problème.

La falaise derrière moi pourrait aussi me poser problème.

Tout comme l'eau rose écumante en dessous.

Et je ne parle même pas de ce magma brun, gélatineux et râpeux qui s'étend lentement sur le sol de la forêt, sans déranger les arbres ni les buissons, mais en incinérant les restes de la capsule accidentée dont j'ai dû m'extirper à coups de pied. Le dispositif de repérage intégré à la coque que j'espérais utiliser a disparu. Je ne sais même pas si mes parents se sont écrasés sur cette planète ou sur une autre. Je ne sais pas s'ils sont arrivés quelque part.

Peut-être sont-ils encore perdus dans l'espace.

Et s'ils mouraient là-bas ? Et si je ne les retrouvais jamais ? Mon cœur semble battre contre tous mes organes à la fois. Tout se resserre sous l'effet de la terreur tandis que je regarde l'espace qui se réduit entre Negunn et moi. Je le hais plus que jamais. Ce que je ressens dépasse de loin toute la haine que j'ai jamais ressentie à son égard auparavant.

Je l'ai toujours détesté.

Mais en ce moment, je jure que si nous étions les deux dernières âmes restantes sur cette planète, je préférerais quand même plonger dans le magma. J'y jette un coup d'œil juste au moment où le dernier kintarr à l'extérieur de la coque de mon module se met à crépiter terriblement, en produisant un spectacle de couleurs et de lumière, avant de s'éteindre.

Finalement, je pense que je préfère tomber de la falaise.

Je jette un coup d'œil par-dessus mon épaule. Il n'y a qu'une douzaine de marches entre moi et le bord de la falaise. Je jette un coup d'œil aux arbres qui me surplombent. Certains se penchent au-dessus de la chute abrupte et mortelle comme s'ils défiaient la gravité, sans se soucier des eaux roses et écumeuses en contrebas. Certaines branches et les lianes épaisses qui y pendent paraissent assez proches pour être touchées... Si je sautais au-dessus de l'eau, je pourrais peut-être atteindre celle-là...

Mais je n'en ferai rien.

– Allez, Latanya. Tu sais que tu n'as pas d'autre choix.

Peut-être que je vais devoir me battre.

– Non.

Negunn regarde me poings serrés.

Il rit.

– Je peux employer la manière douce ou à la manière forte.

– La manière douce ? C'est-à-dire ? La douceur, ça n'a jamais été ton fort.

Je frappe ma cuisse avec le poing. Elle tremble depuis l'accident. C'est peut-être le choc. Ou peut-être que je suis blessée. Je n'en sais rien. Mon adrénaline s'agite follement dans mon corps, elle anime toutes mes terminaisons nerveuses. J'ai envie qu'il attaque, j'ai envie de le frapper.

– Mais enfin, tu es un prince du Quadrant 1. Les femmes te trouvent toutes séduisant. Tu es issu d'une des lignées les plus riches du Quadrant. Choisis quelqu'un d'autre, tu peux avoir toutes les femelles que tu veux !

Ses yeux ne sont plus que des fentes lorsque je dis cela et son sourire se fait plus menaçant. Il fronce les sourcils.

– Pas toutes.

– Je te plais parce que je ne veux pas être avec toi ?

– Pourquoi tu ne veux pas être avec moi ?

Il fait un geste vers sa poitrine nue. Il a toujours la poitrine nue. Il sait qu'il a un physique propre à être admiré. Il est le fils prodigue du quadrant 1, l'archétype parfait de tout prince. Sa peau dorée scintille à la lumière, ses cheveux couleur arc-en-ciel tombent en vagues parfaites jusqu'au lobe de ses oreilles. Ils ne sont jamais ébouriffés, peu importe le nombre de fois qu'il y passe les doigts. Ses yeux sont striés de turquoise, d'or et de rose. Je l'ai déjà vu nu dans les bains royaux. Gâté par la nature, il arbore une bite gigantesque, des cuisses musclées et des pieds manucurés. Comme si cela ne suffisait pas, il est riche et il est intelligent. Je n'ai, en apparence, aucune raison de ne pas vouloir être avec lui.

Sauf que je préfère mourir brûlée vive dans du magma. Ou être déchiquetée par les arbres en sautant d'une falaise.

– Parce que tu es un sale type !

Le magma dégage de la chaleur. Il se trouve à quinze mètres en-dessous de nous et il se rapproche par la gauche. Il n'avance pas vite, mais s'il arrive à un jet de pierre de distance, je n'aurai pas d'autre choix que d'emprunter le chemin de droite – celui que Negunn bloque.

– Et toi, tu n'es qu'une oud hybride adoptée, dit-il en ricanant.

C'est une insulte universelle pour les bâtards hybrides, les plus bas de l'échelle. Ça me fait mal de l'entendre, et ce n'est pas la première fois venant de lui. Ma mère m'a dit que les mots n'ont que le pouvoir qu'on leur octroie, mais je ne suis pas sûre que ce soit vrai.

– Ta mère est hideuse et ton père a été exclu de la famille royale pour s'être accouplé avec elle. Leur union est très mal vue. Même s'il est le compagnon xiveri de ta mère et que ses cornes s'écaillent pour lui, ils n'ont pas pu se reproduire. C'est la seule raison pour laquelle tu es dans le quadrant 1. Parce que personne d'autre dans toute la galaxie ne voulait de toi, à part deux monstres incapables de produire un enfant tout seuls.

Je serre les dents. J'en ai plus qu'assez. Les gens passent leur temps à insulter mes parents. Ces insultes me dérangeaient quand j'étais plus jeune, mais colère a été tempérée et aplanie par l'amour de mes parents – les deux meilleurs êtres de cet univers, j'en suis sûre. Je n'ai pas de temps à perdre avec ça. Le magma arrive !

Je baisse la tête et m'essuie les mains sur ma tunique. C'est la seule qui me reste depuis que je me suis débarrassée de ma lourde robe dorée.

– Et après tu me demandes pourquoi je ne veux pas être avec toi...

– Viens avec moi, consens à m'épouser, et je m'écarterai de ce chemin. Tu pourras sortir d'ici et tu seras protégée des bêtes qui peuplent cette planète.

Il désigne le magma d'un geste de ses mains élégantes.

– Je préfère sauter.

– Alors vas-y ! Je ne bougerai pas tant que tu n'accepteras pas de me donner ta main.

Il se lèche les lèvres et se passe la main dans les cheveux. Je vois la sueur perler sur son front, et je réalise que je transpire aussi.

– Rax! Nous n'avons pas de temps à perdre, Negunn...

– C'est toi qui n'as plus beaucoup de temps à perdre. Ce truc t'atteindra bien avant qu'il ne représente un danger pour moi.

Il croise les bras sur sa poitrine. Je prie intérieurement les étoiles pour qu'une comète, un astéroïde, ou l'un des vaisseaux de croisière intra-Quadrant les plus grands et les plus élitistes jamais construits – vienne ici et atterrisse sur la tête arc-en-ciel parfaite de Negunn.

– Alors, qu'est-ce que tu choisis Latanya ? Tu préférerais vraiment mourir plutôt que de passer ta vie avec moi ?

Depuis sa première insulte concernant ma mère lemorane lorsque j'étais enfant, jusqu'à sa première requête à la Cour pour destituer mon père, en passant par ses efforts couronnés de succès pour ruiner la réputation d'un autre prince du Quadrant 1 qui me faisait la cour... ma réponse a toujours été la même.

Yeffa. Mille fois yeffa : je préférerais mourir.

Je regarde les branches grises scintillantes couvertes de feuilles vertes brillantes qui s'élancent du bord de la falaise en défiant la gravité. D'épaisses lianes charbonneuses dégoulinent de leurs branches en direction de l'océan déchaîné en contrebas, qui écume et grogne vers nous semblable aux gueules de bêtes malades. Ma détermination s'affermit. Si elle me voyait maintenant, ma mère crierait. Mon père me tuerait.

Je ne lui réponds pas. Je me retourne et je cours vers le bord de la falaise comme si ma vie en dépendait... parce que c'est le cas.

Je suis à trois pas du bord de la falaise quand j'entends des bruits de pas. Je regarde par-dessus mon épaule et je perds pied. J'ai regardé trop tard.

Le poids de Negunn s'écrase sur mon flanc et m'entraîne dans le sous-bois doux et humide. Des feuilles, des brindilles et des branches dans des tons assortis de bruns, de bleus, de gris et de verts scintillants s'écrasent sous notre poids. Il sent très bon, comme s'il portait une eau de Cologne hors de prix. J'ai envie de vomir sur lui.

Son haleine sent le propre, comme s'il venait de mâcher des feuilles de braise, lorsqu'il se penche et dit contre ma joue :

– Je savais que je finirais par m'allonger sur toi.

Je le déteste.

Je me débats dans son emprise alors qu'il tente de contenir mes poignets.

– Negunn !

Prenant mes deux poignets dans l'une de ses mains beaucoup plus larges, il me redresse. Son regard parcourt la longueur de ma blouse. Je l'avais enfilée sous la robe de bal que je portais tout à l'heure – une robe de bal qui coule maintenant des jours meilleurs dans le magma. Il croise mon regard et me sourit. C'en est trop.

Toute cette colère, cette rage et cette frustration provoquées par le fait qu'il me fait perdre mon temps alors que je devrais partir à la recherche de mes parents et des autres survivants, me montent au visage, saignent dans ma bouche et en sortent sous la forme d'une gerbe de salive. La bave l'atteint en plein menton. Negunn a l'air tellement décontenancé que je ris de sa réaction.

Il me relâche et me pousse vers la droite, sur le chemin qu'il bloquait auparavant. Je vois là l'occasion rêvée de m'échapper, mais au moment où je pivote, il attrape une mèche de mes cheveux blancs et me tire en arrière. Son autre main se retrouve sur ma joue sous la forme d'un poing. Il me frappe une première fois au visage et une seconde fois à l'estomac.

La douleur me traverse, mais je parviens à rester debout et à m'éloigner en titubant. Sonnée, je continue à avancer malgré tout. J'entends Negunn me poursuivre, mais il pousse un juron quelques instants plus tard. Je glisse et tombe contre un gros tronc d'arbre. Mon cœur bat dans ma tête et mon estomac palpite dans mes orteils.

Je cligne des yeux, mes paupière sont gonflées. Je me retourne pour voir ce qu'il y a derrière moi. Ce qui se passe est plutôt curieux. Je souris. Des fleurs mauves foncées s'ouvrent sur le sol jusqu'aux genoux, puis se froncent comme si elles attendaient le magma pour le manger. Ces fleurs sont grandes et ce qui est le plus intéressant, c'est que Negunn a marché au centre de l'une d'entre elles, et elle ne semble pas vouloir le relâcher.

Bien fait pour lui.

Il tire sur sa jambe en essayant de la libérer avant que

le magma n'arrive. J'espère qu'il n'y arrivera pas. Je m'éloigne en titubant.

– Ne t'avise pas de m'abandonner ici ! Je suis ton compagnon !

– Fous-moi la paix espèce de psychopathe ! je crie par-dessus mon épaule.

Je cours, j'avance sans m'arrêter.

J'ai suivi le bord de la falaise pendant si longtemps que j'ai perdu toute sensibilité au niveau des pieds. Le feuillage est rugueux et piquant. J'ai des coupures sur les jambes jusqu'aux genoux. Les piqûres dans mon estomac et mon visage se réduisent à une pulsation sourde et je continue à maudire Negunn à voix basse jusqu'à ce que l'unique énorme soleil dans le ciel change de teinte. Il passe de l'orange au jaune puis au bleu pâle en descendant vers l'horizon rose écumeux. L'océan s'étend à perte de vue.

Quelques îles en forme de crabe se détachent de la ligne d'horizon et viennent troubler l'eau rose. Chacune d'entre elles est composée de roches de couleur beige pâle qui s'élèvent directement hors de l'eau. Le vert recouvre le sommet des plateaux, dont certains sont relativement plats, tandis que d'autres semblent plus montagneux, comme l'île sur laquelle je me trouve, qui présente des collines dont les crêtes ne deviennent visibles que lorsque je jette un coup d'œil à travers des trouées dans la canopée des arbres.

À certains moments, je crois entendre Negunn m'appeler par mon nom. J'ai l'impression qu'il me cherche dans la jungle. À d'autres moments, je passe à nouveau devant ces fleurs carnivores scintillantes. Je les évite. Je dois faire demi-tour à deux endroits terrifiants lorsque je rencontre d'autres ruisseaux de magma acajou, puis une troisième fois lorsque la jungle devient trop dense pour être traversée, jusqu'à ce que je finisse par atterrir dans une petite clairière où un tas d'arbres sont tombés. La cause de ce carnage est douloureusement évidente.

– Maman ! Papa ! je crie devant les débris d'une douzaine de nacelles.

Il y en a peut-être même plus. Des objets métalliques et des cristaux de kintarr jonchent le sol de la forêt, mais lorsque je commence à fouiller les débris, il est clair que l'endroit a été abandonné depuis un certain temps. Je me demande où se sont enfuis les survivants... et ce qui les a poussés à partir...

J'essaie de trouver des signes indiquant que l'une des nacelles aurait pu appartenir à ma mère ou à mon père, mais toutes les coquilles sont identiques. Elles ressemblent à des tire-bouchons avec une coque centrale assez grande pour une personne et quelques provisions.

La douleur remonte le long de ma jambe gauche.

– Rax, je siffle.

Je lève mon pied gauche et vois un énorme éclat de kintarr rose pâle dépasser de la plante de mon pied. Produit principalement sur Lemora, le kintarr est à la fois beau et résistant. Il constitue notre principale source d'énergie sur le Quadrant 1. Et il est cher. C'est peut-être la substance la plus chère des quadrants connus.

Mon père faisait du commerce de kintarr et comme je l'aidais dans ses affaires, je m'attriste de voir tant de kintarr gaspillé ici, sur le sol d'une forêt, sur le point d'être consumé par le magma. Ce n'est qu'une question de temps.

Je jette un coup d'œil autour de moi. Je me demande ce qui produit ce magma. Cependant, j'ai l'impression d'être tombée dans une sorte de cuvette et je ne vois pas grand-chose à travers la dense canopée au-dessus et son riche réseau de branches d'arbres dégoulinant de lianes et de mousse suspendue, comme les robes des princesses du Quadrant 1, protégées du soleil par de luxueux parasols.

Je frissonne, même s'il fait plus chaud qu'un four ici, avec ce grand soleil qui frappe le ciel avec ardeur. Je vacille sur mon seul pied valide. Mon œil droit gonflé et ma joue tressaillent. Le vertige se pose sur moi comme un voile. Je tends la main et je me rattrape à la coque extérieure de la nacelle la plus proche, mais elle est tranchante et la coque coupe ma paume. Rax.

– Bon... Repose-toi. Tu dois te reposer, Latanya.

Je me réfugie vers l'ouverture de l'une des nacelles, en prenant soin de ne pas me couper en entrant. Le siège se trouve au-dessus de ma tête et les sangles de sécurité pendent autour de mes épaules lorsque je m'assois. Elles ont toutes été coupées. Tiens donc... Quelqu'un s'est échappé d'ici. En tout cas, c'est ce que j'espère. Je commence à pousser les panneaux pour libérer les fournitures. Je gémis en étirant mes jambes devant moi. Le kintarr m'a coupée assez profondément. Je vais avoir du mal à marcher sur cette blessure.

– Heureusement que toutes ces nacelles sont équipées de sacs de médicaments.

Je frappe du poing sur le grand tiroir marqué d'un cercle avec deux points à l'intérieur. Il s'ouvre et j'attrape la baguette de guérison et un rouleau de bandage imperméable.

J'enfonce un tube de complément alimentaire dans ma bouche et je me concentre sur la succion du bloc au goût sucré plutôt que sur les tremblements de mes mains tandis que j'extrais l'éclat de kintarr de mon pied. Les larmes me montent aux yeux et coulent le long de mes joues, mais je les ignore. Mon corps est parcouru d'une vague de soulagement chaleureux dès que je mets en marche la baguette de guérison.

Une petite lumière orange brille entre la pointe de la baguette et la plante de mon pied tandis que l'appareil répare les tissus profonds. Lorsque j'ai terminé, il ne reste plus qu'un élancement sourd et une croûte. Ce n'est pas très agréable de marcher dessus, mais ça ira.

– Ça ira.

Je passe la baguette de guérison sur mes autres coupures, même si cela ne servira à rien pour mon œil. Lorsque j'ai terminé, je laisse la baguette s'écraser contre l'intérieur métallique de la coque tandis que ma tête se pose contre le mur. On est à l'étroit ici, et il fait sombre. À l'extérieur, les bruits se font de plus en plus forts. S'il s'agissait d'un bruit particulier, je soupçonnerais Negunn et je me préparerais à combattre, mais j'entends pas mal de choses à l'extérieur en ce moment, et Negunn, je le sais, voyage seul. Ce doit être des animaux.

Je n'en ai vu aucun jusqu'à présent, ce qui m'effraie un peu vu ce que j'entends maintenant. Peut-être qu'ils ne sortent que pendant la lune. J'enfonce une autre poche de nourriture dans le coin de ma bouche et j'aspire le contenu du tube d'hydratation tout en cherchant une source de lumière et de quoi me défendre.

J'ouvre un tiroir qui aurait dû contenir une combinaison de rechange et une paire de bottes. La combinaison a disparu, mais les bottes sont restées sur place. Elles se rétractent autour de mes pieds jusqu'à ce qu'elles soient bien ajustées. Dehors, quelque chose se débat violemment dans les broussailles.

– Rax.

Je me mords la lèvre inférieure et fouille plus rapidement dans les armoires et les placards. Le vacarme s'intensifie, ponctué de bruits sourds et de grognements. Il y en a beaucoup. J'attrape une couverture spatiale coincée au fond d'un tiroir, je la fais glisser rapidement sur la coque de la nacelle avant de me recroqueviller et de recommencer à chercher une arme. La cache d'armes a été entièrement vidée. C'est une mauvaise nouvelle pour moi, mais cela signifie aussi qu'il y a eu des survivants. Je les trouverai. Je ne vais pas mourir ici.

Une chaleur plus violente que celle qui règne à l'extérieur parcourt mes veines, tandis que la force et la détermination fortifient mes bras. J'arrache une poutre apparente du dossier de la chaise au-dessus de ma tête. Ce n'est pas facile et le temps que je dégage le métal déformé, le vacarme me rattrape presque. De toute évidence, la couverture ne me protégera pas. Je lève les yeux, j'attends qu'un animal pointe sa sale gueule par l'ouverture – ou pire, je m'attends à voir Negunn. Mon corps brûle, il est prêt...

En quelque sorte.

Tandis que je tiens la poutre, prête à frapper, je me demande distraitement si le siège auquel elle était attachée a aidé celui qui se trouvait ici à survivre – ma mère, mon père, peut-être ? Avec un peu de chance... Peut-être s'agissait-il du prince Algerathon ou du prince Wegerawe, deux princes qui me courtisaient et s'apprêtaient à me faire une offre sur le vaisseau Paradise Voyager avant que Negunn ne se mette en travers de leur chemin.

J'ai la bouche est sèche. Les bruits sont de plus en plus forts. Un bruit de pas se détache du fracas. Des pas. Oh rax. C'est sûrement Negunn... il a dû me suivre jusqu'ici. Rax ! Par tous les soleils, ce bâtard ne s'arrête jamais !

Je ramène mes pieds sous mon cul en ignorant les élancements que je ressens dans mon pied gauche et mon œil droit. Je me recroqueville en une boule aussi compacte que possible. Tous les muscles de mon corps sont prêts à bondir. Mes mains sont engourdies par la poutre métallique. Elle est dorée, à l'exception des bords dentelés, qui sont noirs et argentés, comme s'ils avaient été brûlés. Il n'y a pas de sang ici. Ça veut dire que tout le monde a survécu. Je vais survivre aussi. Peut-être. Certainement. Avec un peu de chance.

Je me mords la lèvre inférieure au moment où la couverture se déchire et qu'un visage apparaît. C'est… Rax. Ce n'est pas Negunn et cet être a l'air bien trop surpris de me voir pour être une bête.

– Euh… je commence.

Il recule momentanément avant de souffler violemment entre ses dents – enfin, ce ne sont pas des dents. Ce sont des défenses. D'épaisses défenses d'ivoire jaillissent de sa mâchoire inférieure. Elles sont si longues que leurs pointes aiguisées s'enfoncent dans sa lèvre supérieure, avant d'encadrer son nez. Ses défenses sont impressionnantes, mais même sans elles, il aurait l'air d'un prédateur, avec ses yeux tailladés de noir et son énorme carrure. Par-dessus des couches et des couches de muscles, sa peau est d'un vert tacheté, où se mêlent le sombre et le clair. Je me demande s'il ne s'agit pas d'une sorte d'hybride de géant Egama, car je n'ai jamais vu d'autres espèces de cette couleur – ou d'espèces aussi massives – auparavant. Toutefois, je sais pertinemment que cette planète n'est pas contrôlée par les Egamas. Et je sais aussi qu'aucun géant d'Egama n'a de griffes rouge sang…

J'essaie de ne pas trop me concentrer sur les lames dentelées qui sortent de ses mains et qui semblent déjà avoir été trempées dans le sang. Je scrute le reste de son corps et décide de l'endroit exact où je pourrais le transpercer pour me défendre. Il est bâti comme un putain de rax d'arbre avec un réseau de racines. Il a l'air un peu trop solide et dense pour le métal flasque de mon arme mais… je n'ai pas d'autre choix. Je vais quand même essayer de l'attaquer parce qu'il ne fait aucun doute dans mon esprit que cette… cette chose, cette créature, est mortelle. Je ne me suis pas écrasée sur cette planète inhospitalière, et je n'ai pas survécu puis échappé à Negunn pour me faire manger comme un rôti par cette chose et ses amis !

Je me dresse sur mes pieds. Le haut de ma tête ne dépasse pas la hauteur de ses pectoraux, et avec un grognement sonore, je frappe son abdomen. Je m'étale de tout mon long lorsqu'il tend la main et saisit le bord de ma poutre. Sans un mot, à peine égratigné par ma tentative d'attaque, il me l'enlève facilement.

Rax.

¤^{o′*`o}¤_{,₅₅,}¤^{o*o}¤_{,₅₅,}Ø

Poursuivez votre lecture sur ebook ou sur livre relié sur Amazon.

Découvrez les autres livres d'Elizabeth Stephens

Population – Battles and Heroes that Bite.
Lord of Population, Book 1 (Abel and Kane)
Monster in the Oasis, Book 2 (Diego and Pia)
Immortal with Scars, Book 3 (Lahve and Candy)
more to come!

Twisted Fates – Mafia. Brotherhood. Murder.
The Hunting Town, Book 1 (Knox and Mer, Dixon and Sara)
The Hunted Rise, Book 2 (Aiden and Alina, Gavriil and Ify)
The Hunt, Book 3 (Anatoly and Candy, Charlie and Molly)

Xiveri Mates – Aliens. Heat. New Worlds.
Taken to Voraxia, Book 1 (Miari and Raku)
Taken to Nobu, Book 2 (Kiki and Va'Raku)
Exiled from Nobu, Book 2.5, a Novella (Lisbel and Jaxal)
Taken to Sasor, Book 3 (Mian and Neheyuu) *standalone
Taken to Heimo, Book 4 (Svera and Krisxox)
Taken to Kor, Book 5 (Deena and Rhork)
Taken to Lemora, Book 6 (Essmira and Raingar)
Taken by the Pikosa Warlord, Book 7 (Halima and Ero)
*standalone
Taken to Evernor, Book 8 (Nalia and Herannathon)
Taken to Sky, Book 9 (Ashmara and Jerrock)
Taken to Revatu, Book 10, A Novella (Latanya and Grizz)
*standalone

Livres audio

Xiveri Mates – Aliens. Heat. New Worlds.
Taken to Voraxia, Book 1 (Miari and Raku)

Taken to Nobu, Book 2 (Kiki and Va'Raku)
Taken to Sasor, Book 3 (Mian and Neheyuu) *standalone
More to come!

Collections

Xiveri Mates – Aliens. Heat. New Worlds.
Collection 1: Books 1–3 + Exiled from Nobu
More to come!

www.ingramcontent.com/pod-product-compliance
Lightning Source LLC
Chambersburg PA
CBHW021236190726
48289CB00005B/1358